栀子花开

洪　琦◎著

黄河出版社

用心编织爱的画卷
——《栀子花开》序言

王永盛

我与洪琦的认识，源于文友张碧虹的介绍。为一个并不相熟的作家作品写序，有贸然行事之嫌。但出于对本土作家的关注，亦为作者的诚心所感，我不再沉吟不决，而是满口应承。阳春三月，正是鹭岛芳菲时节，寂静的午后点击翻动文本页面的声音，恍惚间宛若看到栀子花止安然盛开。

洪琦的这部长篇小说《栀子花开》共三卷，分别是“救赎”、“蝶舞”、“峥嵘”，总九十章，全书十六余万字之巨。小说以董洁如为时空转移视角点，讲述了特殊人群四个孩子不同的故事，各有其不幸经历和遭遇，又在家长与孩子不懈坚持和共同努力下，历尽艰辛，不言放弃，最终战胜身心残缺的滞碍，谱写出身残志坚的感人篇章——因为发烧被过量注射链霉素导致失聪的美丽女孩筱瑞，极其喜欢舞蹈，母亲碧霞几乎放弃工作，全身心陪伴。筱瑞经过特殊幼儿园学习、上海专训、异于常人百倍付出的北京舞蹈学院求学，而后成长为出色的聋哑舞蹈女孩；曾患自闭症的叶龙新，也在母亲秀清的呵护下，有北京“星星雨”的启蒙，有美术老师李芸无私的爱，皇天不负苦心人，终于蜕蛹成蝶为优秀画家；和吴俊铭一样同是脑瘫的建尧，已然在世界钢琴比赛中得奖。他们的成功给了董洁如无限希望，尽管她的孩子吴俊铭命运多舛，出生时胆红素过高、后来又查出患有脑积水、先天性心脏病、痉挛性偏瘫等疾病，上天似乎把所有磨难，都加在了这个无辜孩子的身上。可有了筱瑞、叶龙新和建尧的榜样，董洁如才能“莞尔一笑”，满怀信心地投入到“一米阳光”中。小说用朴素的语言，日常的细节，代替了人物性格的刻画和性格化的描述，兀自能形成曲折婉转的情节，生动展现悲喜苦乐的人生画卷。

这是一部弘扬善和爱的作品。小说塑造的每一个人物都是那么真诚善良，董洁如、其夫兄吴奕平、夫嫂晓霞、同学文瑜、医生李主任，曾经境况相似的碧霞、秀清，残疾孩子生命中恩人般人物——画家李芸、春芽幼儿园陈老师、“星星雨儿童研究所”田惠萍等，她们多为女性，身上闪耀着中华传统美德，散发着母爱光辉，她们一起演绎着朴素到了极致的爱的悲悯情怀。

残疾人群的生存总是艰难而顽强，而残缺的生存一定更令人震撼，从残疾人身上我们可以看到真善美的闪光，也可以检阅我们每一个健全者的灵魂。作为残疾孩子的母亲，她们必须接受被残酷命运的车轮反复碾压，有因孩子每一点滴的进步而高兴不已，也因孩子遭受磨难而深深悲痛，孩子有所成就便会欣喜若狂，可谁又知道多少回她们有着濒临崩溃的绝望？文中借碧霞之口说出母爱的伟大：“以前的我，觉得母亲这个称谓，只不过是一种血浓于水的代表，而现在的我，真的明白，那不只是一个称呼，更是一种责任，那个小小的生命从自己身上而起，随自己教导长大，她们如一张白纸般纯净来到这个世界，而她们的生命，由我们一起书写……”

书中洋溢的爱，也是发自作者心底的爱。仅有的两次邮件交流，洪琦就把创作这本书的初衷告知我——她想把这本书献给天下为特殊孩子挣扎的母亲们；想通过文章让读者更多了解残缺孩子和他们的生活，让社会各界更多关心这个弱势群体；想让这些特殊孩子得到更多社会爱心人士的帮助，让他们有尊严地活着……

感动源于真诚和爱心。在文学日益喧嚣却不知所终的今天，太多的写作者容易迷失。他们或者忘记了写作初衷和信念，或者索性随波逐流，坚守本心者，寥寥可数。对于写作，洪琦也许只是刚踏进文学的殿堂，可她的用心程度却值得我们每一个写作者去学习。作品涉及到医学知识、舞蹈语言、美术术语，描述使用娴熟到位，解释专业精准，仿佛一个医生、一个舞蹈家、一个画家，用行话对着我们滔滔不绝地讲解他们各自熟知的领域。洪琦跟这些职业并不沾边，但她的执着和努力让她俨然一位专家，为此付出心血几许，惟其自知。

除了爱，应该还有对苦难的记忆和苦难记忆累积所带来的创伤感，否则这部作品最多只能流于平铺的记录，而无法撼动读者的心灵。评论家谢有顺说过，“创伤记忆是一种价值记忆，是存在论意义上的伦理反思，它意味着事实书写具有价值转换的可能，写作一旦有了这种创伤感，物就不再是物，而是人事，自然也不仅是自然，而是伦常。”读罢《栀子花开》，顿觉果不其然，其中由创伤感转化而来的故事内核，便是这部作品的价值所在。

当然，洪琦的《栀子花开》还是有差强人意之处，比如过于写实，阅读起来纪实文学味较浓，比如以董洁如为主视角的故事转换，生硬且容易让人产生不真实感等等，这些当属小说的硬伤。

杨绛先生对小说曾有过精辟的论述：小说家要描摹真实的人生，不是写生活的鳞爪，不是写琐碎的现象，却是要写出一个故事，那布局是贴和人生真相的，使读者从这一个故事看到一般的人生真理——一个有布局的故事当然比日常所见的事情整齐；正好比戏剧里的对话总比日常的谈话精炼。故事有布局，非但不违反真实，却更加真实，因为它所表现的真实，更有普遍性或典型性，所以我们的问题不在故事是否要有布局，却在布局是否歪曲了人生的真实。

以此对照，洪琦这部作品描写真实的生活，梳理心路，叩问灵魂，让人身临其境，感同身受，是其成功之处。但对生活真实的典型性和普遍性提炼还不够，情节安排，谋篇布局也有待其在今后写作中摸索提高。杨绛先生前面的论述，不失为最好教义，可资借鉴。

其实，哪怕没有鲜明特色的语言，没有舒张自如的叙事节奏，或者是立意深远的独特意境，仅是用心编织爱的画卷，已然至诚至真，至善至美！为文有此文心亦足矣。在此，期待着作者的也是我们大家共同的愿望，能够顺利实现——

多年后，我们会惊喜的发现，奇迹总会出现的。心若在，梦就在。那一只只断了翅膀的小天鹅，在众人用爱心筑起的小巢中慢慢长大，慢慢疗伤，终会有那么一天，它们将张开美丽的翅膀，在蓝天中展翅翱翔。

（王永盛，厦门市作家协会秘书长，福建省作协全委会委员，青年评论家。鲁迅文学院第20届中青年作家高级研讨班学员。）

第一卷

救赎

第一章 梦魇

2012 年 9 月 23 日，农历八月初一。厦大外，炮台边，白城之畔。夕阳西下，夜幕降临，最后一抹夕阳即将跃入海平面。

晚饭的时间到了，看海的人陆陆续续地离去，海边又慢慢地恢复了清晨的宁静，只剩下几个执意不肯离去的孩子。他们继续挖着沙、拾着贝壳、捞着小虾，贪恋着波涛滚滚，与波浪嬉戏，与海水为伍。

九月份的海最为美丽宜人，周围带着海水气息的咸咸的空气不再如炎夏般燥热黏人，也不似冬天般萧瑟肃杀，倒是已有了些初秋时分的天高云淡。晚霞余晖下，宛若一幅斑驳陆离的油画。

董洁如牵着吴俊铭的小手沿着海边在细软的沙滩上走着，海浪不时地翻涌而上。她痴痴地望着远方，眼泪悄然滑落，骤雨初歇。身边的孩子一踉一跄被母亲拽着，不时地跌落到翻腾而上的海浪中。旁边就是一望无际的大海，就是她曾经期盼了几十年却只是在画里，在梦里才看见过的大海。

海水湛蓝湛蓝的，如此的蓝让人心醉，想来纵是画界泰斗，也难以描摹吧。夕阳映照之下，浪涛似乎在追逐着风儿玩耍，水面上波光粼粼，一片金色。几只小艇在这水天一色的海面上疾驰着，艇上的人兴奋地张开双臂，拥海水入怀。你听，那是浪花的声音！

这里曾是俊铭爸爸吴奕凯大学求学的地方，也是他许诺带她去看海的地方。他曾看着海的照片如痴如醉地说：“翻滚的浪花像一位美丽的舞者，翩翩起舞中让人能抛开烦恼，物我两忘。每当我坐在海边，总觉得心也如海一般宽阔了。”他也曾伏在洁如日复一日凸起来的肚子上深情款款地说：“我一定带你和我们的小宝宝一起去看海，我要一手牵着你一手牵着他，在夕阳下散步。”言犹在耳，但却已是天人永隔了。在小俊铭出生前的一个多月，一场车祸夺去了他年轻的生命，众人为之扼腕叹息，世间最遥远的距离莫过于此。

渐渐的，海水涨潮了，波浪一个接连着一个肆意地涌上岸边。风推着浪花，拱起一条条起伏的山脉，忽而它又亲吻上了海边的礁石，溅起层层波涛，本是美妙的“哗……哗……”的声音，此时在洁如听来却更像是一声声凄苦的呜咽，一声声愤怒的咆哮。今天是奕凯的祭日，五周年的祭日。孩子身子一歪一扭的，小脚无力地拖在沙滩上，洁如颇有些心疼地抱起他，贴在胸前，转过身，缓缓地走入海中……她静静地仰起头，望着天，想着一家人终于可以相聚了，露出了释然的笑容。怀中的孩子似乎忽然意识到了什么，一声声凄厉的哭声响起。

远处，一个女孩猫着腰拾着贝壳。更远处，她的爸爸和妈妈坐在石凳上彼此相依低头交谈着，浓情蜜意。猛然，巨浪一阵翻滚而来，淹没了女孩的小腿，女孩宛若一个天使般悬空而起在沙滩上转起了两圈，飞舞的身影轻盈优雅。她仰头一瞥，惊涛骇浪，今天是农历初一，晚上七时左右正是涨潮时分。她看见海水中央似乎有着模糊的身影正在缓缓下降，心里不禁咯噔了一下，急忙冲进汹涌的波涛中。

渐渐变得浑浊的海水和夜的黑慢慢融合在一起，远处的灯塔射出通天的光芒，女孩看清了，那是一个女人抱着一个小孩缓缓走入海中，她的背影无比的坚毅，无比的决绝。

女孩一边咿咿哇哇歇斯底里地大叫着，那是从嗓子深处被逼出来的声音，一边飞奔跑入海中。石凳上的父母听着女儿的声音，抬头一看，发现女儿的身子已然漫入海中，另外还看见模糊的身影，继而是一阵撕扯。不及多想，他们连忙冲入海中，爸爸帮着女儿拉起绝望中早已跪在海中的洁如，妈妈则小心翼翼地抱起浑身颤抖的孩子。

终于，在一家人千拉万扯中，洁如和小俊铭被救上了岸。孩子一双恐惧的眼睛直瞪瞪地盯着母亲，喉咙沙哑地只会咿唔。母亲则披头散发，眼眶红肿着，泪眼婆娑。

那母亲无力地跪坐在沙滩上，仰起头，无神的眼里映入的是一个身着淡紫色连衣裙的女孩和一个中年妇女。只见这女孩有着一双明眸善睐的眼睛，峨眉淡扫，浅浅的微笑挂在鹅蛋形的脸上，让人眼前不禁一亮，有种“最是那一低头的温柔，恰似水莲花不胜凉风的娇羞”的感觉，身边的中年妇女略带沧桑的脸上透出了坚毅。

“落霞与孤鹜齐飞，秋水共长天一色。”不知为何，女孩忽然想到了这句诗。

第二章 宿命

此时董洁如浑身上下湿漉漉的，虽还是夏末，但娇小的身子仍然因为寒冷而颤抖着，蜷缩着。看着早已涨红了脸的孩子，她终于嚎啕大哭起来。女孩的母亲顺势把她揽入怀中，让她以最舒服的姿势靠着胸口，枕在肩头，如同一个婴儿依偎着母亲。她轻轻地对董洁如说："小妹，好好的，别想不开。你看，孩子在看着你呢！你有这么可爱的孩子，怎么就舍得呢？一切都会过去的，即便是再难走的路！不是吗？"她说着说着，突然洁如转过身，抱紧了她，嚎啕大哭变成了断断续续地抽泣："大哥，大姐，我……孩子……我们真的是已经活不下去了呀！我找不出任何活着的理由了！"

孩子的母亲一边搂着洁如，一边轻轻地说："小妹，你先别多想了，你住哪里，我先送你们回去吧！你看，这孩子身上全湿了，虽然是夏天，但也是会着凉的。我叫秦碧霞，这是我女儿李筱瑞和他爸爸李浩林。我们夫妻俩住在厦大招待所，孩子住在小白鹭艺术团的宿舍里。这两天我们是从福州赶来看她的，都快有一年没见这孩子了呢！"

洁如转过头，只见筱瑞用手轻抚着小俊铭的脑袋，一脸的怜惜。意外的，小俊铭并没有像以往那样挣扎逃离，而是将头拱进了这个素昧平生的姐姐怀中，小手咬在嘴里，吭哧吭哧地啃着。口水早已湿润了前胸。洁如问了句："大姐，孩子是来学舞蹈的吗？不是刚放完暑假吗?"碧霞摇了摇头说："不是的。她这两年假期归属艺术团，平时在北舞进修。她是今天早上刚和两个同学随同北京舞蹈学院党委王书记一起来厦门。王书记是特地来为后天厦门小白鹭民间舞艺术中心成立揭牌的。这不，艺术团正好就在这环岛路上，所以傍晚我们向王书记请了个假带她出来看看海!"

董洁如停止了哭泣，在碧霞的搀扶下颤颤巍巍地站了起来。低着头说："谢谢大姐。可是这里没有我的家。我只是想带着孩子来看看他爸爸曾经的母校，来看看大海。我叫董洁如，小宝儿叫吴俊铭。我们俩也住在厦大的招待所里，只想离他爸爸近些，再近些。"说着说着，又泪流不止。孩子听到了妈妈的声音，听到了妈妈叫他"小宝儿"，赶紧凑近身来，如同一只小猫蹭着蹭着撒着娇。可是身子依然摇摇摆摆，脚下仿佛踩着的是一团团云里雾里的棉花。

碧霞一手揽着董洁如的腰，一手搂过她的肩，心疼地说："正好，那就一起回去吧。你们母子俩赶紧洗个热水澡，换上干的衣服，要不真的要生病了!"虽然这里离招待所并不远，但碧霞一家还是打了个的士和他们一起回到了招待所，意外的，房间只有一墙之隔，或许这就是所谓的缘分与宿命吧。

洗完澡后的筱瑞回到了卧室，坐在桌前对着镜子用电吹风吹起了她那一袭浓黑飘逸的长发，镜中的女孩柔美可人。月牙儿弯弯的细眉下一双明亮的眼睛似乎会说话，目光流盼，眉宇舒展，灵韵尽现。女孩的耳朵上戴着一个白色的东西，极像一个蓝牙耳机。她一边吹一边对正在整理爸爸衣服的碧霞说道："妈妈，好奇怪啊!"说完这句话，她关闭电吹风，一边用唇语说话，一边用手语比划着焦急地说说："那小弟弟的头怎么也竖不好，他老是耷拉着脑袋。你看我们邻居家张奶奶的小孙子才几个月就能摇头晃脑，可好玩了呢！”碧霞含糊地应了一声，放下手中的衣服。她似乎猛然意识到了什么，那孩子也许是……碧霞顿时觉得一阵心痛。

这时，敲门声轻轻响起。“请问是哪位？”碧霞起身走到门口。“我是董洁如。”幽幽的声音响起。看到洁如进了门，筱瑞有礼貌地说了声：“董阿姨好！”腼腆中隐约带着一丝俏皮。李浩林也从洗手间走了出来。

董洁如怀里抱着小俊铭，换上一身吊带装的孩子变得精神起来了，可是却依旧重复一个动作：不停地啃着小手，仿佛那是一只美味的鸡腿，口水已经湿透了胸前的小方巾。洁如不好意思地低下头，从随身的小袋里拿出了一条新的小方巾给他系上，自言自语道：“宝贝，是不是饿了？妈妈一会儿带你去吃好吃的，好么？”洁如不敢触及碧霞的眼光，她害怕，她恐惧，她甚至不知道自己害怕什么，恐惧什么。兴许害怕的是怀中孩子的残缺吧，兴许恐惧的是别人异样或者鄙夷或者怜悯或者厌恶的眼神吧。

过了一会儿，她似乎鼓起了勇气，轻声地说：“大哥大姐，谢谢你们！可是……”朱唇未启，梨花已带雨。欲说还休，欲休还说，董洁如哽咽着，似乎不知应从何说起。怀中的孩子费力地仰起头，小手擦拭着母亲眼里的泪花，嘴里呜呜的难辨其声。没有人能读懂他的意思，唯有洁如俯下头去亲吻着他的脸颊，久久不舍抬起。

怀里的孩子是静谧的，如同黑夜里天上的一颗小星星，虽不闪烁耀人，但轻柔淡雅的亮光却足以让凝视他的人心醉。碧霞侧过头眼里一扫而过的尽是洁如对小宝儿的宠溺，那是一个母亲才会有的目光与眼神，那是一种血脉相延的亘古天性，仔细窥探其中，却隐隐能读出心碎了无痕的苍茫。

第三章 孤独

乖巧懂事的筱瑞看出了董洁如和爸爸妈妈有话要说，于是泡了三杯漂满玫瑰和菊花的茶后，便把小俊铭抱到了床上，和他玩起了游戏。也许本都还是孩子，也许小俊铭很久没有人这么陪他，逗着他玩了，他开心地在床上闹腾起来，虽然翻滚吃力如旧，但却听到了咯吱咯吱的笑声。筱瑞一会儿拉着耳朵扮着小兔子，一会儿学着小猫喵喵叫着，一会儿又假装扑上去挠着小俊铭的痒痒，房间里笑声不断，随之空气也变得温暖起来。

沙发上，董洁如双手握着，不停地转动着手中的杯子。她，断断续续地说出了那些过往，那些她已许久不肯回忆起的过往。碧霞也拿起杯子，抿了抿口茶，静静地望着眼前的洁如，憔悴一如往昔的自己。慢慢地等待，不着一语，碧霞知道此时的洁如需要的仅仅是一个倾听者，一个安慰者。

董洁如捧着茶杯望着窗外，娓娓道来。

她的家乡在江西的一个小县城，那是一个纵横只有四条街道的地方，是只有唯一一家三甲医院的地方，甚至连个图书馆都没有的小县城。她和吴奕凯是初中同学，他们相识在初中，那时年少自然彼此无意。直到工作后参加了一次同学会，她听着身边的同学介绍着吴奕凯的才华横溢，望着面前高大帅气的男生时，芳心暗许。郎有情妾有意，两年的相知相爱后，他们相许了。不久后，她怀孕了，全家人不禁欢天喜地。老人尽心尽力地包揽了所有的家务，奕凯则不停地加班画图纸做设计，笑言为了宝贝要狂攒奶粉钱，一家人相依相守着，其乐融融，笑逐颜开。

可是，幸福仿佛都是短暂的，洁如怀孕的反应越来越大，不停地呕吐，四个月时还感冒了整整一个月。到了产前的一个半月，她那双浮肿的脚已经无法踩在地面，只好请假卧床休息了。天有不测风云，在她请假静养后的一个多星期后，奕凯劳累过度，晚上加班回家时迷糊的双眼没有看清远方开来的土方车……听到这晴天霹雳的消息之后，洁如瞬时晕倒了，被众人送到了医院急救室。不好的消息接踵而至，孩子不仅胎位不正，而且有些脐带绕颈，胎音似乎也不怎么正常。

无数个午夜梦回，泪湿衣襟后，小俊铭降生了，是个9斤6两的大胖小子。看着儿子虎头虎脑的，黑黑的眼睛一眨不眨地盯着自己，产房中的洁如哭了，看着天花板喃喃地说道："奕凯，你看见了吗？看见了吗？这是我们的孩子啊！你瞧瞧，他有多可爱啊！"护士拿了个小手环给小宝儿戴上，上面的小吊牌上写着"洁如之子"。看着小手环，洁如的心缓缓地往下一沉，莫名地有了些酸楚。

产房外，父母公婆都焦急地等待着，听到了里面哇哇的哭声时，大家心里的石头都落了地。护士抱着擦拭干净的宝宝走出来，叫到："21号的家属，过来看看你家儿子，然后要带他去洗澡，称重了！"四个老人纷纷凑了过去，伤感地说："孩子爸爸没能来，可以让我们都去看看吗？"护士拒绝了，只允许一人同行，最后大家一致同意让奶奶做代表进去了。听着门外老人们的话语，里面还在做缝合手术的洁如无可抑制的泪流满面。护士们面面相觑，不知为

是说小孩子出生后一个星期内都会不同程度的黄疸吗?”

医生翻了翻洁如的病历，脸上有些阴沉的问：“孩子出生时不是有一小段时间的假窒息吗？而且你说了刚才喂奶的时候他没有呼吸，那是因严重黄疸而出现的嗜睡、吸吮反射减弱，应该是新生儿胆红素脑病。”“脑病，不会吧？是不是很严重？假窒息？我只是知道小宝儿的头很大，我生了足足一个半小时才生下来。”洁如语无伦次地表达着，眉头紧锁。

没过多久，姥姥抱着萎靡不振的小宝儿进来了，姥爷还在排队窗口守着结果的通知。洁如接过孩子，小宝儿脑袋耷拉着，眼睛闭着，不时颤抖着。护士过来给孩子测了体温，显示38度9。洁如不断地安慰自己，孩子是因为发烧才没精神的，她不愿多想更不敢多想，害怕医生的话会一语成谶，她的心也随着孩子莫名地颤抖起来。

血液检测结果出来了，总胆红素值达425，的确是个挺高的数字。医生赶忙叫来了主任，主任仔细地看了看病历卡说道：“你们再带着小宝宝去做个脑部核磁共振吧！这样才会有更精确的结论。”一听核磁共振，老人有些慌了，这么小的孩子要做所谓的脑部CT，那么结果肯定是很严重的了，而且CT对人的杀伤力太强了。

无奈的，他们又抱着小宝儿到了CT区，患者们看着一个在尚在襁褓之中的孩子要来拍片，有些震惊。小宝儿被放在CT床上，他安静地躺着，眼睛仍然紧闭着。一拍完片，姥姥心疼得两眼微红，紧紧地把他抱在胸前，似乎怕别人抢走了她的宝贝。

二十分钟后，老人拿着CT片子气喘吁吁地奔上了五楼，主任一看，指着某些图形对洁如说：“从图上显示，小宝宝患的是轻微脑积水和新生儿胆红素脑病。”

洁如的幻想终于破灭了，她咬着嘴唇，搂过小宝儿，头深深埋下。身边的老人也早已是老泪纵横。

第五章　问天

仰望苍穹，无语问苍天。

病房外，两个老人正不断地向主任咨询着病情。病房内，洁如轻轻地拍着俊铭唱着儿歌哄他入睡。小人儿的手上打着点滴，细小的血管被针尖穿过，已经有些微肿了。一个轻微的声响就能使得床上的小人儿一阵颤栗。洁如一边心痛地轻轻抚摸着半梦半醒的小宝儿，一边俯下身亲了亲他粉红的脸蛋，爱怜地说："小宝儿，妈妈会尽自己最大的努力让你一生幸福，快乐的！你一定要快快好起来。妈妈带你去公园玩，带你去滑滑梯，去坐摇摇车！"

医生进来了，身后是两个仿佛苍老了十岁的老人。看着父母满头白发，满脸沧桑时，洁如心痛不已，觉得自己是天下最不孝的女儿了。虽然没有"子欲养而亲不待"的悲哀，但让白发人如此操心伤神已是极为不忍的了。医生进来简单地向洁如说明了治疗的流程和具体的用药以及孩子在这过程中有可能出现的情况。虽然医生尽量避重就轻地说，但洁如还是觉得窗外的天空依旧是一片灰蒙蒙的，看不到一点点亮光。她小心翼翼地问："请问能不能治好啊？如果治疗好了，还会不会有什么后遗症啊？"医生看了眼床上的小人儿，不忍迎上洁如忧郁恐惧的眼光，轻描淡写道："先治疗吧，治疗一段时间后，观察观察再说吧！"

老人向医生请教时是极其用心的，对着精神恍惚，不知所措的女儿细心地解释起来。据说治疗这个新生儿胆红素脑病首先要进行黄疸治疗和光疗，严重者可能要换血。在这个小县城里，医学上无论是设备还是配备的资源还不算很先进，有可能要动用到换血。听到换血，洁如一阵寒颤，她无法想象出生五天的孩子身上插满了管子，想到管子一头血进一头血出的，觉得后怕不已。

洁如忽然想起了她曾经的高中好友张文瑜从医大毕业后到了南昌，在她爸爸当院长的江西省儿童医院上班，那是江西省最大的儿科专科医院了。想到这，洁如仿佛一下子看到了希望，乐观起来。她赶紧向父亲要来了手机，手指颤抖地按着按键，在第五次按键后，终于成功地接通了文瑜的电话。洁如紧张地说："文瑜，我是洁如啊。我的宝贝刚出生五天，现在在我们这里的医院里，医生说是新生儿胆红素脑病，总胆红素 425，据说很高，可能要换血。不知道这是个什么样的脑病啊？不换血行吗？会不会有什么后遗症啊？"

听着电话里焦急的声音，文瑜觉得上天对这个好友太不公平了，一个多月前刚听到洁如先生车祸去世的消息，现在孩子虽然顺利出生了却又患上了这个病。她稳了稳自己的情绪说："在我们这里可以进行蓝光治疗，一般情况下，如果蓝光治疗有效的话，加上注射白蛋白。大部分患儿治疗效果还是不错的。极少数重症者才需要换血。你的血型是什么？"

洁如缓了口气说："A 型，怎么了？和血型什么关系？"文瑜也舒了一口气说："那还好，就怕再有 ABO 溶血的症状，那就真的可能需要换血了。你过来吧，我先给你预留个病房，要尽快治疗，不能耽误病情了！至于后面的问题等你过来我们再说吧！"

洁如把同学的话复述给了父母听，老人赶紧找来了医生说明了情况。医生欣然同意，只等着剩下半瓶的药水点滴完就可以动身了。老人通知了小宝儿的爷爷奶奶，在小宝儿点滴后，迅速地坐上奕凯大哥奕平的车疾驰往南昌，两个小时的路程对于谁都不啻于是一种煎熬，但是洁如却依然微笑着，似乎眼前就是伸手便触及可到的光明。

第六章 星光

车子驶到南昌的时候已经是黄昏时分，天空中星光点点，璀璨但并不耀眼。一轮残月斜挂在墨蓝的天际，它和着秋风摇来摇去，宛若一个巨大的吊篮。一明一暗中让人们抬头仰望时不禁能想象出嫦娥抱着玉兔悠闲地俯视着人间，长裙连理带，广袖合欢襦。

接完电话的张文瑜已经在门口等候多时了。看着小俊铭蜡黄蜡黄的脸，再看看细细血管已经肿胀了的小手，假借吩咐着身后的护士，文瑜悄悄别过头去。洁如一行人跟着文瑜来到了住院部二部四楼，环顾四周，环境整洁安静，全然没有县城医院的噪杂和呛人的气味。走廊的墙壁贴满了卡通的壁纸，每间病房的门口都放着一盆小小的鲜花，姹紫嫣红。走廊尽头处还摆放着一个小小的滑梯，是只蓝色的小象。洁如的心情随之豁然开朗起来，一花一世界，一叶一菩提。

诊室内，有着二十年脑病治疗经验的李主任已经过来坐诊了，那是文瑜爸爸特地关照的，洁如一家自是感激不已。李主任接过病历卡，仔细地看了各种数据后，又近前看了看小俊铭的瞳孔，握了握他紧握着的小手，发现孩子不仅出现了嗜睡、吸吮反射减弱而且阵发性肌张力增高，两手握拳，所幸没有不停尖叫。但总胆红素着实有些过高了。

洁如凝望着医生看着孩子的眼神，希望从中读出些什么。四目相对时，李主任稍微停顿了下说：“现在不仅仅要治疗这个胆红素脑病，而且需要治疗脑积水，虽说脑积水只是轻微，但是如果不治疗恐怕会随着别的症状出现而加深。让孩子先吃个药，再进行蓝光治疗吧！至于你所担心的后遗症，走一步看一步，慢慢解决吧！”洁如张开嘴本还想问些什么，但文瑜拍了拍她的肩，两手紧握，一个安慰的眼神。

奕凯的大哥奕平带走了四个疲惫的老人，留下了自己的妻子余晓霞。他揣摩着毕竟晓霞的弟弟晓磊在南昌买了房成了家，那样也就有了个地方可以给洁如做做月子，进个补。

在奕平的坚持下，洁如住进了单人独立病房。看着身边的嫂子，坚强的洁如终于忍不住伏在她的肩上，泪流满面。想到小俊铭的病，又想着嫂子为了她请了长假，小侄女诗韵为了她住到了姥姥姥爷家，更是麻烦了嫂子的弟弟一家，凭白间又给这么多人带来了负累，洁如心生不安。晓霞似乎看出了弟媳的顾虑，搂着洁如安慰道：“没关系的，俊铭一定会好起来的。而我本来就有好几年没有请公休假了，领导也挺好的破例就当我攒在一起休假了。我爸爸妈妈他们也很想诗韵了，一直唠叨着要接过去住一阵呢！至于晓磊嘛，我小时候可是既当姐姐又当妈妈的哦。”

妯娌俩正絮絮叨叨时，文瑜和护士进来了，她们拿来了药，推来了一辆小车，车的顶部是一个玻璃箱子，箱子里放置着四根灯管，箱体两面可开启。看着护士端在手里的盒子里的药，洁如忽然想起“琳琅满目”这词，自己哑然失笑。看着洁如终于露出点笑容，虽然不知道她在笑些什么，但文瑜和晓霞的心有了些许安心。药分为口服和注射的，口服的是苯巴比妥，静脉注射的是白蛋白加葡萄糖，自然少不了双黄连。

吃过药的小宝儿躺在小小的玻璃箱子里，蓝色的灯光开启了，他嘟着小嘴，踢着小脚。眼睛被戴上了眼罩，他伸开手想抓什么，没有，便开始哼哼起来。企图转身但身子却带子固定着，又开始哼哼起来，洁如目不转睛地看着自己的宝贝，顿时觉得他就是一个可爱的天使。猛然想起了一句话："大难不死，必有后福！"心中开始暗自祈祷。

第七章 精灵

床头，摆着文瑜给小俊铭买的巨大的比卡丘玩偶，它圆嘟嘟的大肚子腆着，两只大眼睛一睁一闭，露出顽皮的笑容，腮边两团红晕煞是可人。看着比卡丘和襁褓里梦中的孩子，洁如觉得小宝儿就像是一个小小的精灵，一个从天上飞到人间的精灵。

小宝儿睡着了，眼罩已经摘下来了。手上打着点滴，因为血管太细，没办法用留置针，只好一次次找不同的血管下针。看着俊铭一双小手上密密麻麻的针眼和乌青，洁如一边心疼地吹着气，一边顺着血管边轻揉着。晓霞在晓磊家忙着炖着猪脚，烧着鱼，泡着红枣茶，外加一只在糯米高粱酒中蒸着的大膏蟹，做完饭后，她满满当当地拎来了两大袋，一打开香气四溢。洁如看着一桌子丰盛的菜，却没有什么胃口，晓霞劝着劝着，她也只是随意喝了点汤，扒了几口饭，就又去盯着小宝儿了。

晓霞摇了摇头，叹了口气说："洁如，不会有事的。你看小宝儿这两天精神多了呢！总胆红素不是一天天的降下去了吗？而且喝奶也能多喝了好几次呀！你要好好吃东西，不然哪里会有那么多奶给小宝儿喝啊，他饿了就会抗议的哟。"洁如不想拂了嫂子的好意，只好又回桌前吃了几口，正在这时，文瑜敲门进来了。

晓霞起身把她迎了进来，文瑜看着一桌子的菜肴时，打趣地说："晓霞姐，你是不是想把洁如养成只猪啊，这么多好东西都不知道招呼我一声。"晓霞也知道她是玩笑话，假装讪讪地说："哪里有嘛，洁如都不肯多吃，保持身材呢！只是可怜我们的小俊铭哦，摊上个这么个狠心的娘啊！"看着她们两个一唱一和的，洁如也就笑了，捅捅晓霞微凸的腰部说："是啊，是啊，怕出了月子就像嫂子这样嘛，这么大个游泳圈！"屋子里终于不再死气沉沉。

文瑜这次抱来的是一只硕大无比的史努比，足足有一米多高，身高差不多像个三四岁的孩子吧。看着好友整日像个孩子一样的买公仔时，洁如抿着嘴摇了摇头，揶揄道："你买只这么大的狗是拿来送小宝儿的呢？还是拿来寄存的呢？这次怕又是害怕被伯父骂，所以不敢直接带回家，先扔我这里来避难了是吧？如果不是送着小宝儿的，那就要不拿走，要不付保管费！"看着洁如又开始像以前一样嘴尖舌利，连讽刺带挖苦的开玩笑时，大家都觉得开心多了。

文瑜趁机半开导半调侃说："快乐也是一天，痛苦也是一天，在痛苦面前我们如果还是继续沉浸于痛苦中，那样不是更会摧毁一个人吗？到时候就算你身材再好，可是精神不好，那有什么用呢？还不是残花败柳一株！"听到这话时，洁如一把夺过史努比当起了武器攻击文瑜，一片笑声。

"嬉笑怒骂"之后，洁如乖乖的大口大口喝起汤，吃起螃蟹来。看着洁如那个狼吞虎咽的样子，再看看文瑜那口水儿乎流下的夸张样子，晓霞心里小小得意了一下，顺口说："我的烹调水平可是经过鉴定的哦！""那是，那是，嫂子太厉害啦！"洁如一口啃着螃蟹的大腿，一边口齿不清地应付着，身边的文瑜看着另一只螃蟹大腿，撅了撅嘴有种想抢过来的欲望。

看到床上踢着脚丫的小人儿，文瑜忽然拍了拍脑袋说："我差点忘记了，李主任让俊铭再去做次全面的血液检测。这几天，总胆红素虽然下降了不少，但是还需要看看其它的数据，以便下药的剂量和下一步的治疗。”洁如赶紧跑去洗了个手出来，恶狠狠的盯着文瑜足足五秒后说：“怎么不早说，你这个贪吃鬼！”

可怜的小宝儿又被扎了一针，一管子红得夺目的血液被送进了检测室。门外，大人们焦急地等待着，期待着好消息的到来。

第八章　云端

经过十天的治疗，小俊铭越来越有精神了，偶尔还会咯咯地笑着，脸上也渐渐白皙起来。李主任看着检测报告颇为欣慰地对洁如说："嗯，这小人儿还挺争气嘛！总胆红素已经由原来的 425 降到 278 了，其它的数据有的虽然偏高，但都还在临界点之内，看他精神还不错，而且小手也没有像原来那样紧握着了。继续治疗下去，不久后黄疸应该会回到正常值的。"洁如听了后亲亲小俊铭的脸蛋，欣喜之情溢于言表。晓霞和文瑜也高兴得互相拥抱了一下。

回到病房后，洁如赶紧给双方的老人打了电话报告这"振奋人心"的消息，两家人自是高兴不已。休整了十天后的老人相约着要一起去南昌看孙子，最后被奕平拦住了，由他代表老人们先去了，顺便给洁如带上了手提电脑。老人们奇怪奕平上个医院还带电脑，当得知能通过电脑随时看到孙子，满脸的诧异和兴奋。只是奶奶还是有些愤愤不平地抱怨说："看的着又抱不着！"大家哄笑起来。

黄昏时分，奕平左手两大包右手三小包挪进了病房，顺带斜挎了个电脑包。晓霞和洁如看到如此夸张地进来了个移动衣架，还是挂满了东西，仔细一看是奕平，不禁笑得前仰后合。晓霞接过东西嗔怪地说："你来看弟妹提这么多东西干什么？还带了电脑？要出差吗？"奕平略微难为情地摸了摸头，哂然一笑："都是老人们给孩子买的衣服，纸尿裤，还有一包玩具。电脑是拿来给你们上 QQ 视频的，为了这我还特地去买了网卡呢，这样就省的老人家来来回回坐车，太辛苦了！”

“哇，大哥，你想得真周到！我们都忘记了可以用电脑让老人看看小宝儿呢！可是他们都不会用，怎么办?”洁如担心的说道。奕平笑了笑说：“弟妹啊，你是被小宝儿搞晕了吧，我等会就回去了，帮老人弄好了，他们不就能用了吗？亲家母那边，我已经叫你们家隔壁陈大妈的儿子李达帮忙了，你要视频就提早打电话告诉他一声，他就过去帮忙了！”洁如感激得点点头：“还是大哥考虑周全啊！对了，现在小宝儿在睡觉，没有什么事，你和嫂子去晓磊家住一晚吧。天色暗了，开车不方便。嫂子这几天也很累了，你还是明天再回去吧。这里有我就行了。”

晓霞回头羞赧地看了看丈夫，奕平搂过她的肩，替她理了理衣领说：“还是算了吧，爸妈他们都急着看孙子呢！”话音未落，婆婆的电话打了过来，正是急着催要看小宝儿呢。奕平回望了晓霞一眼，牵过她的手抱歉地说：“晓霞，辛苦你了，过两天就是周末了，我们提前和晓磊说一声，再去他家看看吧！”晓霞假意生气地甩开他的手，示意他可以离开了，这时，小俊铭踢了踢小脚丫子，醒了。

病床上，小俊铭头枕着小小的定型枕，是只小猫的造型。身子被裹得严严实实的，像只热水壶。他不满地挥了挥小手，眼睛还是微闭着，仿佛在抗议着包裹得太过严实。奕平凑近前去，拿出一个玩具拨浪鼓逗弄着他，顺势松了松绑着他的腰带，俊铭开心地睁开眼睛，伸出手想抓住小鼓，可是却怎么抓也抓不到。看着俊铭着急的样子，奕平干脆递到他面前，可是他还是依然抓不到，终于生气得哭了起来。

到底什么情况啊？怎么在眼前的东西却抓不到呢？大家面面相觑，开始忧虑起来……

奕平还是不死心，估摸着是不是小宝儿不喜欢拨浪鼓，转身拿起了床头的音乐盒，音乐盒一打开，一个穿着芭蕾舞裙的女孩子在琴上优雅的转起身来。分明能看到小宝儿的眼睛一亮，伸出手来，吃力地够着，已然到了手边，却还是抓不住。

这回，大家有些慌了，洁如更是觉得一阵凉气袭面而来。

第九章　逆转

奕平再一次看着小俊铭吃力生气的样子，有些担心地问："小宝儿怎么了？他怎么会抓不到面前的东西呢？眼睛好像有些不对劲啊！"洁如也觉得忐忑不安，可是她还是极力想安慰自己，回答道："俊铭刚做完蓝光治疗呢，刚才一直是戴着眼罩在里面睡觉。可能是一时之间看到亮光很不习惯吧。前几天，刚摘眼罩时他也是很不舒服地不想睁开眼睛，今天还算不错呢，很给你这个大伯父面子呢！"

晓霞看着还是觉得有些不对头，抱起还在大哭的小俊铭。她用指头轻轻点点小宝儿的鼻子，逗着他，可是俊铭还是抓不到她的手。晓霞慌了，赶紧对洁如说："不对，肯定不对，以前诗韵出生后没几天就能自己用手抓铃铛玩了。我们还是去请文瑜小妹来看看吧！"

李主任的办公室，三个人七嘴八舌地表达着自己的意思。总结出一句话就是："俊铭抓不到眼前的东西，是不是眼睛有问题？"李主任仔细地翻了翻小宝儿的眼睛，发现眼底没有问题，但双眼球呈下视状态，而且有些斜视。

身旁的文瑜不解地对李主任说："李主任，当初脑积水是轻微的，怎么会现在就出现这种症状？是当初的 MRI（磁共振）有偏差还是病情发展太快了？"洁如听着他们的对话，害怕地问："主任，小宝儿这是怎么了吗？脑积水和眼睛有什么关系啊！脑积水很严重吗?”

李主任详细地解释:“当初是因为短暂的缺氧引起轻微脑积水。但现在可能出现加重的趋势。孩子上眼睑不伴随下垂,可见眼球下半部沉落到下眼睑缘,部分角膜在下睑缘以上,上睑巩膜下翻露白,这是医学上所说的日落现象,也就是脑积水会出现的症状。现在由于脑积水进一步发展,脑干向下移位、展神经和其他脑神经被牵拉,可能会出现眼球运动障碍。前几天的药里已经有加了治疗脑积水的药,但是用量相对少,因为害怕这么小的孩子一下子无法接受那么多药物。现在随着黄疸的消退,我们就把药加到正常用量吧!”

李主任先让护士给俊铭称了体重,俊铭已经有些消瘦了,从出生时的9斤6,剩下8斤9了。看着称盘上的小人儿,洁如忍不住流下了眼泪,本来以为已经守得云开见月明了,谁曾想……接着,李主任开了药方:乙酰唑胺450mg,那是通过抑制脉络丛上皮细胞Na+-K+-ATP酶,减少脑脊液的分泌。利尿剂呋塞米4.5mg。文瑜看完药方后一边嘱咐护士配药,一边握着洁如的手低低地说:“没事的,这药对于两岁以下的儿童一般都会有效果的。小宝儿一定会挺过去的,你别想得太多了。”

下午愉快的心情随之被一扫而空,这快乐也来得太短暂些了。短暂得只有一盏茶的功夫,还不及昙花一现,更来不及等这三个人好好的回味便又消失了……刹那芳华,尽已如烟。留下的是病房内两个人的长吁短叹和一个人的泪眼涟涟。俊铭无辜地睁着眼睛躺在床上,手里是文瑜塞给他的一个小布玩偶,一只叉着腰的维尼熊,维尼熊还背着一个小小的紫色书包。看着维尼熊身上的书包,洁如悲从心中来。

第十章　插曲

奕平起身到走廊尽头的吸烟室去了，一个刚强的汉子瑟瑟地蹲在地上，蜷缩着自己一米八的高个子。想到了英年早逝的弟弟和病床上尚在襁褓的小侄子，他不敢抬起头来，只是自己紧紧抱着自己。他不知道该如何和老人说起，此时家中的老人一定正开心地等待着和小宝儿的视频吧。

还不等他平静，电话忽然响起，他抬起头，看着外面满天繁星，万家灯火。他重拾笑脸说道："妈，我一会就回去了，等我回家时俊铭应该都睡了吧。你们也早点收收收拾去休息，明天中午我下班回来后再让你和宝贝孙子视频吧！"对方似乎有些心不甘情不愿地"嗯"了一声挂断了电话。

奕平回到病房后，晓霞不假思索就生气地骂道："这种时候了，你还有心情抽烟！整天就知道抽，抽，抽！"奕平苦笑了一下，不做解释。洁如上前拉了拉晓霞，使了个眼色，晓霞还是心有不甘。洁如走到奕平身边说："大哥，嫂子这十天洗衣做饭的，太累了，你别怪她。不对啊，你身上没有烟味，哪里有去抽烟嘛！"

晓霞近前闻了闻，的确没有烟味，也就不好意思地低下了头嘟囔着："对不起，错怪你了。看你刚才走去吸烟室的。"奕平拉过晓霞的手，说："没事啦，我刚才出去是去接妈的电话了。你瞧我这脑袋！忘记把银行卡给你们了，卡上有三万元，你们放在身上，到时候可以付医药费。这里还有两千圆的现金，留着买菜和日常花销吧。如果弟妹的奶水不够，就贴补点奶粉好了。”说着把卡递给了洁如。

洁如听了这话，赶忙把卡放到奕平手上，喃喃道：“我这里有钱的，不用花大哥的。他爸工资和赔偿金都还在呢！”说着说着哽咽了。提起弟弟，奕平眼眶也红了，他把卡塞到洁如手中，故作调侃地说：“没事啦。小宝儿是我的侄子啊！再说了，要是让爸知道我这么小气把钱收回去，还不拿鞋底子抽我啊！那我这脸要往哪里搁啊？你还是别害我好了。收下吧！”

“那就谢谢大哥了。时间很晚了，你如果要走还是早点好，天黑了开车要小心！对了，你对妈说什么了没有？妈没事吧？我怕妈太激动心脏又难受了。”洁如有些担心地说，目光闪烁。“没，我没告诉妈，怕她受不了。今天她刚缓了一口气，要是让她知道了，肯定又难受犯病了。我看还是算了，缓几天吧。最好这几天小宝儿吃了药赶快好起来，那也就瞒过去了。多一事不如少一事吧！”奕平一边按摩着自己的眼眶一边说。晓霞在身边连声称是。

送走了奕平，妯娌俩互相抱着取暖。虽时值深秋，外面却已是寒冷冬意了。屋内相对暖和些，但即使这两个女人再为坚强，也抵不过心中透出的阵阵凉意。床上，吃了药的俊铭甜甜地睡着，手上仍然挂着点滴。高脚架上药瓶里的液体滴答滴答往下流，在这安静甚至是寂静的房间里听起来有种令人心慌的感觉。

十天了，漫长的十天，真的是一日如同三秋。让人极为难熬的不止是时间，更多的是一日日小俊铭消瘦了，洁如也消瘦了，憔悴了。晓霞看着床上的这对母子，心中顿觉无限悲凉。

正当她们四目相望无言以对时，文瑜抱着两只熊猫进来了，一只大熊猫怀里搂着一只小熊猫，手上拿着一根竹子在开心地啃着。洁如瞄了一眼文瑜，几乎有种想把她推出门的冲动。没好气地说：“整个房间快被你塞满了，你瞧瞧，你瞧瞧，还有人睡得地方不？下次要么别买，要么买点鲜花，那样病房看起来才有点生气嘛！”

“嘿嘿，果然有人更懂你的心思，别急，鲜花就在后面呢！当当当当，巨星闪亮出场。”文瑜一边顽皮地说一边让出条道来，身后是她们的高中同学陆唯中。洁如和晓霞看得目瞪口呆，一捧巨大的粉色香水百合花束华丽丽地出场了，如同孔雀开屏，足足覆盖了一个 32 寸的电视。

洁如霎时觉得自己被这两个活宝同学彻底轰炸了。

第十一章 风波

望着四面白壁的病房，再看看一脸憔悴的洁如，陆唯中有些莫名的心痛。他不知道应该从何说起，求助地瞥了下文瑜。文瑜心领神会反客为主地打着圆场说："嫂子，这是洁如和我的高中同学陆唯中。他可是中国协和医学院的高材生啊！这次是来我们医院进行为期半年的交流实习的，他已经被北京协和医院录取了。"洁如用夸张的语调说着，害得陆唯中害羞地低下头躲避着洁如的眼光，连声说道："哪里有嘛！你也知道文瑜的特长就是追求夸张的效果。我刚来就听文瑜说你的孩子生病住院了，所以我来看看。孩子现在通过治疗，效果应该不错吧。李主任可是这个项目的学科带头人呢！"

提起孩子，洁如的心就像陷入泥泞的沼泽中，久久无法自拔，带着苦涩的心痛。她有些自欺欺人地回答："小宝儿刚来的时候总胆红素很高，现在也退下了不少。目前就是当初的轻微脑积水可能有些变化。李主任也给他吃了药，应该会慢慢好起来吧。"病房里的空气一下子凝结成了霜。还好，晓霞近前说了句："要不请我们的高材生给俊铭看看吧。"文瑜赶紧对陆唯中说："是啊是啊，是你自己急不可待地要来看孩子，现在反而杵在这里像根电线杆子的，又没人罚你站呢，快去施展你的才华吧！你看看，他手上还拿着我给买的维尼熊呢，都不舍得放手。”陆唯中有些嗔怪地看了文瑜一眼，嫌她实在太过闹腾。

陆唯中走到床前，看着床上的小人儿眼神空洞地望着天花板，手上紧握着维尼熊，嘴里发出呜呜的怪声。他心中一阵寒颤，怎么这孩子的病情会如此严重呢？转过头看着文瑜，四目相对，一切都已了然于心，只是谁也不敢去说。这个孩子此时已经是洁如生命的全部了。他不仅仅是洁如生命的延续，更是奕凯生命的延续。谁又舍得带走这么一个可爱的孩子？谁又忍心带走这么一个不谙世事纯洁如水的孩子呢？虽然现在的他病魔缠身。想到这些，他们两人的心里泛起一阵阵苦楚……

此时的洁如企图从他们的眼神中读出些什么，或许她已经读懂了深深的恐惧，可是她宁可躲在自己的蜗牛壳中抱着自己自怨自艾，顾影自怜，而不敢去面对不敢去抗争。自从奕凯走后，她就开始相信宿命，相信自古人不与命争。不是不争，而是争不过。人生百年，稍纵即逝，谁又能摆脱得了命运的安排呢？

陆唯中从来就不是一个会撒谎的人，所以他极力躲避着洁如灼灼的目光。他深深地吸了口气，忽然想起导师曾经说过：“一个医生所应拥有的心理素质应该和他的业务素质一样的过硬。因为医生的一言一行会影响到病患的心情，影响到病患家属的心情。有时甚至会影响到治疗的成败。这就是所谓的细节决定命运与成败。”

陆唯中笑着说：“洁如，你不要想那么多。治疗病患是我们医生的本职工作。所谓：医者父母心，如保赤子。不就是说明这些吗？对于医生，尽全力治疗是我们责无旁贷的责任。而你的责任是什么，你知道吗？孩子现在最需要的是你多陪他玩玩游戏，说说话。中午天气暖和的时候带他去天台的雨篷外晒晒太阳，补补钙。你应该使自己尽量有个愉悦的心情。你开心了孩子才能快乐地成长，你就是他的指路明灯。不要小看情绪与心态，好的心态曾经让濒临死亡的人绝处逢生，不好的心态会摧毁本不是患什么大病的人。记住：你是母亲，而母亲是坚强的代名词，相信在我们的相互配合下，小宝宝会慢慢好起来的。我和文瑜现在再去请教李主任一些问题，一会儿回来找你。"他迅速说完这些铿锵有力的"善意谎言"后，迅速向文瑜递了个眼色，走出门去。洁如一愣一愣地听完那番话后，暗自使了使劲，挤出一个灿烂的笑容。

李主任的办公室内，两个年轻人诚惶诚恐地站在桌前，忧心忡忡地问："李主任，现在情况是不是很不乐观？怎么当初的轻微脑积水会有现在这么严重的症状？"李主任思虑了会说："这孩子刚来时的情况本就是不太好。既有新生儿的胆红素脑病情，然后又引发轻微脑积水。当初总胆红素很高啊！明天赶紧先安排一个脑部 CT。看完片子后再做进一步决定。"文瑜随之转过身交代了护士去安排。

文瑜有些担心地问："如果脑积水情况真的进一步恶化，那么需要做手术吗？"她心里暗暗害怕洁如无法接受那残酷的结果。李主任严肃地说："脑积水的治疗强调个性化，也就是根据积水的原因、类型及程度而选择不同的治疗方法。如果需要手术治疗，可选择脑室－腹腔分流术，但术后容易并发分流不足、分流过度、分流管梗阻及感染。现在有条件的也可在内镜下微创手术治疗，这样就无需终生带管。其中，软性内镜是一种新的工具，其外径仅有3.8mm，相当于筷子粗细。由于其柔软、纤细、灵活的特性，在脑积水的诊断和治疗中有其独特优势，创伤更小，恢复更快，效果更佳，可是那也要等两岁之后才能做啊！脑积水手术的风险很高，尤其是对这么小的孩子。而且手术预后往往不是很理想。所以，手术的问题一定要慎之又慎。失之毫厘必会谬以千里啊！人命关天，有时就在一念之间。不过也要看病人的造化了。"

两个年轻人道谢后恭敬有礼地退出办公室，又一次对视，黯然神伤。

第十二章 真相

走廊边值班室，文瑜和陆唯中低着头暗暗地在讨论些什么，身边的护士正遵医嘱配着药。晓霞拿着电话从房间转出身来，是奕平的电话。他已经平安到达了，只是老人家还是不肯入睡，想着要和小俊铭视频。晓霞接了电话安抚了两位老人，言明小宝儿已经安然入睡了，等明日中午精神的时候再相见。老人还是不放心的絮絮叨叨了许多，千方叮咛，万遍嘱咐，晓霞都一一答“是”，老人终于无奈而不舍地挂断了电话。

晓霞经过值班室，发现里面是文瑜和陆唯中，于是便上前询问。她有些不安的问道：“你们刚和李主任商量得怎么样？小宝儿是不是很严重？我看他和我女儿诗韵当时出生的样子差了好多，不怎么爱笑，老是发出一些尖叫声。而且像抓东西这一类动作于他好似都很难。我刚才能看出你们两个的眼神，你们只是不敢和洁如说而已。而她也许是精神恍惚也许是善于自欺，所以对于你们的表情都视若无睹。你们能告诉我实情吗？恐怕这病不是吃药就能好的吧！没事，你们尽管说，我一定会好好配合和劝劝洁如的。”

文瑜被晓霞的敏锐和达理所震惊，面对这个已经略显疲惫的女人，她决定还是说出真相。文瑜伤痛地说：“嫂子，不是我们不肯说实话。而是我们还要等待明天早上安排的脑部 CT 检查。到时候片子出来，我们才能下最后的决定。如同你看到的，俊铭的病情不容乐观，虽然黄疸已经有所减轻，但因为缺氧和高胆红素脑病所引发的脑积水的症状愈发明显。一般孩子在两个月后才会出现很明显症状，现在小宝儿才不到二十天呢。不知道当初洁如生产时所谓的假窒息时间是多长？而且那次喂奶后俊铭没有呼吸的时间又是多长？有时短短的几分钟病情就可能会引起很大的差距。而且脑积水会产生的后遗症很多，大多都是智力低下，行动迟缓。"

晓霞拉过文瑜的手，紧握着不想放开，她能理解为什么文瑜不敢让洁如知道，她更能想象洁如听到这消息时会有何种反应。虽说"如人饮水，冷暖自知"，但想必天下所有的母亲都是一样的，她们都是希望孩子永远健康平安和幸福。在健康面前，世间所有的一切都已是微不足道。

晓霞继续问道："像俊铭这么小能不能做手术？手术的成功率有多少？做好了以后症状会消失还是仅仅减轻？"陆唯中暗自佩服眼前这女人思维之缜密，完全不像洁如总是明知故问而后自欺欺人。但他也知道毕竟两人所处的位置不同所能思考的也不同。所谓的讳疾忌医，一般都是发生在至亲的身上。而往往的确是"旁观者清，当局者迷"。"关心则乱，乱了心，也乱了方寸，其实那样是更不利于治疗的。医生只能冷静而不能冷漠，对患者一定要时刻保有着一颗仁善之心。"耳边仍然是老师的谆谆教诲。

陆唯中思虑了一会儿对晓霞说："儿童脑积水的各种手术方式疗效都无法非常令人满意，常用的分流术仅能在几年内保持有效，且有效率不高，仅达 50% ~ 70%，故预后欠佳。而且即使是手术时分流术效果良好，至成人期也常有智力发育障碍，这不仅因病情而异，也因人而异。另外，脑积水的预后和手术治疗的效果取决于有否合并其他异常。患单纯性脑积水的婴儿，如果在生后 3 个月内进行分流手术，那么有可能发育为正常。”

文瑜在旁补充说：“俊铭是因为缺氧和高胆红素脑病所引起的脑积水，这是所谓的外部性积水，而不是先天性积水，仍然有近50%的患有外部性脑积水的患儿生长发育正常，但也有约一半的小儿在其生长发育过程中出现不同程度的异常或遗留不同程度的神经系统后遗症。”

听着他们的话，晓霞觉得喜忧参半，毕竟外部性脑积水有百分五十的正常机率，但恐怕那个脑病也会有所后遗症吧。她不想去问，一方面是因为害怕，而另一方面也是想给自己勇气带着洁如一起去面对。她道了谢离开了，觉得几米的距离一下子被拉得好长好长，她不知道明天会怎么样，更不知道该怎么向洁如和老人们说出这些异常残忍的真相。

病房内，母子俩已经睡着了，洁如斜倚在床头握着俊铭的手，俊铭身边是那只腆着肚子的比卡丘。晓霞眼睛湿润了，对着窗外的一轮满月，她缓缓跪下，祈祷着那一天早早到来——俊铭如同小精灵般在公园里唱着歌儿，荡着秋千。

第十三章　未央

病房内，两张单人床靠墙拼成了一张超大的双人床，小俊铭裹着薄薄的睡袋安然入睡，眼睛紧闭着，两只小手举起来放在耳边，不知对着谁投降呢。粉嘟嘟的脸蛋虽然消瘦了点，但可爱依然。晓霞小心翼翼地把他的双手轻轻地放进睡袋内，这时斜倚在床头的洁如醒了，睡眼朦胧地问："几点了，我睡着了是吧，你怎么都不叫醒我啊？你刚才怎么接个电话那么久啊，是不是去找文瑜他们了啊？"晓霞比了个"嘘"小声点的手势，示意她别吵醒小宝儿，压低声说："没有啊，我回来很久了，看你累得睡着了哪里舍得叫醒你呢。你赶紧脱了衣服睡觉吧。"身心俱疲的洁如"嗯"了一声，滑进被窝里，很快就睡着了。留下晓霞面对着铅灰色浩渺的星空，始终无法入睡。

当天空刚显出一丝鱼肚白时，晓霞活动了蜷缩了一夜的身子，站了起来走出房门。布满血丝的眼睛微肿着，疲倦的脸色昭示了主人的一夜无眠。看着身边的一大一小还在和周公游玩时，她踱到值班室内，发现文瑜和陆唯中正在分别接诊着一个发烧的孩子和一个急性肠胃炎的孩子。孩子的哭声和大人焦急的催促声此起彼伏，弄得人莫名的心烦意乱。望着眼前的文瑜和陆唯中，两人一丝不苟严肃神情，和昨天的嬉笑怒骂宛若天壤之别，"也许这就是神圣职业所赋予的吧！”晓霞暗暗地想着，独自走往了天台。

住院部院子里，两侧各栽种着几棵郁郁葱葱不知名的参天大树。它们已经用那顶如华盖，叶若蒲扇的伟屹身子把天台布置得仿若一个巨大的绿色摇篮。晓霞坐到石椅上怔怔地对着远方那一轮尚未全然升起的太阳发着呆。深秋的清晨薄雾在片片树叶下写下了初冬的寒意，隐隐约约可见一层层冰膜覆盖在尚有绿意的树叶上。晓霞不禁蜷缩了身子，比起夜深露重来说，清晨委实多了番凉意。

看着那一轮火红的太阳裹着浓雾破晓而出时，晓霞想起了八岁的女儿诗韵。从出生到现在还没有过这么长时间的别离呢。在她心里，女儿就如同东升的旭日，充满了朝气和活力，更充满了人生的希望。她忍不住想给女儿打个电话，但又害怕打完后会抑制不住那成灾的思念而奔回家里。还是洁如和小宝儿更加需要自己，想到这儿，她把手机又放回了口袋里。看了看时间，不知不觉竟然也发呆了一个多小时，已经七点多了。忽然记起今天李主任说要给俊铭拍片，晓霞赶紧起身往病房里赶。到了病房时，洁如已经醒了，小俊铭嘴里还啃着一只小手，眉儿弯弯，笑着，眼睛还是闭着，但小肚子在睡袋里一拱一拱地，估计是快醒了。

“嫂子，你这么早去哪里了？我还以为你去找文瑜了呢。刚才去值班室，他们说今天早上要给小宝儿安排脑部 CT。八点就要抱小宝儿过去了。才没半个月就做了两次 CT 了，可怜我的小宝儿啦！”洁如嘟着嘴说道。晓霞回答说：“哎呀，这十几天啊，我在这里要么坐着要么睡觉，都没做什么事情。一没运动啊，浑身都觉得不舒服，所以到天台去走走了。也快八点了，先把小宝儿叫醒吧，喂喂奶我们就可以去做 CT 了。”

不知道是不是听到大人的对话，小俊铭大声地哭起来，挥舞着小手，狂踢着小脚。洁如赶紧抱起他，安抚地亲吻着小宝儿粉红的小脸，晓霞从地上捡起他踢掉落的袜子，重新给他穿起来，忽然发现小脚一片冰凉，没有一丝的暖意。她小声嘀咕着：“怎么裹着睡袋，穿着袜子，脚还这么冷啊？”洁如听了后，用手一探，果然是冰凉的，心慌乱了起来。

这次的哭泣持续了将近十分钟，两个大人演出了一场场卡通剧，一个抱着史努比学着小狗儿汪汪叫，一个躲在比卡丘后面藏猫猫，她们差点就想到要学内裤外穿的超人了。两个大人累得额头出汗，正在这时，文瑜和陆唯中进来了，看到她们的这一幕，两人强忍住笑意，抬起头看着天花板藏起了笑容。总算“皇天不负苦心人”，俊铭终于不哭了，但也没有笑，估计是哭累了要休息而已。

文瑜说：“洁如，预约的时间差不多到了，我们赶快过去吧。有预约就省得宝儿等啦。”洁如赶紧给宝儿洗了脸，喂了奶就抱着他去检查了。身后，跟着的晓霞心里七上八下，忐忑不安。她无法不抱着希望，哪怕一点点希望。

晓霞在心里默默祈祷，祈祷着光明的出现，即使是微弱的，她也定然心存着一份感激。对于一个在黑暗中行走的人，当看到萤火虫般隐约的光明时，想必都会感激着上天的赐予，让人觉得不至于前途渺茫，孤苦无依。

第十四章 希望

CT 室外的人一脸忧愁，CT 室内的人一脸焦急。CT 台上的小人儿挥着小手想要抗议，可是抗议无效，被决绝地遏制在萌芽阶段了。他用大而浑浊的声音表达着强烈的不满，洁如觉得心神不宁。她知道自己对即将面对的结果毫无反抗的能力，可却还是不甘心，甚至对老天产生了深深地怨忿。可是，在上天面前，人类永远不都是苍白无力吗？脑海里一闪而过一个词："人定胜天！"洁如看着无助地孩子，心想："人怎么可能胜天呢？在天地面前人类又是何等的渺小。不要说自然灾害，不要说生老病死，单单一个疾病都可能成为所谓的"绝症"，人真的能胜天吗？不，永远不可能。"她闭上眼，泪水涌出，肆意留下。十几天的时间，她的心已被掏空了。身边的文瑜也心如刀割。

检查后，抱起满脸泪花地俊铭，洁如忽然把孩子举得高高的，将自己的头深埋在小人儿的怀里。小宝儿觉得有些痒痒的，竟然呵呵地笑了起来。转而，他看到母亲的泪水时，小人儿居然拿起手来想帮妈妈擦擦泪，只是偏了，摸到了妈妈的嘴，他又笑了。洁如欣慰得想笑，可是眼泪还是不争气地往下流着，流到了嘴边，这回的小人儿可准了，终于成功地抹掉了妈妈的眼泪。母子相互拥抱着，文瑜终不忍再看一眼，觉得依稀可听到的是心碎的声音。

半小时的等待，与其说等待，不如说是煎熬。最终的报告拿到了，洁如双手颤抖着看着 CT 报告：颅内基底各池体积明显增大，内密度均匀，CT 值正常，双侧额叶及颞叶蛛网膜下腔明显增宽，（具体数值略去）内密度正常。局部脑回形态正常，脑室大小形态密度正常；脑实质内灰白形态正常，分界清晰分布正常，双侧对称；脑中线结构居中。结论：外部性脑积水。“上面没写什么程度的脑积水啊？什么叫做外部性脑积水？需要手术治疗吗？都会有什么后遗症？”洁如一边双手把报告书递给了李主任，一边不停地发问。

李主任对着灯光又仔细的看了看片子，然后回答说：“按照显示的数值看来，正处于轻度中的重度值，这和当初在你们县医院做出的结果差距不多。可以得出孩子现在所表现出的特征更多是因为高胆红素脑病引起的。脑积水如果大量长期存在的话会影响脑的发育，但是少量的积水是可以自行吸收的。这个问题我们继续观察一下，如果积水比较多最好还是手术治疗。唯中啊，剩下的问题就先由你来回答看看吧！”

陆唯中有条不紊地解释道：“脑积水按部位可分为脑室内脑积水和脑室外脑积水。而后者又叫做外部性脑积水。它主要是发生在婴幼儿期，而且只发生于囟门未闭合的孩子。凡在围产期产生的对中枢神经系统造成损害的因素都有可能导致外部性脑积水。包括窒息、难产、早产、颅内出血、新生儿高胆红素血症等。由于外部性脑积水可压迫脑组织及各种病因可产生神经系统损害，一般六个月前就要积极治疗。治疗主要有两方面：一是治疗所发现的异常：如惊跳、激惹、抽搐等。二是对今后在发育过程中可能发生的异常，早期进行干预治疗：如运动语言等发育。随着病因去除，颅脑不断发育，颅骨缝闭合，外部性脑积水大部分可自行恢复，但有 30%-40% 患者可能有运动发育迟缓、特殊的运动技能障碍、语言发育落后、学习困难、行为障碍等后遗症。”

李主任赞赏地看了看陆唯中，又看了看文瑜。文瑜补充说：“外部性脑积水是指颅内蛛网膜下腔的积液增多，即颅骨和大脑组织之间的一个腔隙内水的积聚过多。正常情况下，蛛网膜下腔有少量的液体，其数量由于分泌和排泄处于动态平衡下而保持恒定。但是，在病理情况下如脑膜炎症和蛛网膜下腔内血管炎症和出血，则会出现脑脊液分泌增多或和排出障碍而导致蛛网膜下腔液体潴留，另外，在大脑额叶萎缩或发育不良的情况下，由于大脑与颅骨之间蛛网膜下腔空隙增大，也会出现继发性液体增多。”

李主任接着对洁如说：“药物的治疗是我们医生的事情，进一步观察后才能判断需不需要手术。外部性脑积水是室外型的积水，预后较好，一般来说不需要手术治疗，除非有恶化的趋势。可是很多事情希望你们家长可以多配合，多促进孩子的生理发展，比如说从现在开始多和孩子说说话，帮他做手脚的按摩等。过会我让护士先教你一套按摩方法，及早干预是必须的。现在你能做的不是一直忧虑后遗症之类的问题，而是应该放宽心来，用一个积极向上的心态来配合我们医生，和孩子多一些互动。”

说完后，李主任吩咐护士做好了记录：第一疗程：1、吊瓶，每天滴一瓶神经节苷脂，一瓶丹参促进脑部发育。2、每天用仪器做一次耳后理疗，20 分钟。

洁如和晓霞听了话后，连连称是，极力幻想着看到那一丝丝光明，忽隐忽现。妯娌俩紧握着手，目光交汇处，一片暖阳。哪怕只有一丝希望，她们都会有如飞蛾扑火般执着前行。此时的洁如坚信：前途是光明的。晓霞却只盼着，希望不会只是奢望……

第十五章　转机

李主任诊室内，陆唯中一脸谦恭地站着。看着一个个慕名而来的病患带着各种疑难忧伤而来，带着稍许释然离开，心中敬佩之情油然而生。李主任在新生儿脑病这个学科项目的确是江西省的带头人，在治疗脑瘫方面更是颇负盛名。陆唯中之前去实习的医院都是综合性的，来这里纯粹是文瑜的相邀。记得上大学时有的同学还觉得儿科是满低级的地方，因为没有多少疑难杂症需要处理，而今看来，其实儿科却是包罗万象的。当自己每每看着一个个被恶魔纠缠的小小生命，陆唯中是心痛的。这个二十六岁的不大不小的男生一次次被孩子的哭声，父母的叹息所震撼。每当看到一个个噙着泪水守在病床前憔悴的母亲，他便想起了："谁言春草心，报的三春晖?" 在这里，能体会到其它科室所没有的血浓于水的亲情，那种虽然哀伤，但却不离不弃的深情，毕竟这里的孩子，最需要的就是母亲。

第一天来时，便得知同学洁如的儿子在这里住院。从文瑜讲述中知道了这几年发生的事情，他为同学的不幸所哀痛，但还有一种难言的苦楚。犹记得，那次暑假回来参加同学会时，同学们刚刚大学毕业，有的要去读研，有的要去工作，大家挥斥方遒，侃侃而谈。洁如身着一袭如同薰衣草的紫色长裙，披肩的长发用一个镶满水晶的发圈箍着，静静地坐在会场的一个角落，含笑听着同学们的聊天，那时的她像极了画里的紫丁香，猛然有一种情愫如同春天的小草破土而出，在他心中冒着新芽。会后，他们也曾留下彼此的电话，但却疏于联系。陆唯中本就是一个不善言辞的人，他不敢表达，害怕被拒绝，无奈的只好任那一缕缕思念随风飘散。谁曾想，再一次见面已是四年之后，因为他所读的中国协和医学院是八年制临床医学专业的大学，再者自己的不善言辞，故而这四年中同学们发生的事情他所知甚少。四年，说长就长，说短也短。仅仅四年，隔去了这个男孩曾经的所有相思，眼前的这个曾令他魂牵梦萦的女子已嫁为他人妇复又守寡，孩子也已呱呱落地。

看着陆唯中有些分神的样子，李主任“咳咳”了两声以示提醒。这个大男孩低下了头，羞红了脸，连声道歉。李主任替他解围道：“是不是在想你同学孩子的事情啊，我已经吩咐护士去教一些基本的按摩和抚触了。随着总胆红素的下降，黄疸会逐渐消失，但是高胆红素脑病所引起的后遗症还是会存在，只是轻与重的问题了。如果家人一直努力配合我们，那么孩子应该会有所好转。”

这个腼腆的大男孩搓了搓手，向李主任微微鞠了个躬后跑了出去。他不自觉地来到了俊铭的病房，房内护士正手把手地告诉洁如按摩的部位力度和次数，一遍又一遍。在陆唯中的眼里，护士的背影忽然高大了许多，她们才是最辛苦的人，堪称幕后英雄。

洁如一边认真地看，一边拿着笔记着。陆唯中在门外静静地听着，暗自记在心中：(1) 补肾经 300 次，补脾经 300 次。(2) 清天河水 100 次，揉肾顶 100 次。(3) 推擦涌泉 100 次。(4) 点揉风池穴 1 ~ 3 分钟。(5) 俯卧，小鱼际自上向下，轻揉脊柱 10 ~ 15 次。

站在门外透过门上小窗看着伊人憔悴，陆唯中陷入沉思。他无法预知自己所思所想会不会只是一个梦，但他却深深知道为了这个梦他将付出的是什么，想到两鬓发白守寡十几年含辛茹苦养大自己和妹妹的母亲，他心忽然揪了起来。母亲所有无怨无悔的付出也仅仅是为了给自己一个美好的未来，而鸦有反哺之心，他所能做到的便是不给母亲太多的负累，无论是金钱的还是精神的。还记得那一日同学会后，夕阳余晖下他牵着母亲去看年迈的奶奶时，几乎人事全忘的奶奶还没忘记提醒这个家中唯一的男孩要让她有生之年看到孙媳妇，抱上重孙。那时母亲紧握着他的手，手心湿润着……殷殷之情尽在眉目之间。望着母亲，他幻想有一天能一手牵着母亲一手牵着洁如……然而因为自己的胆怯，曾幻想的美好早已失之交臂，再一次重逢时，却已是物是人非事事休。

护士教完后边回头边交代着什么，开了门，和魂游物外的陆唯中撞了个满怀。洁如抬起头看着两人尴尬的样子，摇摇头，笑了。护士羞红着脸急忙闪开了，留下了依然发呆的陆唯中。洁如走过去，把手放下他呆滞的双眼前一晃，本想逗逗他，谁知陆唯中一把抓住她的手说："我……我……"话未开启，晾完衣服的晓霞进来了，莫名其妙的看着眼前这一幕。转头看到拿着脸盆的晓霞，陆唯中欲辨无语。洁如赶紧说："谁叫你捣乱，看到那个漂亮的护士就魂不守舍的，我不过把手放你眼前晃晃，你至于这种反应吗？对了，我们走后，李主任还有没有说什么？"

"噢，对了，就是李主任说孩子目前暂时不用考虑手术的事情，让你们放宽心来。每天记得帮孩子按摩，文瑜出去买童话书了，说是要让你念给俊铭听的。还有，什么叫做我看到漂亮护士魂不守舍，说话要负责任！我先去查房了，一会儿文瑜就来了。"陆唯中颇有些结结巴巴地说完，一溜烟跑了，这回留下的是面面相觑的妯娌。

洁如开心地说："嫂子，你听到了吗？好像今天的 CT 结果没有我们想象的那么糟呢！你走得真不是时候，刚才护士来教我怎么给小宝儿按摩呢！一天要近一千次呢，真不容易。不过只要小宝儿好好的，多少都没关系，正好当减肥了。等会我再给小宝儿按摩按摩，让你看看专业不专业？”看着洁如手舞足蹈兴奋的样子，晓霞也很开心，但脑海里仍然是进门时的那一幕，虽然他们都有解释，自己也确实看到护士刚出门的背影，可是心底为什么仍然觉得有种异样的，说不出的感觉呢？

手机音乐响起，一看是家里的号码，知道是老人已经等不及中午的到来了。

第十六章 明媚

窗外，阳光明媚，几日阴沉的天气此时似乎也应起景来，太阳起了个大早，拨去重重浓雾。暖暖的阳光穿过窗子扑进房间来，洁如深深的嗅了嗅，竟然有种花香四溢的感觉。老家的人仍然坚持月子里的产妇是不宜吹风的，但此时洁如却还是执意推开窗户，临窗大树茂密的叶子一下子摆脱了窗子的束缚，跳着蹦进了屋里。洁如捡起一片树叶，回头看了看床上的小人儿，笑意满怀。

电话接通了，还未等奕平把话说完，老人已经迫不及待地抢了过去，说："小宝儿起来了吧，昨晚睡得好吗？我可是睡的不好，想我的宝贝孙子啊。今天早上奕平正好出去办事，现在回来了。你们快开电脑，让我看看小宝儿啊！"

应了"好"之后，晓霞拿出电脑，插上网卡，迅速地上了网，开了 QQ，点了视频。洁如抱着正手舞足蹈的小俊铭，笑颜如花的亲吻着。视频对面是两个慈祥的老人，他们仔细的看着，婆婆着键盘，返老还童地扮着各种动物逗弄着小宝儿。小宝儿咯咯地笑着，奶奶却哭了，伸着手想抱抱，可是面前却只是冰冷的屏幕，老人终于无法控制住满心的心酸，回头牵着自己儿子的手，抚摸着抚摸着，头低了下去，抽泣的背影显得更为的苍老。

洁如也被婆婆的心情所感染者，但迅速调整好了情绪，笑着说："妈，今天李主任刚看过，说小宝儿暂时不需要考虑做手术。刚才护士还来教我给他按摩呢。说除了吃药和理疗外，我们只要多和他说说话，每天做做按摩，小宝儿很快就会好了呢。爸妈，你们不用担心，只是害得哥和嫂子这么辛苦。明天就是周末了，下午就让嫂子回去看看诗韵吧，小宝儿这会儿没事。吃饭我就叫餐，那天看文瑜在吃，医院食堂还真是不错呢！"

老人半信半疑，不置可否。因为他们虽然看到俊铭是活泼的，但眼睛却不会朝着人看，不知在斜视着哪里。说着说着，文瑜抱着一大叠的书走了进来，书几乎挡住了她的眼睛。"文瑜，你也太夸张了吧，这么多书，小宝儿都还没满月，哪里需要这么多啊！"洁如看得目瞪口呆。文瑜一时间没看见屏幕里有人，嘟着嘴把书散落在桌上说："哪里多嘛，又不是买给你的！回头给我家小宝儿看，就不给你看！还有，你昨天干嘛枕着我的史努比睡觉？还想收我保管费，哼，应该是我收费。"

"呵呵，文瑜啊，小宝儿什么时候成你家的了哟，你这小姑娘还没嫁人了，让人家听到了该找不着婆家了！"屏幕里发出了俊铭奶奶的嗔怪声。猛然发现电脑上这一家子正在视频，羞红了脸，讪讪地叫了声："叔叔阿姨好！"旁边晓霞看着笑得直不起腰，暗自腹诽着文瑜也有害羞的一面。

老人继续说道："文瑜，你来得正好，洁如说小宝儿现在情况还不错，应该不用手术，是吧？上次不是说小宝儿挺严重的吗？而且你看他眼睛都不会看着人呢！"文瑜点了点小宝儿的脸蛋说："阿姨，俊铭通过药物治疗和辅助的理疗，会慢慢好起来的。随着他胆红素的继续下降，其它所引起的症状都会慢慢减轻了。您放心吧！"屏幕里的老人终于露出了欣慰的笑容。

视频久久不肯挂断，老人就像孩子一样赖皮着向儿子撒娇，不让他去点那页面的关闭。直到小宝儿哭了，蹭着洁如，饿了想要喝奶了，老人才只好依依不舍念念不忘地让关了视频，之后便是长吁短叹，唠唠叨叨，埋怨着儿子不让自己看个够。

奕平的电话响起，原来是小诗韵想见妈妈了，一转眼都快半个月了，果然是母女同心，心有灵犀。当得知妈妈下午就回来时，她开心得尖叫起来。

第十七章 抉择

相见不如不见，无论是陆唯中还是老人都发出了这种无可奈何花落去的感慨。

一个满怀心思地走出去了，强逼着自己不能再去多想。昨天值班后，今天本是轮休，可是他宁可和文瑜去查房，宁可用满满的工作填满自己所有的时间，那样便不再会有空余去思考其它无关工作之事了。他决定了查房后要去图书馆一趟，他喜欢那种书香满室的感觉，喜欢在浩瀚的书海里物我两忘的感觉。

屏幕前的老人仔细端详着奕平截图下来的小宝儿，粉嘟嘟弹指可破的小脸有些消瘦。老人看着，一次次想拥他入怀，可是摸着屏幕，觉得似乎遥不可及。思虑再三，老人还是鼓起勇气对儿子说："要不，晓霞周末回来住两天，等你要送她回去时，把我们也带去看看吧，行吗？真的是太想抱抱小宝儿了。顺便问问亲家母亲家公要不要一起过去。"奕平看着老人哀怨渴求的眼神，不忍拒绝，答应了，说："妈，怎么说得这么委屈，我哪里敢不带您去啊！只是怕你和爸太累了啊。我想洁如爸妈一定也很想去的。"说着拨通了电话，相约着周日中午一起过去。四个老人终于都笑了。

图书馆内，陆唯中翻着书，拿着笔不停的转动，脑海里心里全是洁如的身影。他使劲掐了掐自己大腿，企图用疼痛来逼自己清醒。在大学里，因为自己的儒雅帅气，身边不乏粉蝶二三。他因自己害怕被拒绝，故而也不忍去拒绝，不忍去负谁，终是负了所有。而今，虽然阅尽沧海，千帆过尽，心里唯余的还是那份青涩的暗恋，那份因自己的胆小腼腆少不更事而误了的青春岁月。可是，没有什么可以重来，他问自己：如果一意孤行孤勇地去追求，会为了自己的一己之私伤害了多少人，伤害的也许就是三个家庭。他再问自己：是否有这种能力对一个毫无血缘关系的病童做到视如己出？即便此刻对小宝儿有再多的怜惜，那也仅仅是发自本能而已。未来的路又将何去何从？想着想着，陆唯中抱紧自己的头，有种想狠狠抽自己耳光的冲动。

诺大的图书馆里看书者寥寥无几，兴许是因为人们都上班上学去了吧。陆唯中站起身，走到一排排书架中，依旧寻觅着医书的身影。到了医学类的书架前，他努力寻找着儿科的书籍，毕竟不是专业的图书馆，自然没有学校医学种类的齐全。他边走边翻阅着，拿起又放回，心仍然无法平静。指尖处，触及的是一本治疗脑积水的书，他迅速拿起转过身回了座位。何去何从，在这一刻，心已然给了答案，只是感性和理性依然在打着一场没有硝烟的战争，空气中硝烟弥漫。

草草地吃完午饭，晓霞早已是身在曹营心在汉，洁如看着真心有些不忍，便催她快点回去。对于嫂子，其实洁如是既熟悉又陌生的。因为晓霞和公婆住在一起，而自己则是和奕平购置新房自己住。见到晓霞的日子也仅仅是在每个周末和节假日的时候，委实是不多的，嫂子给自己最大印象莫过于烧着一手好菜和那震惊四座技压群芳的调酒术了。也许正应了古语：“患难之中见真情”，看着晓霞放下年幼的女儿为了自己忙进忙出，买菜做饭洗衣辛苦操持着为自己做月子，还帮忙着照顾患病的小宝儿，洁如唯有感激不已。所谓“大恩不言谢”，她经常觉得对于这个家庭，无论老人还是哥嫂都是有所亏欠的。奕平的离世，小宝儿的患病，虽皆非自己所愿，但她仍然有着太多的自责和愧疚，有时觉得这些足以把自己压得透不过气来。

第十八章　晚晴

晓霞一离开，洁如忽然觉得房间空荡荡的，除了自己和俊铭相依为命外，连空气都变得冷冷的。她紧紧地抱着小宝儿，望着窗外的那抹浓绿即将慢慢转黄，望着天空中一行行北雁南飞，洁如无可转圜地想到了奕凯，禁不住红了眼眶。

雁南飞，雁难飞，洁如如同一只想飞回家的雁儿，可是却怎么也飞不起来，她仰望天空感慨良多地想着，天大地大何处又是我家？不是都说有情相守才是家。可是自己和奕平却已是天人永隔，留下的便只有怀里的这一血脉相连。强忍着已经溢出眼眶的泪珠，她低下头吻着怀中的小宝儿，小声地嘀咕着："小宝儿，妈妈的小宝儿！妈妈愿做你的翅膀，带着你飞翔。"

正独自感伤着，文瑜和陆唯中进来了。“发什么呆呢？有时间不去给俊铭按摩，也不去给他念念儿歌，读读故事，就知道在那里发呆！敢情是学林黛玉在伤秋还是怯冬啊！”文瑜口无遮拦快人快语。旁边的陆唯中一瞥红着眼眶的洁如，心猛然抽了一下，不言不语地把头转到一边，不敢正视。“那你又是怎么了？也在发呆。真不知道你们两个在干什么，晓霞姐一走，两个人都失魂落魄的！”面对着机关枪似的文瑜，两个人唯有苦笑相对，各怀心事。

“你中午不是还说小宝儿是你们家的吗？那你怎么不来发挥你

们医生救死扶伤，慈悲为怀，普渡众生的高尚节操呢？你不是也是有空杵在那里疯言疯语的，没点正经。”听着洁如如此打趣文瑜，陆唯中也忍不住笑了：“两个疯丫头。”“谁是疯丫头，说清楚！”两个人异口同声一起讨伐，陆唯中趁势逃之夭夭。李主任正好和他擦肩而过，陆唯中拍了拍胸口，舒了口气，暗自庆幸没让他看到这场打闹，否则就算后悔，也为时晚矣。

接下去的脚步，陆唯中几乎是踮起脚尖跟在李主任后面，生怕被他发现，至于为什么，他自己也颇为费解。李主任敏锐的第六感觉让他觉得似乎有人在“跟踪”，转头一看原来是陆唯中。他奇怪地问：“唯中，搞什么鬼呢？今天怎么看你怪怪的。认真工作，稳重点，别净和文瑜那丫头学！那丫头整天鬼灵精怪的，也难得你和他走那么近。小心她欺负你，影响工作。”这句颇有些调侃的话在陆唯中听来却已是重话了。他涨红了脸说：“李主任，对不起。我错了。”李主任拍了拍他的肩膀，转身去开会了，嘴角带着一丝狡黠的微笑。看着这两个年轻人几乎形影不离，他便想老夫聊发少年狂，当一回月下老人，帮着院长的鬼精灵女儿寻求一个最佳的归宿，也好来报答所谓的“知遇之恩”。殊不知，哥也无情，妹亦无意，纯属乱点鸳鸯谱而已。

陆唯中自然不知道平时严肃有加的李主任会存着这样一份心思，只是望着他远走的背影，心中充满了自责。平时恭谨敬业的他竟然会因为分心而受到批评，他觉得确实有些无法原谅自己了，因为医生这个职业是容不得一丝一毫的错误。所谓生死有时尽在医生的一念之间。一念天堂，一念地狱。自责的心愈发强烈了。

他步履沉重地走回了文瑜的办公室，他半年的交流实习是这样安排的：前两个月跟着文瑜熟悉新生儿整个治疗护理流程的，后四个月分别是跟内科和外科的主任。所以他自嘲自己有“流动办公室”，列入房车范围。当初和文瑜说这话时，旁边的护士们被他的幽默亲近所折服。以至于后来文瑜每每调侃他：“来，我帮你数数啊，看看究竟会多少个女生拜倒在你的燕尾服之下！”

文瑜说这话是有根据的，十岁那年陆唯中钢琴就过了十级，本已经考取了上海音乐学院附属小学，但因父亲的猝死，他便下定要决心当个救死扶伤的医生，不仅能为病人解除病痛，更希望能挽回更多人的生命，那样就能少些破碎的家庭。中考他以全市第一的分数考进了那个县城唯一的重点高中。高中三年，不但品学兼优，还担当学生会的干部。每次学校的大型活动都因他的钢琴独奏而精彩。终于凭借自己的孜孜不倦的努力，他得偿所愿，考取了中国协和医学院。当大学入取通知书到达的那天，他跪倒在父亲的牌位前，久久不肯起身。

他整了整自己飘落的思绪，脑海里都是导师殷切的期许和母亲深深的期盼。想到这些，陆唯中目光坚定地走了出去，开始了查房和巡诊。

第十九章 暖阳

短短的两天时间，病房里焕然一新。周五文瑜和洁如斗完嘴后，下了班就直奔沃尔玛了。第二天上班时她就拎来了一串紫色薰衣草的风铃，一套一米八的维尼熊的床上四件套，一个缀满星星月亮苹果桃子的摇铃架，外加一个里面有着四只金鱼一堆水草几颗鹅卵石的鱼缸。当洁如看着文瑜把东西扔满桌子和床上，且四仰八叉躺在椅子上时，她不禁感慨时间竟然没有改变这个好友，她还幼稚得一如当年，心中纤尘不染；面容也一如当年，细腻的皮肤堪和婴童媲美。

文瑜本就是一个长不大的孩子，作为独生子女的她在家里要风得风要雨得雨，心智发育永远都比同龄人来得慢些。二十几岁的人了，整天都抱着一堆的毛绒玩具回家。张院长有一次回家看见整个阳台晒满的全是猫啊狗啊兔子啊，哭笑不得。当他不小心踩到地上散落的五十二只小史努比之一时，处于崩溃边缘的老爸终于忍无可忍地向文瑜下了最后通牒："你好好考虑一下，你是要老爸还是要这些毛绒玩具！"文瑜极尽撒娇赖皮之能事，头蹭着父亲的胸口，环手抱着父亲的腰晃来晃去，只可惜张院长"我自岿然不动"，二十几年来第一次以文瑜的失败而告终。为此，文瑜怨念了许久，甚至想和妈妈串通演出一场一哭二闹三上吊的把戏来，但终究因为道行不够深厚，被精明的老爸遏制在了萌芽阶段。魔高一尺，道高一丈。为此她对于“姜还是老的辣”这句“名言”深信不疑。

正是这种鬼灵精怪，毫无心计的小孩性情，在医院里文瑜如鱼得水，同事关系特别的融洽。想当年她刚来时，大家知道院长独生女驾到，诚惶诚恐，以为是个傲慢挑剔只会指使人的千金大小姐，正准备拉响一级警报。结果没想到她颠覆了所有人的“以为”，仅仅一周便以她那独特的没心没肺的魅力成功的收买了所有的人心，上至主任，下至护士，哪怕是清洁工都对她赞赏有加。

本来医院里都是统一的床单被套，统一的两张或者三张单人床，不容更改的。但凭着文瑜的花言巧语：“要给病患提供一个有着诗情画意的环境，这样才有利于身心健康！整天眼前一片白茫茫，搞得患者家属一点激情和战斗力都没有。”明知道她是无理取闹，大家却也睁一眼闭一眼由着她折腾了，反正是单独的包间，也就没人来过问了。

星期天早上，文瑜带着刚刚做完俊铭理疗的俊铭回房。放回床上，他躺在床上蹬着小脚，睁着好奇的大眼睛看着头顶上那个五颜六色有着美妙声音的摇铃架。他努力地伸手去够，快到了，又偏了，在文瑜夸张的呐喊助威声中，小宝儿终于抓到了一个，开心得呃呃叫着。拱了拱小肚子，两只小手上下挥舞着宣布着他的成功。洁如高兴地抱起小宝儿，让他靠在自己身上，握着他的手抓过每一个星星月亮苹果桃子。洁如蹭着俊铭头上软软的胎毛，含笑地说：“小宝儿，天上终有一颗属于你的星星，妈妈不敢奢求它最大最明亮。最大只是因为离我们近些，最明亮不过是因为云彩不和它捉迷藏了。妈妈只是希望我们抬起头来都能看见它，就算它躲起来时，一定也是在云儿背后冲着我们眨眼睛呢！”

洁如和文瑜相视一笑，笑意荡漾开来，仿佛一束暖阳。虽然只是短短的两三天，通过吃药理疗按摩已经看到了一点点的进步：宝儿终于能自己抓住东西了。在大家眼里，哪怕再为微小的进步，也是希望所在。有了希望，便有了前行的力量……

敲门声想起，接着一个脑袋探了进来，原来是陆唯中穿着白大褂进来了。“喂，你今天不是也轮休吗？还来干嘛，还穿成这样！”文瑜依旧嘴不饶人。陆唯中没理会她，只是对着洁如说：“在这里，除了图书馆我又没有地方去，所以还是多来学习学习吧，反正今天李主任有上班。俊铭怎么样了？吃了药做了理疗，应该有点效果吧？看你们笑得那么开心，什么好事呢？”

还没等洁如开口，文瑜凑到陆唯中面前，捅了捅他的肚子说：“哼，就不告诉你。这是我和洁如的秘密。懂吗？秘密！”陆唯中无奈的摇摇头，对于这个向来率性而为的同学，他是一点招数都没有的，就像一拳打到棉花上，无语极了。倒是洁如开了口：“唯中啊，小宝儿能自己抓到东西了呢。真好！我们就是看到希望才这么开心的。你啊，就是比文瑜上进，休息还来学习。”文瑜故意嘟着嘴假装生气说：“哇，他来这里晃悠就是很上进，那我休息还来看俊铭就是不上进，十恶不赦了是吧！不理你们了！我先去找我爸，回头给你买饭过来！”说着一阵风地出去了，留下两个人摇头相对，然后异口同声说了句：“她怎么就长不大呢？”

第二十章 试探

这个大男孩依然腼腆得不知所谓。他不敢盯着洁如看，只好一边逗弄着俊铭，一边偷偷瞥着洁如。洁如见了，觉得好笑，歪着头问他："你是不是有什么话要说？不会是李主任说了什么吧！没事，你尽管说好了，不用老偷瞄我，有话就说！"面对着会错意的洁如，陆唯中有些庆幸，但又有些失落。此刻他像极了一个害怕被拒绝的孩子，但他更害怕错过。有时一个擦肩而过，错过的也许就是一生。人没有来生，不是吗？

陆唯中赶紧结结巴巴地回答："不是啦，我是看你今天精神还不错。比前几天，比前几天……"洁如看着一脸通红的陆唯中，忍俊不禁，故意逗他："比前几天怎么样了？你就是这样才老是被文瑜欺负的，连句话都说不顺畅！"陆唯中鼓起勇气说："比前几天有精神，漂亮了！就像当年同学会见你时：最是那一低头的温柔，恰似水莲花不胜凉风的娇羞！"洁如毫无预感他会说出这句话，愣住了，悄然按住自己胸口。这个细小的动作似乎给了陆唯中莫名的勇气。

不等洁如继续说话，陆唯中抚摸着俊铭的头说："俊铭啊，你说妈妈是不是变得漂亮了！你可要赶紧好起来，妈妈就更漂亮啦！是不是啊，小宝宝？"洁如听了这话，有些释然，她认为刚才的陆唯中只是打趣，只是为了让自己对小宝儿的好转抱更多的希望。可是为何刚才自己的心会跳动得那么快呢？“不，不可能。”她否认了自己脑海里一闪而过的想法。

陆唯中不停地对俊铭自言自语地说着什么，洁如一个字也没听进去。“洁如啊，你过来看看，小宝儿的斜视没那么严重了！会看人了呢！李主任说明天做一回血液测试，看看胆红素降到标准之内了吗？我看应该是差不多了，你看很多症状都减轻了呢！”听了陆唯中兴奋的叫声，洁如一下子缓过神来。抱起床上的俊铭，逗弄着他看自己，叫妈妈。俊铭没理会妈妈，只是一直用滴溜溜的大眼睛一眨都不眨地看着陆唯中，伸出手要去抓他的眼镜，终于抓到了，眼镜差点就掉了下来。洁如赶紧伸出一只手想去扶住，不曾想正好碰到了陆唯中扶起镜架的手，陆唯中趁势抓住她的手，说：“我，我是真心的。你可以……”

“可以什么啊！你们干嘛抓着手！孤男寡女同处一室，嘿嘿！”文瑜提着午饭进来了，吃惊的看着眼前的两个人。还是洁如反应快些，缩回手，把宝儿重新放回床上。然后拿腔捏调地说：“可以什么！哎，是小宝儿去抓人家唯中眼镜，他问宝儿可以不可以不这么调皮啦。哪里有抓着手，你没见陆唯中眼镜快掉了吗？我去扶一下而已，整天捕风捉影的，企图想上纲上线是吧！你买什么好吃的来了，真香！”洁如成功转移了话题，说起吃的来，文瑜继续开始了她的舌灿莲花，陆唯中趁机转身走了，手心额头都是汗。

面对着眼前一道道美味佳肴，洁如却吃得食不知味，老是在回想着陆唯中说的话。一起吃饭的文瑜看着洁如心事重重的样子，担心的问：“怎么，我买的不好吃吗？食堂里的师傅都快被我闹腾死了，才肯开小灶做了这些外卖呢！还是陆唯中和你说了什么？不可能啊，俊铭这两天挺好的呀！”洁如抬头看了文瑜一眼说：“没有啦，很好吃的。我只是昨天晚上睡得不是很好，到处都是你的毛绒玩具，翻个身都不容易！你还不让我把它们放桌上，说什么它们也要睡觉。你先搞搞清楚谁才是有生命的哦！”文瑜嗤嗤地笑着低下了头。

洁如的手机响起，是大哥奕平的。奕平只是告知路上堵车，差不多还要一个小时才能到。老人看孙心切，在旁边如同热锅上的蚂蚁，不停地抱怨着周末的路况。洁如安慰了几句挂了电话。文瑜听见老人们要来，再想想那天的丑相，羞红了脸收拾桌子出去了。

文瑜走后，洁如觉得自己的心更乱了，她决定带俊铭去天台晒晒太阳。经过走廊，透过办公室的窗户，她看见陆唯中手里拿着本厚厚的书，像罚站似地立于李主任面前，低着头，不知道在说些什么。但看得出李主任有些生气，那是一种隐忍的生气。

第二十一章 藤蔓

这是她第一次带俊铭去天台晒太阳。平时晓霞把她照顾得无微不至，坚持说还在月子里的人是不能吹风的。时时刻刻提醒她躺在床上养着，养着养着洁如觉得自己就像是一头猪，一头发了霉的猪。她决定趁这个机会要好好做个天然的SPA浴，来一场光合作用。天台上，暖暖的阳光撒在树叶上，撒在石椅上，撒在襁褓里的小宝儿身上。小宝儿眯着眼睛，两只小手高举伸着懒腰。洁如先让他仰卧着，解开了小被子，金黄色的阳光照射着，小宝儿就像是一个金色的娃娃异常可爱。接着她又让小宝儿侧了侧身，翻了两回后，看着小宝儿满意的眯瞪着眼睛的样子，洁如想起儿时家里的小猫。那时，家里养着三只猫，每当中午时分，微醺的阳光铺在院子里时，那几只小猫便不约而同地来到院子里，晒着肚子，翻着身，打着滚，惬意极了。

许久不曾晒过阳光的洁如贪婪地呼吸着四周新鲜的空气，虽然没有四溢的花香，但怀中的孩子奶香十足，洁如俯下身像只小狗一样嗅着。接着她学着小宝儿微闭着眼睛，头高高扬起，耳边一阵阵风呼啸而过，风刮着树叶轻拂到她的脸上，痒痒的，酥酥的。洁如搂着小宝儿，发梢飘到了小宝儿额头，小宝儿呵呵地伸手去抓她的头发，她愈发觉得心醉了，也许幸福就在咫尺，幸福就在自己的手里。兴许是饿了，小俊铭哭了起来，整个头埋进洁如的怀里不停地蹭着她的胸部，嘴里吧唧吧唧的发出声响提醒着自己吃饭时间的到来。

洁如起身走出天台，穿过走廊，看见李主任从办公室走了出去，留下的是墙角里那个面对着墙背对着自己站立的陆唯中，莫名的，她有些淡淡的哀愁。

刚走进房中，就看见文瑜心急火燎地冲了进来，开口就问："你去哪里了？怎么都不带电话？你嫂子打电话来呢，说是快到了。找不着你，就打我手机了！"洁如连忙回答道："噢，刚带小宝儿去天台晒太阳了，太阳暖暖的，太舒服了，这不就忘记时间了，还好他们还没到。小宝儿要吃奶了，你先把你那些毛绒玩具收收吧，待会儿老人来了，都没地方坐，多不好啊！"文瑜心不甘情不愿地把那些大家伙小家伙塞进了衣柜里，小声嘀咕着："又不是来卫生检查，怕什么嘛！那么多椅子还嫌不够坐啊，真是的。看我们不顺眼就说声嘛，何必假惺惺的，还装得一脸慈悲！"洁如听到这话，大笑起来，怀里正享受着美味的俊铭被吓了一跳，吐出奶头，抬头看了看洁如，发现没有什么异常发生时，又继续喝了起来。洁如安抚着拍了拍他的背，摸了摸他的头。她歪着头瞥着文瑜说："怎么了，我就是看它们不顺眼，有本事你把它们带回去嘛，也好过在这里不招人待见！"一句话颇有成效地堵住了文瑜的嘴。看着文瑜哑巴吃黄连的样子，洁如得意起来，终于在无形中报了中午之仇，她不自觉的又想起了陆唯中。

一阵浩浩荡荡的脚步声轻缓的由远及近，老人们到了。文瑜闪出门外，当起了迎宾员，看到文瑜婆婆脸上的笑容时，猛地又想起那天的视频，继而脚底抹油，溜了。大家不知就里好奇地望着飞奔的文瑜，莫名其妙，唯有洁如和婆婆暗笑着。外婆老当益壮一个箭步冲进房间，凝视着自己的宝贝孙子，握着他的小手不肯放开。奶奶也毫不示弱地牵起另一只小手，剩下两个面面相觑的爷爷姥爷，他们揪心地说："难道我们只能一人分到一只脚了吗？这是什么世道啊？"

第二十二章 天伦

此时，房间里一片祥和，四个老人围坐在床的四个角落，俊铭斜靠在用被子磊起的城堡中，剩下的奕平和晓霞委屈地立在床前，活像两支蚊帐的架子。洁如看着这幅画面，强忍住笑，捂着肚子躲到了晓霞的身后。怎么看这四个老人的姿势都像是钓着鱼的人，中间就是那只大家垂涎三尺的大肥鱼。

大家争先恐后的逗弄着俊铭，这时总算看出了老人们身手敏捷的一面了。奶奶拿起新买来的遥控小车在小宝儿眼前一直晃悠着，然后放在对面的桌上，开动遥控器，小车向前狂奔着，咚的一声越了界，掉到了地上，小宝儿开心的挥着小手，咯咯吱吱地笑了起来。看到小宝儿笑了，奶奶的成就感膨胀了起来，一发不可收拾。她又拿过一个木头的敲琴，叮叮当当的奏出了如同高山流水一般美妙动听的音乐，小宝儿好奇地过去抓那根小棒棒，这次很快就抓到了，轮到四个老人欣慰地笑了，指指点点的，拉着俊铭的小手一阵猛亲，几秒钟之内，小宝儿的手湿漉漉的，旁边的三个年轻人无语地摇了摇头，一笑而过，果然是隔代亲啊！

再瞧瞧，这回轮到姥姥出场了，她拿出了两只小布偶，一看，是灰太郎和红太郎。她把两只玩偶套在手上，头上还盖着一顶小灰灰造型的小帽子，学着动物们的口吻对着话，最后一句当然是灰太郎的经典语录了："我一定会回来的！"虽然俊铭不知道姥姥说的是什么，但看着那惟妙惟肖卖力的表演，也给与了极大的配合：手拍着被子，呜呜的哼着。洁如看着妈妈如此出彩的表演，终于再也忍不住了，笑得蹲到了地上直不起腰。姥爷则内敛地摇摇头，和爷爷说了一句："哎，疯婆子啊，为了一个孙子形象都不要了！"没听到也就算了，结果还是被姥姥听到了。她毫不示弱地回应："是啊，我是不要形象了！哪里像某些人，本来就没形象，当然不无所谓了！"

看到姥爷没有回话，姥姥得理不饶人似地说："是谁赶着要来看孙子，现在看见孙子就一下子装起了孙子，都不知道自己是谁了。扮得那么严肃干什么？小孩子嘛，当然是喜欢我们这样的呀！才不喜欢你们这种老古董啊，道貌岸然！"洁如听了有些震撼，嗔怪地看了妈妈一眼，平时还真没看出母亲这么强悍不饶人的一面啊！想想也是，不仅不能在亲家面前掉了身价，更不能在小孙子面前演出失败啊！这场小小的闹剧自然是以姥爷的失败道歉而告终。

嬉笑声中，老人们看出了俊铭的进步：能自己主动抓东西了，虽然还不是很准。能注意看人了，不会一直斜视着。十天来的担心忧虑在这刻都有所舒缓了，大家略微松了口气。当得知明天要进行血液检查时，老人们又开始叽叽喳喳的议论了起来。从俊铭的脸色看来，已经白皙了不少，不像初来时的泛黄。但是又舍不得宝贝孙子老是抽血检查，还吃了那么多药，做了那么多次的理疗，注射了积累起来能有一筐的点滴。值得庆幸的是病情不仅得到了控制而且还有了好转，总算是不幸中之大幸。

"爸，妈，你们看我哦。我给你们演示一下超一流的按摩技术，而且是异性按摩哦！"洁如跃跃欲试，开始说起了玩笑话来。看着洁如一手娴熟的技法和小宝儿一脸的满足，老人们心里也隐约有了不舍。毕竟让一个只有二十六岁的女子承担起所有的痛苦，虽然有了众人的爱护和呵护，但毕竟没有人能做到真正的“感同身受”。那是个很空洞的词语，苍白而无力，经不起任何的推敲。“如人饮水，冷暖自知”，丧夫之痛，病儿之痛，这两种切肤之痛曾经让洁如怀疑过生命本身的意义，曾经觉得自己快被无边的痛苦所压倒。但幸好有了医生对俊铭的倾力相救，自己就像一只打不死的小强，勉勉强强地站了起来，身下护着一只幼犊。舐犊情深，想必也不过是如此而已，当然自己永远无法如同大马哈鱼那般决绝与凄厉。

“母亲”其实是个很神圣的词，它是爱的代名词，是责任的代名词，更是坚强的代名词。在母亲面前，没有过不去的山，也没有趟不过的河。

快乐温馨的一个下午，两家人拼凑而成的一个大家庭，因为有了这个血脉而维系着浓浓的亲情，感叹于血脉之间的传承魅力。当老人们想起了“血脉相连”这个词时，鼻子酸酸的，各自别过头去。

第二十三章　出院

“哎，怎么时间过得这么快啊！奕平，叫你早点出发，就你磨磨蹭蹭，所以路上堵车，害我少看了孙子一个小时啊！浪费别人时间就是谋财害命，你小时候我和你说过多少次这句话了，还老是不长记性！”看到天渐渐暗下来，回去的时间近了，奶奶又开始发起了牢骚，她真的舍不得走，才抱了一会儿，连亲都没亲够。姥姥也有所同感，但碍于女婿不在了，只有靠这个孙子在维系着，觉得女儿多少有些寄人篱下的意味，自然也不想多话了。默默地告别，老人的眼里都噙着泪花。洁如上前说了句：“爸妈，没事的。过几天我问问李主任看看什么时候能够出院，那时我们回家了，你们想看多久就多久，想抱多久就多久，就怕你们那时候抱得累都累坏了呢！天色已晚了，大哥开车小心点。你们要视频就提前让大哥知会一声，小宝儿没睡的时候就都可以看见的呀！如果想看宝儿睡觉的样子也可以的。”听了洁如这么说，老人有些想开了，但还是依依不舍一步三回头的走了。

第二天，血液检测的结果异常的好，总胆红素下降到了临界点，只差一点点就到达正常值了。洁如和晓霞“耶”的一声互相击了掌，李主任办公室里弥漫着快乐的气息。文瑜看到好友似乎已然“守得云开见月明”，也长长舒了口气。觉得压抑了快半个月的内心终于又复活了，而且生机勃勃。洁如和晓霞感恩戴德地向李主任道谢，李主任只是摇了摇手淡淡一笑，先看了看身边直立着的陆唯中，又转头看了文瑜一眼。

洁如只是觉得李主任和陆唯中之间的气氛有点奇怪，但又不知道为什么奇怪。她相信以陆唯中的敬业应该是不会出什么差错的，那么为什么从李主任眼神里看到的是那种既有着疏离又有着不满的感觉呢？洁如向来相信自己的第六感觉，她知道一定发生了什么事情，而且一定和文瑜也有所关系。难道李主任是怪陆唯中和文瑜走得太近，工作态度不严肃吗？说不上来的感觉让洁如非常的难受。

几天后，俊铭的黄疸终于消失了，众人一片欢腾。洁如托了文瑜去问出院的日子，她想回家后给小宝儿办个满月酒，她不想让小宝儿在医院度过他人生来的第一次“盛宴”——弥月之喜。李主任来了病房，做了一次全面的检查，至于脑积水方面，他认为那是因为高胆红素血症引起的，而这么小的孩子着实不适合做太多的放射性检查。所以让文瑜出院后要定期来医院做做耳后理疗，另外还需要参加康复训练，那样俊铭长大后运动的迟缓性才能表现得不那么明显。不求和同龄人一样，只求不要落后同龄人太多。

欢天喜地中迎来了俊铭出院的日子，就是在满月的前两天。洁如看着一屋子的毛绒玩具不知所以时，忽然想起自己不妨做个顺水人情。于是乎，在万众瞩目中，洁如把大大小小近十只公仔特地送到了院长办公室，借此感谢文瑜半个多月来的尽心尽力，守望相助。张院长对于洁如此举心知肚明，但也不便点破，最后文瑜的这些小心肝们终于以正式的身份衣锦还乡了，文瑜兴奋得差点就“叩谢天恩”了。

奕平开着车来接自己的妻子，弟妹和侄子，喜悦之情溢于言表。文瑜满脸乐开了花地把他们送到了院门口，转过头没有看到陆唯中的身影，洁如有些不可名状的失落，三楼阳台拐角处，一个孤寂的身影。一路上奕平哼着歌，晓霞唱着小曲，天空明亮了起来。路况异常通畅，平时两个多小时的车程，今天却只用了一小时五十分，把家里的老人弄得措手不及。

到家时，有的在更换新的床单被套，有的围着围裙在烧着菜。更为夸张的是当两个女人忙得不可开交时，另外两个男人在棋盘上是杀得天昏地暗。女人的抱怨声不绝于耳。婆婆一再坚持要洁如回来住，怕她睹物思人，难以开怀。更多的是想时时刻刻看着小宝儿抱着他。在她的坚持之下，洁如搬回婆家住了，一屋子其乐融融。

第二十四章 弥月

转眼之间，回家后的第三天俊铭满月了。特地布置出来的婴儿房内一片喜气洋洋，洁白的墙壁已经被巨幅的卡通壁纸包装得焕然一新。蔚蓝的天空，深蓝的大海，海面上一只穿着泳裤带着潜水镜的史努比正驾着小艇在海面上冲浪。当一个三尺高的浪花袭起时，那只可爱的小狗张开了大嘴，半个身体已经倾斜进了水平面。岸边是一棵棵结满椰果的椰子树。在萧瑟的冬天，看着这么一幅炎热如火却也清凉如水的夏季图画，房间里顿时温暖起来。

客厅里，落地的电暖气开着，阵阵热浪袭来，虽然让人不会感觉寒冷，但是仍然太为干燥，没有自然风的房间到底有些让人不舒服。洁如没有和公婆住过，觉得很不适应，不像在医院和晓霞一起时能那么的随意，吃穿行都都能无所顾忌。

每当她看到壁纸，看着蓝天白云和大海，就会想起奕凯曾经许诺过要带他们去踏浪，去嬉戏。往事前尘如梦，话语言犹在耳，而人却已经远走。洁如黯然神伤，发呆地看着手机里奕凯的照片，音容笑貌长存在她心中。对于这个家，此时她觉得已经变得陌生了，如果没有怀里的孩子，那么自己又有何颜面在这呆着，受着各种恩宠呢？想想自己竟然是托了小宝儿的福，暗自苦笑，她一分钟也不想呆着这里，她想回到自己的小家，自己和奕凯曾经恩爱的地方，有他在的地方才是家。

可是看着年迈的老人们为了自己和孩子劳心劳神着，言之切切，情之殷殷，洁如不得不动容。同为母亲，对于婆婆暮年承受着“白发人送黑发人”之痛，她虽不能全然如临其境，感同身受。但自己的丧夫之痛却也让自己完全能理解公婆一夜白头的刻骨之痛。她怎么忍心再去伤害一个爱着孩子的母亲呢？情之所归，便是好好的留在婆家把小宝儿拉扯长大。她暗暗对自己说，俊铭便是她生命的全部，所有的爱只给小宝儿，没有人可以去分取了。她也会为奕凯守着自己一个人的清白，她的心不会再容下任何人了。她是决绝的，其实，临出院的前夜，文瑜就来帮陆唯中刺探军情了，只是蹩脚的演出太过突兀，结局自然是可想而知的，洁如拒绝了。

门铃响起，透过电子眼只见文瑜抱着一只喜羊羊鬼鬼祟祟的在防盗门前探头探脑。洁如开了门，看着那只喜羊羊，竟然比自己抱在怀里的俊铭大时，有些伤感。文瑜进屋后，洁如探了下门口，然后关起了门。平时大大咧咧的文瑜这回可是心比针细，脑筋极快地动了动，把洁如推进房中，努了努嘴说：“他被李主任叫去开会了，没法来。我可是调了班才来的呢！怎么，不喜欢看见我吗？”继而开始口无遮拦地说：“还是所谓的同性相斥异性相吸呢？果然是由来只有新人笑，而谁听闻旧人哭啊！”

洁如赶紧腾出一只手来赶紧捂住了文瑜的嘴，生气地说：“说话看看场合地点行不？婆婆在厨房呢，指不定能听见。你这样乱说话，知道的当你是开玩笑，不知道的还不捡了话柄，让人笑了去。奕凯尚未百日，你这样对他是很不尊重的，不是吗？你最好不要再把我和他扯一块儿去，他青年才俊，应该配的是你这种娇妻美眷，他应该有个很好的家，很好的未来。这些话也麻烦你转告他一声，我此生心已死了，不会有任何奢望，心也不会再起涟漪了，别后各自珍重。”

看着洁如如此大的反应，文瑜着急地道歉：“你也知道我没什么恶意的，真的没有啊！对不起，可是你真的不能考虑吗？他说他会等你的，已经错过了四年，他不想再错过一生。”她还想继续说些什么，被洁如打断了：“文瑜，你是我最好的朋友。但我真的希望你能改改自己的小孩脾气。说话前先考虑考虑掂量掂量后果再说。要不真的会有那么一天——你不杀伯仁，伯仁却因你而死！那件事言尽于此吧，以后也别再提了。今天是小宝儿的弥月之喜，想必奕凯也在天上看着呢！”

说完后，两个人各自无语，这时婆婆打断了她们的思绪：“洁如，带小宝儿和文瑜出来吃饭吧。中午大家就凑合着吃，晚上奕平已经在饭店订了包厢了，大家这段时间都累了，晚上好好为小宝儿庆祝庆祝，不能因为他爸的事情影响了大家。唉，逝者长已矣，活者且偷生吧！”听着老人的话，气氛一下子又冰冷了起来。看着大家的样子，老人自知失言，打着圆场说：“文瑜，你刚才又带了什么玩具，那么大只啊！”文瑜配合着唱起歌：“喜羊羊，美羊羊……”

第二十五章　庆生

晚上七点，县城里最好的饭店——鸿图饭店。大厅内金碧辉煌，旋转的楼梯在巨型吊灯的映照下，如梦如幻。脚下的大理石地砖拼凑起了一朵朵盛开的牡丹，楼梯拐弯处，是一个假山石雕，假山下，一条小河曲水流觞，鹅卵石砌成的小河里几只金鱼悠闲地游来游去。

奕平特地开车去南昌把张院长，李主任和陆唯中请了过来。见惯了大世面的李主任也为饭店的气势所震惊，他不曾预料到在这个小小的县城也能有这么一间豪华的饭店。看着张院长得意的眼神，李主任笑着说："老张啊，你们这里果然是富贵逼人，人杰地灵啊！"张院长眯瞪着眼睛，毕竟是夸奖了自己家乡涵盖了自己，所以也颇为高兴。文瑜看着父亲志得意满的样子，压低声音和洁如开玩笑说："马屁总算没拍在马腿上。"

说起这个小县城横竖不过四条街道，这几年公交设施逐步发展起来，不过充其量也就六条线路。酒店饭店旅社倒是应有尽有，因为旁边有一个天然的风景区，唯独缺了幢图书馆。因为县城小所以走到哪里都是熟人。张院长调到江西儿科医院的时候文瑜读高一下学期。那时这两个女孩已经如胶似漆地粘乎着，一起上学一起放学一起晚自习。以至于父亲想让文瑜转学时，她大闹了一场。为了那份友情她坚守在这个小城里，偶尔想查个资料总要趁周末去南昌的图书馆。

张院长在医院事务处理，在手术台上都运筹帷幄决胜千里，可是唯独对于这个宝贝女儿却实在没有任何的办法。舍不得骂，更舍不得打，只要文瑜两只手勾着父亲的脖子撒撒娇，所有问题都能迎刃而解。文瑜妈妈经常抱怨他把孩子惯的没心没肺不成体统没有淑女的风范时，张院长每每搂过妻子说："哎呀，女儿就是我的小情人嘛！怎么，你嫉妒了吗？孩子没有犯什么原则性的错误也就无所谓了，她也只是会跟我们闹闹，在外面不也挺懂事的吗？"

奕平招呼着大家入席，张院长和李主任坐在了主位，下首分别是两方的老人，奕平晓霞洁如文瑜陆唯中。李主任坐在文瑜的对面，眯着眼睛看着对面的一对璧人，暗暗给张院长使了个眼色，笑得奸诈极了。张院长颔首一笑，看着陆唯中和女儿，点了点头。

今晚的小宝儿穿着一身鹅黄的连体服，外面罩着一件镶着金色边的绸缎棉袄，衣服上绣着龙腾虎跃的图案，连盘扣都结成一只只金龙腾飞的图形，在灯光的照射下，闪闪发光。头上戴着一顶金色黑缎带边的小帽子，乍一看去，真是英俊的小帅哥。不知道是不是因为累了，俊铭眼睛半睁半闭，欲睡还醒。

老人们以茶代酒敬了院长和李主任一杯，其余则由奕平代为敬酒。文瑜的豪爽让李主任和老人家们大开眼界，一杯杯红酒下去，仍然面不改色，俨然就像是喝着饮料一般。旁边的陆唯中却是不胜酒力，两杯酒下肚已经脸色泛红，被文瑜打趣为："人面桃花相映红。"张院长看着女儿对着陆唯中笑颜如花，还殷勤地为他夹菜，心里矛盾重重。这半个月来他已经明察暗访了这小伙子多次，而且李主任也一直夸奖着。只是一想到陆唯中总要回去协和医院，便有一种难以解开的心结，毕竟他舍不得宝贝女儿远走他乡。

老人家感激得侃侃而谈，肺腑之言总是令人感动。当张院长从女儿口里知道了洁如的近况和这个家庭所承受的痛苦时，他不仅同情而且敬佩。敬佩洁如的坚强和老人家的通情达理。觥筹交错中，大家都尽情地喝着美酒品着佳肴，洁如只是抿了口茶，静静地听着每个人说的吉祥话，心底里她不相信小宝儿会如大家说的那么优秀，甚至觉得小宝儿都不能和同龄人站在同一起跑线上，但她还是选择微笑地聆听着，不去奢求美梦成真，但却希望不要如同肥皂泡一般破碎了之后风过了无痕。所以她选择当一只蜗牛，把自己埋在重重的壳里，把梦紧紧攥在手里一起藏到壳里，那样就算美梦破碎时，也能有过往的点点滴滴可以回忆。

陆唯中有些醉了，他用迷离的眼睛偷偷瞄着洁如。洁如穿着一件藕荷色的外套，里面是件白色地立领衬衫。领子是蕾丝花边，把洁如修长的脖子修饰的恰到好处。她素雅娴静地微笑坐着，不着一语，在陆唯中眼里已是万种风情。可是，这个时间这个地点是容不得他多看一眼，多想一分的，他理智的选择让众人把自己灌醉，那样就能不再去多想。独上高楼，望尽天涯路。

终于到了切蛋糕的时间了，那是一个卡通造型的蛋糕。一只叮当猫头上插着竹蜻蜓在飞行着，脚下是一朵朵白云。这次盛宴的小主人已经在妈妈的怀抱里睡着了，大家也舍不得扰他好梦，只好由奶奶代劳切了蛋糕。弥月之喜的酒席在所有人的祝贺声中结束了。临走前，张院长留下了以前他在县医院时好友的电话，招呼着说以后一些日常的检查都可以找王医生。奕平开着车送走两个红光满面的领导和一个醉意熏熏的小伙子。从车内的后视镜看过去，陆唯中的脸愈发显得英俊了，有棱有角，但又不缺妩媚。一想到妩媚，奕平觉得自己的用词的确太过可笑了。只是眼前的这个小伙子太过于英俊，英俊得令人有些不安，隐隐约约的不安。

一来一去间，奕平回到家的时候已是子夜。客厅外阳台的灯还亮着，奕平看到了洁如的背影。灯光下，背影越抽越长。听到门开的一瞬间，她回头说了声："大哥，你总算平安回来了。辛苦你了。小宝儿睡了，我也去休息了。大哥晚安！"说着走回房间，门掩上的那一刹那，奕平若有所思。

奕平坐在沙发上抽着烟，看着一缕缕的烟缭绕而上时，他想到了奕凯，想到了小时候背着他淌过一条小河翻过一座小山丘去上学时的情景。那时瘦弱的弟弟趴在自己的背上，帮哥哥擦着额头的汗……

第二十六章　惊雷

日子一天天平淡无奇地度过，洁如日复一日的生活就是吃饭、喂奶、按摩、带着俊铭去散步，然后每半个月带去南昌做做理疗，天下太平。她喜欢带俊铭在小区楼下的广场里晒着太阳，旁边绿树成荫，花儿争奇斗艳。可是唯一让洁如纠结的就是花儿招蜂引蝶般的来的不是美丽的蝴蝶，而是一些不知名的小虫子。所以每每带小宝儿出去时，她总要带上驱蚊液。

俊铭在奶奶和大家倾心的照顾下，长得越来越壮。每次洗澡时，大家看到小小的胳膊如同莲藕似的一节一节，白嫩无比，总想上前去啃一口。平时带出去散步时也总有一些邻居过来捏捏他肥嘟嘟的脸蛋，直夸“手感好极了!”

众星捧月般慢慢长大，四个月的俊铭身高已经有 65 公分，体重达到了 8.3 公斤，一家人都挺开心的。可是有一天清晨喂奶时，却发现俊铭不断地溢奶，而且所有的奶从鼻子里喷射出来，洁如吓得大叫一声。奶奶冲了进来，看着小宝儿浑身的奶，脸色越来越呈紫色，有些恐慌了。她赶紧接过孩子，把他的头竖起来，轻拍着后背，可是头却是有些耷拉着，无法直立着，软绵绵的感觉。顾不上多想，奶奶急忙抱起孩子，冲下楼去，后面是手足无措的洁如。她的脸一片苍白，取过钱包的手不停地发抖。

到了县里的医院，找到了王医生。王医生看着一脸紫色不断咳嗽的孩子，有种不祥的预感。洁如解释说是因为刚才喂奶时溢奶了所以一直咳嗽，然后最近有时偶尔发现他哭的时候脸色青青的，没有什么精神，以为是积食呢。王医生先给俊铭喝了杯水，然后用听诊器仔细地做着检查，发现孩子的心脏好像有些问题，赶忙叫洁如带俊铭先去做了个心脏彩超。洁如大吃一惊问："不会吧，王医生，俊铭以前是有过外部脑积水和高胆红素血症，可是情况基本好了才出院的。那时没有听说心脏有问题啊！"王医生说："还是检查一下吧，我听到心脏有杂音。"

短短的十几分钟，洁如却觉得有些度日如年。盯着探测仪在俊铭体表探测检查的时候，她双手合十祈祷着任何的疾病和不幸不要再降临到这幼小的孩子身上了。刚刚从阴霾中摆脱出来的洁如，脑海里一片空白，心跳加速。过了会，彩超结果出来了，报告上写着检查所见：心脏各腔径测值：AO 12mm PA 5mm RVOT 10mm LA 12mm LVDS 8mm LVDd 12mm RV 8mm IVS 5mm ATS 2mm LVPW 3mm 左室后壁运动幅度 3mm 各掰膜血流速度：AV 101cm/s MV 56cm/s TV68/s PV 485cm/s 心功能测定： EF 62% FS 30% SV 2ml EVD 3ml 1; 右房增大。右室肥厚；主动脉增宽右移骑跨于室间隔之上，骑跨率约 37%； 肺动脉主干狭窄。2 ；多切面见室间隔上部连续中断 8mm； 房间隔连续良好。3.；各瓣膜壁厚度正常，弹性良好。4；彩色血流见 ：收缩期左右心室血流通过室间隔连续性中断处共同射入主动脉。肺动脉内血流速度明显增快。诊断结果为：先天性心脏病法洛氏四联症。

看到结果时，洁如泪如泉涌，老人一下晕到在地上。洁如一手搂着俊铭，一手企图扶起老人。王医生赶紧放下手里的彩超报告单把老人扶坐在椅子上，打电话让人推来了轮椅，把老人送进了急救室，后经检查晕倒是因为高血压受刺激后而引起的。清醒过来的老人没有哭天抢地，只是暗自垂泪，老泪纵横。这时，洁如已经打电话把奕平和晓霞叫来了，她不敢惊动早起去买菜的公公，生怕有心脏病的老人更加无法承受。一家人守着，晓霞单脚跪地抱着婆婆泪如雨下。洁如的泪水更是打湿了俊铭的头发。在旁的王医生看着这一家悲伤的人，无奈地摇摇头，叹了口气。

大敌当前时，还是男人来得更为坚强与从容。奕平走到王主任面前向他请教："王医生，请问什么是法洛氏四联症。这种先天性心脏病严重吗？需要手术的话，什么时期是最佳时期？"这个男人闭口不提后遗症，他害怕年迈的母亲和丧夫的弟妹再也无法承受哪怕是一点点的悲痛。

王医生喝了口水后看了一眼老人后，眼神中稍稍示意了奕平。奕平立马就明白了。王医生说道："这个病情，我要再看看彩超，结合数据才能告诉你！现在最好是赶紧清洗一下孩子脸上的呕吐物，你看那大人衣服上所弄得污垢的气味也会影响孩子正常的呼吸，所以需要更换一下。老人家刚才受刺激晕倒了，医生吩咐要静卧观察几个小时。我先让护士带你们去病房里处理一下吧！"奕平也赶紧附和着，不停地道谢。洁如回家更换衣服，晓霞则去帮俊铭洗脸，老人在护士的搀扶下颤颤巍巍去休息了，偌大的诊室内只剩下两个男人了，一个欲语还休小心翼翼，另一个焦急万分眼眶微微发红。四目相对时，奕平眼睛是湿润的……

王医生审视了奕平几分钟后说："法洛氏四联症是最常见的紫绀型先天性心脏病，也就是常见先天性心脏病中最严重的一种。是右室漏斗部或圆锥发育不全所致的一种联合的先天性心脏血管畸形，包括肺动脉狭窄、心室间隔缺损、主动脉骑跨、右心室肥大等四种病理情况。患者一般一旦确诊都需要及时手术治疗。常见的手术方式有一期姑息手术和二期的根治术。但具体患儿选择姑息手术还是根治术都需要根据患者肺动脉发育情况决定。手术时间也各不相同。”

奕平没有想到俊铭得的是最严重的先天性心脏病，一时懵了。他不断抬头望着天花板，只是不想让泪水流出。王医生拍了拍他的肩膀说：“虽然是严重，不过现在手术成功的比例还是相当高的，能达到百分之九十八的成功率。所以你们商量一下。但这种法洛氏四联症也只能靠手术治疗，别无他法了。”

奕平踏着沉重的步伐走了出去，虽然外面艳阳高照，但他却觉得心里乌云密布，山雨欲来风满楼。

第二十七章 纠结

病房内，晓霞哄着俊铭睡觉，洁如还没有来，而小宝儿已经开始哭了，他饿了，晓霞没有办法只好哄他入睡。床上，疲倦的奶奶睡着了，但睡得并不沉，窗外树枝的响动都能惊醒她。心事重重，即便累到无力了，仍然不可能熟睡。

走廊拐角处，奕平给文瑜打了个电话，哽咽地说出了这件事。文瑜听了大吃一惊，倒吸了口冷气。她知道法洛氏四联症的严重，也知道俊铭的体质并不是很好，但对于这种先天性心脏病也只有手术才能治疗。

当张院长知道这件事后，他转头看着窗外。才短短三个月的相安无事，怎么现在这个孩子又摊上了这么个大病。当得知俊铭的爷爷也是先天性心脏病的时候，那就得出了所谓的解释：隐性隔代遗传又出现了，而且男孩的机率大。他建议奕平带来南昌看看，顺便再做做理疗和康复。

洁如回家换衣服的时候，正巧遇上买菜回来的公公。公公奇怪地问她：“你去哪里了？小宝儿呢？怎么一身弄得那么脏啊！”洁如斟酌了半天，说了：“刚才小宝儿喝奶溢奶了，所以带去医院看看。医生说我衣服的味道会影响孩子的呼吸，所以就先回来换了。妈和大哥大嫂在医院里陪着小宝儿呢！”听到家里所有人都在医院，这个老人心咯噔一下有些害怕。忙问道：“怎么？是不是发生了什么？严重吗？不要瞒着我！”“爸，爸……”洁如泣不成声扑到了老人怀里。

老人跟着洁如来到了医院，病房里，奶奶已经起来了，无力地斜靠在床头，看到自己老头来时，她拉过老人，把头埋在老人的胸口，泪水如同决堤的海，她哭泣地把医生的诊断结果告诉了他。老人看着自己的老伴，心疼不已。不知道为什么上天这么对他们，暮年丧子，孙子刚刚有所好转，又患上先天性心脏病。会不会是自己的遗传，脑海里一闪而过的念头，让老人狠狠地把手捶在墙上，手一片乌青。

奕平掐头去尾地把王医生的话传达了，省略了“最严重”三个字，一再强调手术成功率高。并也转达了张院长的话，让大家近期内争取去南昌一趟。屋子里笼罩着的压抑，让人实在透不过气来。向王医生道谢后，全家人回去了，洁如决定先瞒着自己的爸爸妈妈，等到了南昌后有具体的方案再说。众人一夜无眠，第二天起床时个个黑着眼眶，奶奶看见俊铭时，咬着牙不让自己流泪。

奕平说服完还在生病的老人留在家里，就开着车带着洁如和俊铭来到了南昌儿童医院，文瑜依旧还是守在院门口。这次负责给俊铭看病的是马主任，他身后站着陆唯中。马主任是一个有着二十年心脏手术经验的医生。他看了俊铭的彩超后，建议俊铭如果超过 6 个月后确诊得了法洛氏四联症，而且身体条件允许的情况下就可以直接进行根治术，只有那样才能减少患儿再受到损伤。

听到要手术，洁如有些慌张了，她问道：“这种先天性心脏病严重吗？为什么会发生呢？一定要做手术吗？”马主任回答说：“上次县里的医院没有和你解释吗？这是最严重的先天性心脏病。而手术是唯一的治疗方法。“小陆，你来解释一下发病机理和手术治疗类型吧！”马主任故意要来考考这个昨天心急火燎找到自己要求提早一星期外科实习的男孩。其实，当前天这个大男孩知道洁如孩子心脏有病时，翻遍了所有的医书，还去了趟图书馆，想要尽量详细的了解婴童先天性心脏病的治疗。

陆唯中有些沉重地说：“它的发病机理是：由于肺动脉口狭窄，血液进入肺循环受阻，引起右心室代偿性肥厚，右心室压力增高，肺动脉狭窄严重者右心室压力与左心室压力相仿，血流经过室缺发生双相分流，右心室血液大部分进入主动脉，若肺动脉瓣闭锁，则右心室全部血液均进入主动脉，肺的血供依靠动脉导管，由于主动脉跨于左、右心室之上，同时接受左、右心室血液输送全身，导致发绀。因肺动脉狭窄，肺循环进行交换的血流量减少，更加重了发绀，但幼儿由于动脉导管尚未关闭，增加了肺循环血流量，发绀可不明显或较轻，但随着动脉导管的关闭和漏斗部狭窄的逐渐加重，发绀日益明显，红细胞及血红蛋白代偿性增多。肺动脉口狭窄程度轻的病人，在心室水平可有双向性的分流。右心室压力增高，其收缩压与左心室和主动脉的收缩压相等，右心房压亦增高，肺动脉压则降低。”

他停顿了一会儿，不时看着洁如几乎支撑不住的身体时，想上前去扶住，却也不敢造次。他接着说：“手术治疗类型包括两种：第一种分流手术是在体循环与肺循环之间造成分流，以增加肺循环的血流量，使氧合血液得以增加。有锁骨下动脉与肺动脉的吻合、主动脉与肺动脉的吻合、腔静脉与右肺动脉的吻合等方法。本手术并不改变心脏本身的畸形，是姑息性手术，但可为将来作纠治性手术创造条件。第二种是直视下手术也称根治术，它是在体外循环的条件下切开心脏修补心室间隔缺损，切开狭窄的肺动脉瓣或肺动脉，切除右心室漏斗部的狭窄，是彻底纠正本病畸形的方法，疗效好，宜在 5 ~ 8 岁后施行，症状严重者 3 岁后亦可施行。”

听着这个男孩这么全面条理的回答了问题，马主任赞赏地点了点头，补充道：“本病确诊就应考虑进行手术。一般出生 3 个月内无症状的患儿的根治手术可以推迟至 3–12 月进行。如果症状严重的可以先做姑息手术而后改根治手术。一般患者多是可以根治的，当然没有根治的概率也是相对存在的。”

洁如仍旧不放心的问：“做手术会不会有什么并发症？或者后遗症。”马主任说：“并发症，那是客观存在的，但是手术的成功率现在大约达到了百分之九十八。”对于并发症医生一般不喜欢多谈，主要还是不希望让病人家属承受一些可能不会遇到的压力。洁如求救般地看着文瑜，文瑜低下了头。

纠结，满心的伤痛和纠结，洁如先把俊铭带到了理疗室，那里需要二十分钟的耳后理疗，接下来护士会带俊铭去做康复训练，需要二十分钟。利用一个小时的空档，她趁机来到了文瑜的办公室，看着周围的人都去吃饭了，遂上前无助地抱着好友，泪水静静流下。

门外，陆唯中看着泪水从洁如的眼眶慢慢滑落，落到了鼻梁上，他想走进去伸手擦拭，然后拥她入怀，可是最后一丝理智让他踟蹰着，脚步千斤重。他多想走过去牵起洁如的手，陪着她，风雨同舟。然而洁如的拒绝，现实的羁绊，让他实在难以前行，此时唯有夜夜难眠。他转身进了洗手间，掩上门，放了水，低低的呜咽从喉底发出，就像一声声咆哮。他把头埋进水盆里，让泪水肆意混合。

第二十八章 离歌

陆唯中平复了一下波澜起伏的心情，从自己的书桌前拿起了几张纸，走进了文瑜的办公室。洁如一如刚才一样被文瑜揽在怀里。泪水已经风干，但垂着眼目光呆滞地盯着地板，憔悴得令人心痛。在她脸上再也看不出当初那种双瞳剪水的千娇百媚，眼前有的只是愁眉啼妆的我见犹怜。

看到陆唯中进来了，洁如慢慢直起身来。怅然地问："是不是马主任交代什么了？小宝儿情况很不好吗?"陆唯中慌忙说："不是的。是我写了张平时的注意事项给你看看，在能做手术之前你在家是要特别注意一些细节的。"文瑜抢过那一大叠纸看了起来，"哇，真够详细的。唯中，真有你的。果然用心良苦啊！"两人听到这话都不置可否，洁如已经疲惫不堪了，更没有力气去想别的。而陆唯中暗自觉得自己的爱似乎太过于卑微，自己太过于懦弱。

只见纸上写着："护理注意事项 1. 孩子抵抗力较差，一旦着凉感冒就容易引发肺炎。因为孩子心脏功能不好，肺炎会加重心脏负担加重缺氧的表现，所以日常生活要注意保暖。2. 注意尽量避免孩子哭闹，以免发生严重的缺氧。3. 平时多饮水，预防感染，及时补液，防治脱水和并发症。4. 室内温度避免过高，不能让孩子出太多汗。"另一张纸上写小儿的生长发育规律，其他的就是些医理。

洁如接过纸来，看了看上面写的婴儿发育生长规律，发现上面写的规律在俊铭身上出现的难度无异于登天。四个月的小俊铭不会抬头，不会撑起来，更不会翻身。而那规律却是：一听二看三抬头、四撑五抓六翻身、七坐八爬九扶立、一岁左右能独走。一哭二笑三发声、四咿五呀六爸妈、七八模仿九会意；一岁娃娃会说话。看完后，洁如脸上愁云惨雾，飞絮落花。

一个小时的理疗和康复做完了，护士把俊铭抱回来了。不知怎的，孩子脸上像小花猫一样，泪水，鼻涕，小脏手涂得乱七八糟。洁如看了把他抱到怀中，拿出湿纸巾小心翼翼地擦着，仿若面前的是一个价值连城但却容易破碎的宝贝。

此时的奕平正在张院长的办公室里，现在他已是这七口之家的顶梁柱。他睁着布满血丝的眼睛，头发几个月内已经发白了许多，想起奕凯，想起俊铭，他就无比揪心。他想更多的了解这种病的治疗方法和风险，只好向张院长求助说："院长啊，你看我家俊铭怎么会这么多病呢？好不容易这几个月消停了会，我们都开心养得白白胖胖，虽然没有人家骨骼长得那么好，可是还算行吧。你可以让我看些书吗？我想知道这病怎么手术治疗，治疗中会不会有并发症之类的，我家弟妹很害怕。所以我想知道点。"

张院长握着他的手说："唉，这孩子现在还真是多灾多难。但是我们都要往前看，俗话不是说——大难不死必有后福吗？我们如果自己先支撑不下倒下了，孩子可怎么办啊！并发症真的是客观存在，而且书里写得非常详尽，我是怕你看了后会害怕。如果你执意要看，我去给你拿吧！但你要相信百分之九十八的成功率。"说着转身去书柜拿出了一本厚厚的《心脏外科手术大全》。

奕平看着书越发坐立不安，并发症的种类太多了。最常见的并发症为脑血栓（系红细胞增多，血粘稠度增高，血流滞缓所致）、脑脓肿（细菌性血栓）及亚急性细菌性心内膜炎。而积极接受手术治疗的患儿，也会产生一些术后并发症，如：肺部并发症、安全性房室传导阻滞、低心排综合症、渗血出血和全身毛细血管渗漏综合症。

望着奕平魂不守舍的样子，张院长一把夺过他手中的书，说：“别看了，我们现在能做的就是在日常生活中好好照顾，然后在身体允许的条件下，适时的动手术！这些你还是不要和洁如谈起吧，母亲的情绪很重要。毕竟她现在还在哺乳，她的心情也会直接影响到奶的质量和孩子的营养。”奕平点了点头，告辞着走了出去。

第二十九章 黯然

又是一年的同学会，这已是第三次的同学会了。在这个每四年举办一次的大型活动，几乎散落在四面八方的蒲公英们都会在这一天聚集，同学们戏称它为“奥运会”。陆唯中在人群中找寻那个熟悉而陌生的身影。四年前的一回眸已经错过了今生，四年后的一转身错过的也许就是来生。奈何桥边一声声的呼唤恐怕也无法唤回今生的挚爱，三生石上是否有那么一点印记，哪怕一道划痕。

陆唯中站在这么一个欢声鼎沸的地方，却觉得自己是孤独的。他坐在椅子上，双手抱着自己，想要温暖自己早已石化的心。陆陆续续从文瑜那里听到了洁如的近况。孩子还是没有多大的起色，自从神经受损后加上出生时的缺氧，孩子不仅智力无法像同龄人一般，而且运动机能极度落后，四岁了仍然需要在大人的搀扶下才能一瘸一拐地走着。而她依旧茕茕孑立，形影相吊。每次给她发的短信总是石沉大海，甚至连一点涟漪都不曾泛起。而自己也在那么一个繁华的都市守着自己一个人的天荒地老。母亲的催促，领导的介绍他都一次次婉拒，他最想回家然而却也最怕回家，回家要对的是母亲那淡淡的哀怨，浅浅的忧伤。虽说每个月把除了生活费外的钱都给了母亲，母亲还是不快乐的。他知道母亲是矛盾的，一方面母亲知道男人以天下为家，然而还是那么期盼着他能承欢膝下，至少能有一血脉相延，让她含饴弄孙。他十岁父亲猝死时曾经立下誓言："父母在，不远游。"曾经为了理想他在那个文化积淀最深的都市里苦苦追寻，而今为了逃避，他固执地把一个个女孩拒之门外，他的心已经给了一个不属于他的人，但他仍然无怨无悔。文瑜是知道他的，她为之心疼，然而人各有志，无数次的劝说都已付之东流。

文瑜走了过来，她已嫁为人妇并有个一个两岁大漂亮的女儿。当了妈妈后，文瑜变得成熟稳重多了，没有了年少时的孩子性情和不依不饶的口舌争锋。她走到陆唯中身边，坐下，扯了扯他的袖子说："唯中，怎么了？刚才刘宇强叫你好多声了！"陆唯中抬起头，目光涣散，左看右看了会说："哪里，他人在哪里？没看见啊，嗯，也没听见！"文瑜听了觉得心里堵得慌，像一块大石头压得人喘不过气来。

文瑜语重心长地说："唯中，你也别想太多了。洁如是不会来的，她孩子那样，哪里有那个时间和心情过来啊。那天，听马主任说好像孩子下个月就要做手术了，估计她也很忙了吧。唉……唯中，你也等了很多年了，她的情况那么的特殊，就算她真的有想法，要迈出那步还是很难的，多少人看着呢。如果她真跟了你，你妈妈又会同意吗？你不是说伯母十岁起就又当妈又当爸地含辛茹苦拉扯你吗？无论你妈妈还是洁如婆婆乃至洁如妈妈，都没有一个老人会同意的。换句话说，就算她们都宽容大量通情达理，那么对于孩子你是否会视如已出？"

文瑜的话一个字一个字敲进了陆唯中的心里，她问的也是这么多年来他反复问自己的，他始终没有勇气去面对，所以选择了逃避。"她孩子要做手术了，那我一定要请假回来看看！你一定要提早告诉我时间！"这回陆唯中斩钉截铁地说，他不想再这么沉沦了。

陆唯中真的请了公休假回来了，并在马主任的帮助下申请了全程的学术学习。但是因为俊铭小时有过高胆红素脑病，脑积水的后遗症，这次心脏手术后神经系统并发症出现了，而且是高度脑损坏。表现为昏迷，两侧瞳孔不等大、对光反射迟钝或消失、去大脑强直、单侧病理征阳性。看到如此的结果，陆唯中一手扶着墙，一手掐着自己的大腿，强迫自己站起来，可是仍然跪在了手术台前，头深深埋下。其实，手术前马主任和陆唯中已经有了很大的担忧，因为手术前俊铭反复地出现缺氧。而医书上写着：紫钳型先天性心脏病患者血液黏滞度高，易形成大小不等的血栓，先天性心脏病手术中，这些栓子可通过体外循环进入脑部，引起不同部位的脑栓塞性梗死，造成不同程度的脑损伤。紫钳型先天性心脏病血氧饱和度低，使大脑对缺氧的耐受性差也是脑损伤的原因之一。

奕平站在走廊上，呆呆地看着外面灰暗的天空。在手术前，他看了很多的书，知道这直视手术，术后神经系统并发症只占了不到百分之一。可是他万万没有想到这百分之一的机率就落到了幼小的俊铭身上，给孩子和母亲带来了多大的伤害，他实在那以接受。病房外，洁如已经昏厥过去了，晓霞守在她的身边，却怎么也不敢告诉老人。

张院长听到消息后，走到了四楼。他发现走廊上的奕平脸上血色全无，这个中年人已经苍老得背部微弓，满脸憔悴。文瑜正在办公室里翻看着资料：低氧、缺血和再灌注损伤是造成先天性心脏病术中脑损伤的主要原因。损伤可以足弥漫性，局灶性或多灶性的。ＣＰＢ为外科医生提供一个“无血”手术野，便于更好地暴露和操作，但同时也会造成重要器官尤其是脑的缺血损伤，脑损伤也可继发于微血管瀑布样炎性反应。在心脏手术ＣＰＢ过程中，由于m液直接与心肺机异物的表面接触，ＣＰＢ本身的非生理灌注，手术创伤及器官缺血再灌注等，致白细胞与内皮细胞被激活，以及体温变化、肠道内毒素释放等均可引发全身炎症反应综合征（ＳＩＲＳ），启动以炎性细胞因子、补体、中性粒细胞相继被激活的“炎性瀑布效应”的发生，造成多器官功能的衰竭（ＭＯＦ），包括脑部不同程度的缺血缺氧性改变，严重影响到患者的术后恢复。看着那一个个字眼，文瑜低下头趴在了桌上，肩膀抽动着。

经过马主任的全力抢救：他使用了减轻脑水肿、改善脑血液循环、脑细胞代谢、抗癫痫、应用营养神经细胞药物、针灸等综合治疗。陆唯中坚持守在ＩＣＵ监护，三天后，有惊无险的，俊铭苏醒了，第一次喝奶了。经过六个月的临床随诊中，医生们坚持对小俊铭进行了营养神经、针灸、功能锻炼等综合治疗，病情明显好转，下肢肌力恢复至4级。可是，孩子一如往常的孱弱。

一次次的打击让洁如再也没有了信心和勇气去面对所有的一切。而且小区里一些无聊的长舌妇到处散播说她是扫把星，克死了丈夫，又害惨了孩子，还连累了老人，是个不祥的人。在一次次邻居的风言风语后，她带着俊铭离家出走了。

第三十章 往事

洁如走了，她抱着俊铭坐上了火车，来到了厦门，来到了她曾经魂牵梦萦的地方。县城里是一夜白发的父母，远方是焦急万分的文瑜，最为令人叹息的莫过于那对看淡世事却早已被俊铭的疾病拖得不成人形的公婆。洁如就那样毅然决然的走了，不留一丝的眷恋，也不留只言片语。回首这个小城，她也感慨万千。这里是生她养她的地方，有着很多美好的回忆：儿时父母牵着她的小手徜徉在姹紫嫣红的公园里，长大了多少次和文瑜坐在学校的后山上一个躺着一个坐着仰望星空畅谈未来，毕业后奕凯紧握她的手花前月下共誓百年。如今却已是物是人非事事休，欲语泪先流。

身边的俊铭几乎没有任何的起色，如果非要说有的话，也无非是他会发单个音了，啊咦呜，如此而已，至今却还是没有叫过一声“妈妈”。洁如看不到一点点的希望，她想哪怕只要有一点她也要坚持下去。可是她再也找不到说服自己的理由了，对于俊铭她除了排山倒海的自责外就是伤痛，奕凯早已魂归极乐了，而那个矢志不渝的陆唯中还在似有还无地发着短信，守着自己一个人的海誓山盟。对于陆唯中，洁如是感激的，然而却也是有愧的，本来陆唯中家离自己娘家只是楼上楼下的距离而已，但却因为陆唯中，洁如很少回家，她害怕看到住在一楼的陆唯中母亲每每望着窗外失魂落魄的样子，虽然老人每次看见她来，仍然是好客地把她请入客厅，喝着茶聊着家常，但洁如心中却永远充满着愧疚。

来到了海边的洁如更是觉得哀莫大于心死了，看着波涛滚滚，想着人生百年瞬息而过，想着自己百年之后，那么俊铭又该何处何从，想着想着，她慢慢地一步步走向了大海，走向了曾经奕凯许诺过带他们母子携手同游人间的地方，只是她越走越远，远到了似乎离灯塔只有一臂之遥的地方……

洁如的故事讲完了，她早已泣不成声了，碧霞搂着她的肩膀把她带进怀中，任泪水流淌，如高山飞瀑。碧霞深深吸了口气说："妹子，好好的活下去，小俊铭很可爱的。你怎么就舍得呢？没有比人更高的山，没有比脚更长的路，不是吗？总会有办法的！我上次听筱瑞爸爸的堂弟说起过福州有一个有着二十几年经验，专门治疗孩子脑部问题的军医，据说他曾让好多感统方面缺失的孩子慢慢康复，有的还成名成家了呢！要不我让他帮你问问，好吗？不是也曾经有人说过，上帝把一扇门关闭了，那么他肯定也打开了一扇窗！相信我们自己，一定是有办法的，也相信小俊铭一定会好起来的，好吗？"

洁如擦了擦眼泪，幽怨地盯着碧霞，小声嘀咕着："大姐，你家闺女长得漂亮，人又善良，学习舞蹈什么都好，您当然什么都不用发愁的啊！我知道您是为了我好，可是我真的看不到一点点希望，一点希望都看不到，所以大姐您还是不用劝我了吧，毕竟各种心酸，也只有我最知道了。"

碧霞摇了摇头，苦笑着说："妹子，我们都是母亲。我不能说对于俊铭我能感同身受，但我们同为母亲，对孩子的爱都是一样的。你难道没发现筱瑞一直很少讲话吗？她小时因为一次高烧失去了听力，聋了以后也就慢慢地不会说话了，一度又聋又哑。我也曾经有过想一走了之的念头，但终究还是挺了过来。就当是老天和我们开了个玩笑，借此来考验我们吧。大难不死，必有后福。”

洁如睁大了眼睛，怀疑地看着碧霞，满脸的不解。她不相信眼前这个娇美如天使的女生会有何等的曾经与过往，可以令碧霞有过那么一个念头离去，当时筱瑞说话时，她只是觉得声音有些沙哑而已，没想到……洁如的眼角已经湿润了，泪水从眼眶缓缓流下。她没有想到眼前这个开朗活泼的女孩曾有过如此痛苦的过往，也不敢相信碧霞始终带着的都是恬淡的笑容，似乎不着一丝的尘埃。她握着碧霞的手激动地说：“大姐，你和闺女都太棒了。是什么使得你当初那么的坚强？我可以听听你的故事吗？我真的想知道是不是因为我家小宝儿自从生下来就一直生病，我才变得越来越软弱的呢？”

碧霞回头看了看筱瑞，笑了，然后转过头吩咐了李浩林一句：“浩林，帮妹子问问你堂弟那个军医的电话之类的详细情况吧，我和她聊会天。”李浩林爽快地答应了，走到玄关处打起了电话。筱瑞抱起了俊铭在房间里翩翩起舞，她把俊铭举得高高地，不停地转着圈，俊铭乐得咯咯咯地笑着。这时电话忽然响起，原来是王书记派人来接筱瑞的，送走了筱瑞，碧霞抿了一口茶，望着窗外，把视线投向了远方，开始了她的诉说。

第二卷

蝶舞

第一章 降生

1991年8月5日，福州市第一医院。窗外，蒙蒙的雾气，黑暗中，慢慢地透出一丝阳光。夏日的清晨带着一份难以言状的清凉，盛夏之日，怕也是只有这清晨，能让人舒心几分。医院内，一名年轻男子焦急地在那条狭窄的走廊里不停踱着步，不住地冲那扇门里张望着，偶而在走廊的长椅上坐下，机械般搓着手，而那层玻璃门，依旧死死的关着，没有半分打开的迹象。

良久，那道玻璃门终于打开，男子赶紧围了上去，“医生，怎么样?”穿着白大褂的人微笑着点点头，“恭喜你啊，母女平安。”男子咧开了嘴夸张地笑着。“做爸爸了，看你都快乐疯了!”医生丝毫没有受到一夜未眠的影响，笑着打趣男子。压抑不住兴奋，不停的往屋子里看，里面传出婴儿的啼哭声，如被猫抓般，让男子的心里痒痒的。“我能不能进去看看她?”年轻男子忍不住问医生。“这可不行，你别急，她们一会儿就出来了。”医生拦下了想往里冲的男子。

不一会儿，护士推着病床出来，床上的女子，显得有些虚弱，一夜的折腾，精疲力竭。旁边，是一个包裹着浴巾粉嫩嫩的小娃娃，刚刚出生的孩子，皮肤还是粉红色的，显得有些皱巴巴，男子小心翼翼地将她抱在怀里，爱不释手。似乎突然意识到自己冷落了的最大功臣，忙弯下腰，抱着孩子给床上的人看："碧霞，你看，我们的女儿是不是很漂亮？你看看是像你多还是像我多？我觉得还是像你多些吧，你看你多漂亮……"男子不停的絮叨，引发旁边护士的哄堂大笑，而床上的人仿佛羞红了脸，"哪里像我了，我刚看到的时候都被吓坏了，我怎么生了只小猴子出来，一点都不好看！"男子正准备回话，却被护士拦下。"你们小两口，能不能等回了病房再兴奋啊，虽然是夏天，也别在这儿堵着，这儿有个空调口，当心让你老婆着了凉。"男子恍然大悟般，忙抱着孩子跟着往病房走去。

回到病房，男子小心翼翼地把孩子放在妻子的枕头边，抓起妻子的手，放在自己的脸颊上。"碧霞，谢谢你，真的谢谢你。""你看看你，从我出来就一直不停地念叨这句话，你没说烦我都听烦了。"床上的女子笑得有些无语，面前这个快到而立之年的男人，此时乐得，竟然像室一个没长大的大男孩儿一样。"快，对了，浩林，你有没有和爸妈说啊？他们怕是也在家里等了一夜呢！"碧霞问道。"你看我这脑子，光兴奋了。"浩林拍了拍自己的脑袋不好意思地说了。"哎，你，快快快，真是的。"碧霞不住的催促。而浩林，也开始一个接着一个打电话，"爸妈，是我，生了，是女儿，好着呢，都好看呢……""爸，恭喜你当爷爷了，嘿嘿……"听着浩林兴奋的声音，碧霞转过脸，轻轻抚过孩子，小宝宝，快点长吧，瞧瞧你爸高兴的。

"碧霞，你说我们给孩子取什么名儿啊？"那些电话，足足打了一个多小时，兴奋的男子恨不得昭告天下，自己做了父亲这个事实。"这个，等爸妈过来一块儿商量吧，小女孩儿，得取个好听的名字呢，最好还是征求他们的意见吧。"浩林说："没事，我们先取一个试试嘛，说不定爸妈都很喜欢呢！一辈子也就这么个小人儿。

虽然族谱都是男孩才按字辈，但这辈里中间是个“筱”字，我很喜欢这个字，我们也就随了吧。就是不知道最后一个字了，要不我们先给取个小名吧？你说叫啥好?”“小名啊，阳阳，正好是早上。”“阳阳？好，就阳阳，她是爸爸妈妈的小宝儿，小太阳。”说着，浩林开心的抱起了孩子，也不顾孩子还没睡醒，眼睛也还未睁开，一下子把孩子抱过了头顶。许是离开了温暖的被窝，孩子哇的一声大哭起来，弄得浩林好不尴尬。

中午，两家的老人都匆忙赶来，带着各式各样的水果和营养品，大家并没有因为是个女孩儿有所失落，毕竟都是独生子女，而且在这个省会城市里，那些重男轻女的观念，早已淡然。只是关于孩子的名字，大家争论不已，爷爷说，用“婷”，亭亭玉立；奶奶却不同意，觉得女孩子名字里该有个“淑”字，外婆却觉得，既然是早上出生的孩子，自然该有个“晨”字，外公则翻着那本带了很久的字典，要给孩子找一个好字。争了半天，终于定下，李筱瑞，祥瑞，这个新来的小宝宝，是两个家庭，两代人的祥瑞……

老人们开心地轮流抱着这个刚出生的小生命，笑嘻嘻地看着，高兴得合不拢嘴。粉嫩的脸颊，饱满的天庭，嘟嘟的小嘴，卷曲着的稀稀疏疏的头发，怎么看怎么都令人欢喜，两家人都沉浸在小生命诞生的喜悦中。

第二章　暖阳

因为是顺产，在医院观察了三天后，孩子一切正常，只见她喜滋滋地大口大口吮吸着初乳，眼睛睁得大大的，仿佛是害怕到了自己嘴里的食物飞走了。坐在旁边陪伴的浩林忽然觉得世间最大的幸福也莫过于此了。第四天，一家三口便回到了他们温馨的小家，回到了家，老人们忙碌着，四周洋溢着喜气。一张实木小床摆在了大床旁，小床上架着粉红的蚊帐，床的四周挂着铃铛，床上放着几只小布玩偶，一个童话的世界呼之欲出。筱瑞睁着一双大眼睛，滴溜溜地打量着自己的家，自己的小床。碧霞的的产假连同年假折合了五个半月，正好上班后过了年，婆婆王丽珍那时也就退休了，颐养天年，含饴弄孙，皆大欢喜。这几个月只好暂时请了个有经验的月嫂帮忙照看，一切倒也都有条不紊地进行着。

五个半月的陪伴，筱瑞在妈妈的怀抱里喝着香甜的乳汁幸福地成长着，千般宠爱集于一身。这五个半月里，她一天天长大，从会笑，会依依呀呀到挥舞着小手抓各种玩具再到翻身。接着婆婆退休了，碧霞也休完产假去上班了，刚开始时筱瑞各种的不习惯，经常把奶瓶推到一旁，大哭着要喝奶。看着哭得满脸通红的孙女，王丽珍心痛不已，可却也毫无办法，手足无措。所幸几天后，筱瑞也比较习惯了碧霞白天上班不在的日子，一个星期后，成功断奶了，她开始喝牛奶和吃米糊了。

每个晚上，碧霞都会尽快回家，做好饭，收拾好屋子，好让辛苦了一天的老人有点歇息的时间。晚饭后，她抱着筱瑞，给她讲故事，陪她玩各种玩具，看她在床上跳来跳去。筱瑞的房间里，充满了各式各样的毛绒玩具，包括那只筱瑞睡觉的时候最喜欢抱着的比她高的哈士奇。这天晚上，当筱瑞第 N 次没能把不倒翁按下，终于嘟起嘴，哇的哭了，正在洗碗的碧霞忙跑过去，看见自己的女儿正和玩具置气，又好笑又心疼，轻轻的抱过女儿，放在怀里哄着，拍着她的背，给她顺顺气。“妈妈……”吐字很不清楚的发音从女儿嘴里说出，却让碧霞惊了一跳，虽然自己早就开始和孩子说话，却没想孩子突然开口唤自己，碧霞欣喜若狂的叫来了正在收衣服的浩林。浩林听着孩子叫妈妈，不住地逗弄，“再叫一声，叫爸爸。”可筱瑞却很不给面子的把头甩到了一边，不再言语，自顾自的玩着小手，扑在碧霞怀里。碧霞看着浩林吃醋撇着嘴跺着脚的样子，得意洋洋的炫耀着，不大的屋子，满满都是温馨。

六个月后的筱瑞开始好动了，学会了独坐，爬，慢慢地能站会儿。过了周岁的生日，筱瑞就学会了走路，渐渐地展露出了运动健将的天赋，才一岁三个月就会小跑了。这倒是继承了浩林的性格，活像个假小子一样，好动活泼，尤其喜欢翻跟斗，可是每每因为太小，刚开始翻就歪倒在一旁，然后一个人啃着脚丫子，“格格格”的笑。奶奶经常被她逗笑得前仰后合。

可是她这好动的天性，也让大家头疼不已，一岁多的孩子，还跑不了多稳当就开始到处乱晃，摔倒了也不哭，爬起来继续东瞧瞧，西看看，对所有的事情都充满了好奇，而老人有时也架不住孩子，只有跟在后面不停的喊着，却往往一个不留神又不见了孩子。到了两岁，浩林买来了各式各样的卡片，不为了家里能出个神童，就想这孩子能不能安静会儿，明明是个姑娘，却比小子还淘。未料想阳阳学得很快，学完了之后继续乱跑，她能乱跑的范围，也从自己的小房间，慢慢到家里的每个角落，然后是院子里。周围的邻居总能看见，每天下午两三点的时候，一个老人吃力地追赶着一个孩子，而孩子在前面，跑的很欢脱，那笑声如铃儿般动听。

转眼孩子两岁半了，1994 年 2 月 9 日，除夕夜。这个日子碧霞永远都记得，不仅仅是因为这是碧霞一家第一次随同公婆一起回了趟乡下的老家，更是因为发生了一件让人悲痛欲绝的事情。农村里过年本就比城市热闹许多，到处都是点鞭炮，燃烟花的小孩，筱瑞更是和老家的大哥哥大姐姐玩得不亦乐乎。大人们则在家里匆忙地准备着年夜饭，筱瑞和哥哥姐姐们在外面玩得一身汗回了家，不停地打着喷嚏，碧霞嘴里不停地责怪，而孩子却像什么事都没发生一样，继续和哥哥姐姐打闹嬉笑着，看着孩子开心，碧霞也不再说些什么，毕竟这样无忧无虑，天真烂漫的日子也只能存在于孩提时。孩子再有半年就要去上幼儿园了，然后是小学，初中，高中，大学，未来的日子，只会压力越来越大，像这样可以肆意玩耍的时间，想来，确实不多。她给孩子洗过澡，换好衣服，孩子又继续打了几个喷嚏。南方的冬天虽不及北方的还冷，但也还是有些萧瑟的，筱瑞刚刚在外边玩出了一身汗又吹了凉风似乎有些着了凉，鼻涕开始流了下来。吃完年夜饭后，碧霞早早的哄着孩子睡下。

第三章 发烧

床上，筱瑞手里拽着几个大红包睡梦里都是笑容。碧霞亲了亲孩子的额头，似乎有点低烧的感觉，她赶忙给扶起孩子喂了一杯水，浩林觉得筱瑞估计是白天时玩得太疯了的缘故，也就没有多想，睡下了。

换了个新环境，浩林睡得并不安稳，翻来覆去，半夜他怎么也睡不着，起了身，轻轻地吻了小床上睡的正香的女儿，想到这个小可人儿在自己每天自己下班回来时，都开心地叫着“爸爸”，然后一蹦一跳地给自己拿好拖鞋，浩林嘴角轻微上扬。可是，他忽然发现孩子打着寒颤，身体滚烫，忙开了灯，可是在这里却怎么也翻不出了温度计，浩林着急地直跺脚。他吓坏了，忙推醒了妻子，把孩子一裹随手拿了件衣服就往跑出门外。老人被惊动了，问明了情况，赶紧把隔壁家的侄儿晓东叫醒了。晓东开来了辆电动三轮车急急忙忙把他们送到了镇里的医院。正值除夕大年夜，镇医院里，几乎空无一人，只剩急诊室里一名留守的医生和一名护士，碧霞摇了摇头叹了口气，心里暗自埋怨怎么有这么简陋的医院，也埋怨着筱瑞生病得太不合时宜了。

急诊室里，医生匆忙地给孩子听了肺部看了喉咙，接着量了体温，五分钟后，看着温度计上那个 39.3 的体温，碧霞有些坐不住了，一直念叨着："怎么办，怎么办？"医生龙飞凤舞地开了药方，然后给打了点滴，筱瑞额头也贴上了退热贴，其他的检查要等白天才能做，征求了浩林的意见后，筱瑞暂时留院观察了。

正月初一一大早，老人们来不及吃早饭就赶了过来。浩林和妻子抱了女儿去各个部门做检查，抽血、各种化验，还好检查结果，只是因为感冒引起的上呼吸道感染，急性扁桃体发炎引起了的高烧。医生说了只要吃了药就没事了，抗生素的效果不错。听到这儿，浩林和碧霞不自觉的松了口气，但碧霞仍然对着那张龙飞凤舞地处方研究许久，打点滴的药瓶上没有标注药名。碧霞问了句："请问用了什么抗生素！"医生有些不耐烦地说："链霉素！"碧霞听到链霉素后隐隐约约觉得有些不对劲，于是又问了句："有副作用吧？"医生生气地说："大家都是这么点滴的，也没见过怎么样的。"看着发怒的医生，浩林给碧霞使了个眼色，两个人抱着孩子悻悻地走了。

抱着筱瑞回了病房，折腾了一个早上，给孩子喂了些奶，病中的小娃娃也没有了往日闹腾劲儿。住了两天院，打了点滴，吃了药，孩子的烧慢慢降了下来，虽然还是时不时的咳嗽，情况却也一天天的好转，第三天出院后，老人看到两口子黑黑的脸色，赶忙收拾好了东西知趣地赶回了福州。接下来的几个月貌似一切相安无事，又回到了从前的和美，殊不知那种药正让这个家庭慢慢地失去欢笑。

半年后筱瑞上了幼儿园了，她虽然好动却也乖巧，不像那些初来的小孩子一直哭着闹着要妈妈，所以老师们格外地疼爱她。半个月后班级里的领操员都让她来担当，开始时，筱瑞做得合拍合调，可是一个月后就有些混乱起来，老师只好换了别的小朋友。那天放学后，筱瑞委屈地窝在教室的角落里对着墙壁轻声抽泣着。看着这个原来可人的小宝贝那么失意的样子，老师也实在不忍心，找到了来接孩子的奶奶，转达了意见。老人回家对浩林和碧霞一说，他们也开始紧张起来。

因为这段时间以来，他们都慢慢发现，不知道为什么，筱瑞的反应越来越迟钝，刚开始只是觉得，孩子不集中精力，可是说了孩子几次之后，她依旧没有改，甚至常常对于碧霞和浩林的呼喊，完全没有反应。这次又听到老师这么说，夫妻俩更生气了，觉得筱瑞肯定是又开始调皮捣蛋了。他们轮流教育了一番后，看着筱瑞没有反驳而是呆呆看着自己的样子，又有些不舍得，便也就小惩大诫了几下，事情便告一段落。直到两个月后，1995 年 2 月 2 日。

孩子放了寒假在客厅里拍着皮球。要开饭了，浩林叫了筱瑞几声，可是她却还是自顾自的玩着，浩林气急了，拽起筱瑞，“啪啪”两巴掌不轻不重的甩在小屁股上，孩子被突如其来的疼吓懵了，一边哇哇大哭，一边断断续续地说：“爸爸，你打我干嘛，好疼啊！”“叫你吃饭都叫了几遍了，光知道玩。”脾气上来了的浩林，再也没有往日的耐心，继而又是几个巴掌。筱瑞边哭又边问：“爸爸，你打我干嘛，好痛啊！”浩林停下自己的巴掌，拽过孩子，“以后和你说话听不听？”筱瑞依旧没有反应，浩林的声音一下子提高了八度，而筱瑞，只是迷茫的看着浩林泪流满面地说：“爸爸，我很乖，你不打我，好不好？”浩林突然好像意识到了什么，他焦急地问道：“宝贝？爸爸说话你听得见不？”筱瑞依旧只是呆呆的看着浩林，直到浩林声音提到了最大，筱瑞才慢慢地点点头，浩林恐惧得觉得毛骨悚然，再也坐不住了，抱起孩子，甚至来不及通知碧霞就往医院冲。

第四章 霹雳

医院里，浩林给碧霞打了个电话。浩林懵了，碧霞也傻眼了，她们拿着孩子的诊断书，只觉得晴天霹雳，“患者：李筱瑞， 年龄：3 岁 6 个月，诊断结果：曾过量注射链霉素造成中毒性耳膜坏死，重度失聪。”链霉素，碧霞看着这三个让她痛彻心扉的字，蹲下抱紧了自己的头。他们虽然不知道什么叫做耳膜坏死，可最后四个字，他们看的清清楚楚，失聪，筱瑞居然失聪了。他们不敢相信也不愿相信，因为孩子只不过两个月前发过一次高烧而已啊，而且都已经好了两个月怎么还会失聪？不死心的夫妻俩带着筱瑞，去了市里几所大的医院，可是拿到的诊断结果，都有一个，失聪……碧霞只觉得，天塌了。他们都忘记了那天是怎么回的家，只记得老人哭得歇斯底里，捶胸顿足。

为了给孩子治病，碧霞只有把工作辞了，因为孩子身边，再也离不开人了。筱瑞再一次住院了，尽管她很不喜欢这个地方，这里没有她的史努比，没有维尼熊，而且到处充斥着消毒水的气味。最可怕的是每天要打针，打针好痛，她一点都不喜欢。再说了妈妈这个时候不仅不宠着自己，还帮护士按着自己，自己哭了她却还是不放开。筱瑞不开心，很不开心，总是嘟着小嘴吵着要回家，而碧霞也很无奈，她没办法给孩子解释什么叫做失聪，她只能一次次地告诉筱瑞，她现在生病了，所以要在医院里治疗。而筱瑞更是不停地问，“妈妈，妈妈，你为什么不说话大点儿声啊？都听不见。还有为什么我现在说的话自己也越来越听不清楚了呀？”每每听到孩子如此般问话，碧霞，心如刀绞。

医生给浩林和碧霞的建议，就是高压氧。国内从1973年开始就利用高压氧治疗突发性的耳聋，治愈率逐年有所上升。在高压环境中吸入纯氧，体内氧含量和氧分压显著增加，使氧气弥散渗透能力大大增强，能纠正局部神经组织因病变水肿导致的局部缺氧问题（局部缺氧是常压下不能解决的难题），神经细胞缺氧纠正，营养改善，即可逐步恢复正常代谢，耳聋耳鸣也就能得到治疗了。

说到这里，医生忍不住责怪起浩林夫妇俩，怎么等孩子的病情严重到了这个地步才带着孩子来医院，浩林夫妻听到这些，更是心痛不已。如果自己住院时坚持不用链霉素，如果那时候在筱瑞刚刚出现他们所谓的注意力不集中的情况时，就能够意识到问题的严重，是不是孩子就还有的治？浩林更是自责，明明是自己的不注意毁了孩子的一辈子，却还狠狠打了孩子一顿。每次看着高压氧中安静懂事的筱瑞眨巴着大眼睛，无辜地望着自己时，浩林总是充满了内疚。尽管高压氧的费用昂贵，且只能阻止进一步的恶化，但浩林还是坚持让筱瑞做了下去。

于是，每个周末，碧霞都会带筱瑞到医院，因为并不疼，筱瑞倒也没有太多反抗，只是会问妈妈：“妈妈，我干嘛要老呆里面？你怎么都不用去上班啊？你们怎么都不和筱瑞说话了？”筱瑞还无法意识到自己的身上发生了什么，碧霞无助地把孩子紧紧的搂在怀里，一刻也不想分离。

半年的高压氧治疗，筱瑞每次去医院，总是很乖巧的跟着医生做捏鼻子鼓气等调压动作，有时候还会故意鼓起腮帮子，扮着小猪逗浩林和碧霞开心。孩子的懂事对于浩林和碧霞来说，开心又心酸，尽管知道希望渺茫，而那些高额的费用早已压的浩林觉得喘不过气，下班之后做兼职，碧霞也去工厂拿了最累最廉价的“糊纸盒”的工作回家做，哪怕只是微薄的不能再微薄，少的不能再少的工钱，他们只希望，自己的这份努力，能让筱瑞慢慢好起来，哪怕从重度到轻度，也是好的……

半年后，医生把浩林叫到了办公室，给了他一张测试结果，“李先生，这是你女儿筱瑞的听力检测结果，上面显示，你半年前，女儿的听力损坏已经到了105分贝，而正常人是25分贝，经过了半年的高压氧，这一次测试的结果，你也看到了，100分贝，这是一个比较稳定的结果了。很抱歉，作为医生，我必须告诉你，筱瑞的病情应该只有这样了，高压氧再做下去，也不是很有用，我的建议是可以不做了，留些钱以后给孩子做人工耳蜗吧。”医生说的很平静，可浩林拿着那张测试表，忍不住浑身的颤抖，100分贝是什么意思？极重度失聪？浩林觉得天都塌了。半年的期待，无数个夜晚自己和妻子为了孩子的病彻夜未眠，辗转反侧，为什么最后还是没有一丝的好转，如果可以，浩林真想问问老天，为什么对自己这么残忍，为什么对筱瑞这么残忍……

第五章 无声

神情恍惚的走出了医生的办公室，浩林颤颤巍巍的往病房走，远远地就能听到病房里传来的笑声，半年过去，筱瑞已经习惯了这样的生活。浩林的耳边，又响起了刚才医生的话，“听力极重度受损，意味着患者从此进入了一个无声世界，随着与人沟通的减少，语言说话能力也会随之退化，这不同于医院上的声带受损，而是一种学习障碍造成的结果，十聋九哑就是因为这个……”病房内，筱瑞正抱着自己的史努比狗玩的很开心，小调皮鬼时不时的扑到碧霞的怀里，就那么窝着，时不时地蹭蹭，或者举着自己的小玩具往碧霞身上敲两下做打招呼，玩着过家家的游戏，碧霞有些心不在焉，她知道丈夫被叫走肯定是因为孩子的病情，那么久还没回来……碧霞，不敢往下想。孩子的笑声仿佛如尖刀般直冲夫妻俩的心脏，那个玩的正开心的孩子，已经半年多听不到什么声音，每天都是手舞足蹈的与父母交流，偶尔吐出一两个“嗯，啊，额”这样的单音节词汇，她还不知道这样的沟通方式意味着什么，只是觉得这样挺好玩儿的，只当这是一个游戏，所有的人都在陪着自己，甚至比以前更好玩儿些，更开心些。

回家了的筱瑞，依旧继续着自己无忧无虑的生活，她没有再去上学，和学校的解释是生病后要好好静养。每天早上她都会被妈妈抱着起床，然后要不陪着妈妈糊纸盒，要不就是自己一个人很安静地搭着积木，或者是拼很简单的小拼图。终究还是个孩子，那天，筱瑞看到窗外艳阳高照，楼下的院子里，草坪上都是以前一起玩耍的小伙伴，想来自己已经很久没有和他们一起玩了，于是小家伙来到碧霞身边，不住地蹦来蹦去，做出一副跃跃欲试的样子，指指窗外，抱着自己的小皮球，一双大眼睛眨巴眨巴地盯着碧霞，眼神里充满了期待。碧霞也想让筱瑞和孩子们一起玩，可是却也有自己的顾虑，外面车多人多，现在孩子什么都听不见了，万一再出点什么事儿，自己、丈夫和老人，怕是谁都承受不了。

筱瑞看着碧霞犹豫，以为是妈妈忙，于是放下了自己抱着的皮球，松开了拉着碧霞衣角的小手，回转身抱住了碧霞，打着手势安抚着妈妈坐下，示意妈妈可以继续工作。末了，她还冲碧霞甜甜地笑露出了自己的小虎牙。碧霞觉得眼眶里有东西什么似乎要不断地涌出，忙用手揉了揉眼睛。筱瑞似乎也看出了妈妈有什么不妥，很仔细的端详了会儿，转身跑去洗手间，碧霞很奇怪的看着孩子，一阵哗啦啦的水声过后，筱瑞举着自己的小毛巾走了出来，然后很认真的教拽下了碧霞的手，把毛巾塞到她手里，碧霞愣了，再一看手里的毛巾突然一下乐了，孩子岁数小，怕是够不到洗脸的，仓促之下居然把擦脚的毛巾拿来。然后再看筱瑞那副忍笑的表情，怕是这个小混球故意拿错，看碧霞发现了，小筱瑞转身就跑，碧霞在后面假装追着，捉到之后再轻轻拍两下，刮了下孩子的小鼻子，小调皮鬼。筱瑞趁势努力往妈妈怀里蹭，外面的嬉笑声依旧不断传来，却不再打扰屋内的母女俩分享这份属于她们的安静与欢乐。

时光匆匆，转眼间，筱瑞四岁了，离开幼儿园也有半年的时光了。以前筱瑞还在小班上学时，每次看着比自己大几岁的小朋友背着大书包上小学总是很羡慕，觉得能背着大书包真神气，觉得去上小学就意味着自己长大了，是大孩子了。其实人有的时候真的很矛盾，小的时候渴望长大，崇尚长大之后的自由，待我们成人，开始独立面对的社会，又会羡慕小时候，怀念曾经的无忧无虑、曾经的天真烂漫。在被筱瑞第 N 次拽到窗边看背着书包的小朋友路过后，碧霞明白，自己和丈夫真的应该正视这个问题了，孩子慢慢长大，总不能一直关在家里，就算自己现在能照顾得了她，可是孩子不可能只活在这么一个狭小的空间，不和别人交流。想到这里，在离新学期开学前的半个月，浩林和碧霞讨论了一宿，把市里大大小小他们知道的幼儿园都考虑了一遍，决定还是换一家新的幼儿园，最后筛选了三家幼儿园。她们决定明天去看看，毕竟，筱瑞，是那么个情况……

第二天一大早，碧霞就带着孩子出门了，筱瑞显得很兴奋，自己已经好久没有出去玩过了，给孩子戴好帽子，穿上最喜欢的背带短裤，前面还有一只小兔的图案，母女俩满怀着期待出了门，在福州 8 月底的天气还是炎热无比，可筱瑞却全然不顾，来回地跑着，跳着，碧霞看得心惊胆战，急忙把筱瑞拉回来紧紧地牵着孩子的小手，再把孩子小手上刚刚沾染的灰尘拍干净，示意她听话。就这么一路走一路跳一路玩，路旁树上的知了在唱着歌，想起筱瑞无法再唱着优美婉转的歌曲时，碧霞一阵心痛。

第六章　落寞

1995 年 8 月 15 日上午 9 点，两人来到第一家幼儿园，这里距离筱瑞的家只有几百米的距离，老师接待了碧霞，却告知没有插班的名额，碧霞不死心地求了老师很久，老师却依旧不肯松口，两人只得起身告辞。第二家，还是一样，碧霞真的体会到了为什么别人说这年头，读幼儿园比读大学还难，人太多了。最后一家了，碧霞甚至有些紧张，当得知幼儿园还有几个插班名额的时候，碧霞真的开心极了，而筱瑞也很开心。因为她发现幼儿园真好，墙上都粉刷了 Mickey 的卡通图案，院子里有滑滑梯，秋千，沙坑，还有好大好大的城堡，筱瑞显得有些兴奋。老师有些诧异，难得有孩子第一天在陌生的环境里没有畏畏缩缩的躲在母亲怀里，而是好奇地打量着这个地方，她拉过筱瑞，让她站在自己前面，"小朋友，你叫什么名字啊？"筱瑞只是笑着，没有反应，眼睛滴溜溜的转悠，"小朋友，你多大了啊？"依旧没有答话。老师有些怀疑地看着筱瑞，而碧霞则显得有些窘迫。

"抱歉老师，那个……刚刚我还没有说，她名叫李筱瑞，前几天刚满四岁，以前在别的幼儿园里上了小班一个学期。她很懂事，只不过……"说到这儿，碧霞有些停顿，几秒后，仿佛下了多大决心般，又重新开口："只不过，孩子两岁半的时候因为过度注射链霉素，三岁多的时候失聪，所以，她听不见您说的话，还请您原谅。”说完，碧霞长舒了一口气，她暗自猜测，无法与人沟通的孩子，真的会有学校愿意冒着风险收下她么？

“这位妈妈，我很喜欢筱瑞这个孩子，胆子大，很活泼。只不过，上学的问题，我们真的爱莫能助，毕竟我们没有办法安排单独的一位老师跟着筱瑞照顾她，来学校之后的安全、教育我们都不敢保证，很抱歉……”老师面带惋惜地回绝了碧霞。这么好的孩子，居然就这样听不见了，真是有些可惜。老师不禁摇摇头。

碧霞听完老师的话，强忍眼中的泪水说：“我知道了，打扰您了老师。我知道可能性不大，却不想放弃，孩子还小，以后的路还长，我们真的没有办法……”说到这儿，碧霞再也控制不住自己，而筱瑞则是好奇的看着自己的母亲，怎么刚开始还很开心的妈妈突然哭了？她跑过去，举起自己的小手给妈妈擦眼泪，很听话的不再乱跑，而是静静地坐在妈妈怀里。

老师轻轻叹了口气，递过去一包纸巾，心怀抱歉地说：“筱瑞妈妈，您也别急，我听说咱市里有开办一个聋哑学校，据说 1991 年的时候归教育局主管了。可是福州聋哑学校好像只招收七岁以上的孩子，要不您去问问教育局看看具体情况。我想那样也许会好些吧。您认为呢？”

碧霞慢慢止住了哭声，她知道自己不能哭，不能垮，自己还有筱瑞，她还需要自己。起身谢过老师，带着筱瑞离开。回家的路上，小小的人儿仿佛知道母亲心情的压抑，不再像来时那样东摸摸，西看看，而是紧紧地拉着母亲的手，也不着急比划，就那么安静的跟着。一上午的奔波，要回家时已接近正午。正巧有一列婚车经过，不自觉地，碧霞想到如日中天四个字，再看看自己身边还不到自己腰部的小孩儿，她的未来，又在哪里？

打听到了教育局的地址，碧霞带着满心的期望踏进了教育局的大门。向综合部的同志们简单地表达了自己的需求后，只见他们都面带难色地说：“这位孩子妈妈，那间聋哑学校暂时只招收七岁以上的小学适龄儿童，像您孩子这么小还不能自理的，恐怕要找找看看有没有民办的这类幼儿园。只是民办的质量那就是良莠不齐了，而且情况又比较特殊。您看看，要不给我们留下您的电话，我们尽快帮您打听落实，然后给您一个答案，可好?”碧霞连声谢到，直叹自己遇上的都是好人。

回到家后，筱瑞偏着头像个小人精一样看着妈妈的脸色，揣测着她的心情，小心翼翼地给妈妈端来了一杯水，放在茶几上，轻轻吹着。望着眼前这个懂事善良的孩子，碧霞的心又一次痛了起来。她觉得自己是罪魁祸首，是自己害了这个天真浪漫无瑕纯真的小女孩。自责又一次涌上心头，令人窒息。

几天后，教育局的一个同志打来了电话，据他们多方询问得知，有一间民办的春芽幼儿园，说是幼儿园，其实还未达到规模。仅有二十个孩子而已。创立者是一个幼教毕业的老师，自己也有一个聋哑的儿子。也许同为母亲，那个老师就倾尽所有义无反顾地从市里的重点幼儿园辞职出来，开辟了自己的一番天地，只为了聋哑儿童，为了那些有所残缺的孩子，为了还那些孩子一片蓝天，一片绿地和一脸微笑。

第七章 暴雨

星期天，阳光明媚，筱瑞又吵着要去楼下和小朋友们玩儿，自打上次从幼儿园回来，筱瑞对于外面的好奇和向往越来越强烈，碧霞也明白，自己不可能关女儿一辈子，女儿以后还要与人沟通。于是，这天傍晚，看着太阳已经有了下山的迹象，碧霞牵着筱瑞的小手走到楼下，鼓励地拍拍孩子的小屁股，让她去和小伙伴们玩儿，而这时，距离上一次的游戏，已时隔近九个月。

筱瑞一直都记得那一天，虽然不至于记住具体是哪一日。她还记得那天到楼下，正好小伙伴在玩着一个叫做听声躲球的游戏，所有的小朋友闭上眼睛，然后听到有球往自己这边滚动的声音就躲开，没躲开的孩子去滚动那只皮球，因为找了一个会唱歌的皮球，所以这个游戏很简单。碧霞手脚比划教会了孩子游戏规则，筱瑞兴高采烈地加入了游戏的行列，可是不一会儿，孩子就高兴不起来了，她发现，只有自己一直会因为没有反应而被球撞到，可是在她扔球的时候，小朋友总是能很快的躲开，到最后，筱瑞扔出的球甚至连一个小朋友都碰不到，大家都很迅速的躲开。刚开始，筱瑞还以为是小朋友要赖睁开了眼睛，可是当大人找来红领巾蒙上了孩子眼睛的时候，筱瑞真的相信了，自己，好像和别人不一样。她有些疑惑的看着碧霞，她委屈，她不懂，小朋友都笑话她不会玩儿，虽然什么都听不见，可是孩子夸张的姿势早已说明了一切。最后，筱瑞生气了，她用力的把球扔在了一个孩子身上，不顾周围大人迷茫的眼神和那个被砸小孩儿的哭声，转身跑回来了家。

看到这一幕的碧霞连忙追了过去，早在这个游戏开始，她就知道筱瑞今天一定会知道事情的全部，至少是自己的现状，她犹豫过，要不要让孩子退出，可是想了会儿，还是放弃了。早晚要让孩子面对这个事实，与其等以后孩子被人嘲笑被人孤立后痛哭的面对，还不如趁孩子天真时就让她明白，尽管残忍，但确实不得不走出的一步，就如同自己和浩林说的，已经不能再躲了。

尽管如此，跟着筱瑞回到家的碧霞，还是被家里的场面吓了一跳，孩子暴躁的把所有的玩具从收纳盒里拿出扔到了地上，还有各种散落的书籍，发泄完的孩子精疲力竭般蹲在沙发的角落里，放声大哭。来不及收拾，更谈不上责备，碧霞走过去紧紧得抱住了孩子，也不比划，只是静静地抚摸着孩子的后背，亲吻她的额头，然后用自己的大手包裹着孩子的小手，让孩子如婴儿般躺在自己怀里，仿佛在传递爱的力量。

哭了一会儿，筱瑞慢慢睡着了，碧霞把孩子抱回房间，拿温水毛巾轻轻擦拭她眼角的泪水，然后给她盖好被子，再亲了亲孩子哭得通红的小脸，回到客厅开始收拾。等到浩林回来，碧霞告诉了他今天发生的一切，浩林有些责怪碧霞，可最终还是没有说什么，只是觉得这个打击对孩子来说太突然，也不知道这个才四岁的孩子，会怎么理解自己的“特殊”。

晚饭时间，碧霞把孩子推醒，醒来的孩子眼睛有些肿痛，不住地用手去揉，而碧霞则是轻轻的抓住了孩子的小手，给她吹吹，抱着她摇摇，再睁眼，筱瑞的眼神里，没有了往日的光芒，吃饭时也不再是东摸摸西碰碰，更不会手舞足蹈的说些什么，她看到父母开口说些什么，仿佛很努力地竖起耳朵想听，可是又因为听不见，难过得低下了头。小小的筱瑞，还不理解什么叫做失聪，她只是觉得别人能做到的事情，她做不到，别人能玩好的游戏，自己玩不好。也许是随了浩林好胜心强的性子，筱瑞根本接受不了这样的事实，她觉得自己好差劲。她看到小朋友之间的交流都不是手舞足蹈，她对着小朋友比划的时候，她能感觉到，别人看她的眼神，像在看怪物……看到这样的孩子，浩林和碧霞心如刀绞，他们也不知道该怎么给孩子解释，只是暗暗下了决定，早点给孩子安人工耳蜗，早点让孩子进学校。那里的老师比自己有经验，她们更想知道，要怎么才能让孩子接受这个现状，重新乐观起来。

那天之后，筱瑞不再像以前那样爱在家里到处乱跑，更多的时候，只是一个人安安静静地坐在地上，拿一个毛绒玩具自己玩，或者趴在地上玩那些早已玩了无数遍的拼图。即使是碧霞带，筱瑞也不肯出门，有时候碧霞拽的急了，筱瑞就一只手死死地扳着门框，就是不肯下楼。没有办法，一个星期过后，碧霞带着孩子去医院安装了人工耳蜗。因为筱瑞属于语前极重度失聪儿童，虽然有一点残余的听力，但是却没有听觉的细胞反应，佩戴助听器以后，通过电子信号来刺激她的残余听觉细胞产生振动。这时，她只能听到一部分的残余声音，而对于这个新加在自己身上的家伙，筱瑞显得有些烦躁。碧霞看着筱瑞，心情也变得烦躁起来。

第八章　上学

根据医生的检查之后，筱瑞出院了，新学期开学的时间也到了。碧霞赶紧带着她去春芽幼儿园报到。尽管也可以开始背上书包上学，但在筱瑞小小的心里，她总觉得，自己不是个好孩子，自己做不到别的小朋友很容易就能做的事情。报到那天，浩林特意请了一天的假，和碧霞一起带着孩子去了学校。看见老师，筱瑞不再像去年第一天上小班时那样的轻松愉快，而是很快的躲在碧霞的大腿后头，紧紧地抱着不肯撒手。老师们仿佛也习惯了这样的场景，只是冲着筱瑞笑笑，“你们好，我是这儿负责接待的老师，我姓陈。这是筱瑞么？很可爱的孩子。”“是啊，她就是筱瑞，刚刚完成了人工耳蜗的手术，今年四岁了。”说起孩子，碧霞总有忍不住的话想要说。

“情况我们了解了，筱瑞是后天药物失聪，但是因为她失聪前刚刚学会说话，也只能单音节发音，所以现在应该语言能力也退化了。你们放心吧，孩子交给我们，我们有专门的老师会照顾好她们，也会开始教她们一些简单的汉字和手语，这里有很多这样的小朋友，他们同龄人之间也许会好相处些，我看孩子有些害怕，看来是个挺内向的孩子啊。”陈老师笑着说。

“不是的，孩子挺顽皮的，只是前一阵带她出去玩儿，她知道了自己和别人不一样，然后就成这样了，我们也不知道怎么办。和她说，她听不到也听不懂，可是看着孩子每天连个笑脸都没有，实在太揪心了。老师，求求你救救孩子，给她个出路。”碧霞越说越激动，她太明白，学会手语，然后认字，这是孩子以后独立自强唯一的出路，也是孩子唯一的救命稻草。“嗯，你们不用着急，虽然我这里这么小，但是二十几个孩子就有四个老师，麻雀虽小五脏俱全。重要的是这些老师们都很爱护孩子，有时我甚至觉得她们和医生很像——医者父母心，如保赤子。”陈老师笑着说。

随后，老师带着一家三口参观了学校，学校不大，却很整洁，一幢两层的民房，前面有一个塑胶建成的小操场，上面有一些简单的设施，来这里的孩子，大多是聋哑的孩子，有的是因为先天的失聪，也有的和筱瑞一样，是因为后天的药物。一路上，碧霞牵着筱瑞，当筱瑞看到滑梯和秋千的时候，情不自禁地跑过去玩耍，老师也不阻止她，只是静静地看着，或者在旁边陪她，给她推秋千，浩林他们知道这是老师亲近筱瑞的方式，自然也不掺和，远远地看着。一个下午的游戏，筱瑞终于不再害怕老师，走的时候，还很乖巧的转身和老师摇摇手。看到这样情况的碧霞，也终于放下了悬着的心，也许这里，会是筱瑞新的开始。

于是，1995 年 9 月 1 日，筱瑞再次走进了校园，只不过这回如同躲进一个小小的乌龟壳……前一天晚上，碧霞和浩林都一宿没睡，明天孩子就要去上学了，能不能习惯，会不会被欺负，孩子还小，摔了怎么办，磕了怎么办？两人就这样担心了整个夜晚。第二天，筱瑞起了个大早，她还记得那天那个很漂亮的姐姐，她会陪自己玩儿，还会对自己笑，不同于小伙伴的嘲笑，那个笑很甜，很美好…和碧霞一样，充满了爱意。筱瑞甚至有些等不及，吃饭的时候难得没有乱跑，乖乖地坐着，也不东张西望，吃完后后又很快地跑到门口，还把碧霞的鞋子也放好。看到孩子如此开心，夫妻俩都不禁松了口气，他们相视一笑，拉起了筱瑞的小手……

到了学校，筱瑞很听话的让陈老师抱着，碧霞哄着孩子，告诉她自己先回家，等她放学了，就来接她。筱瑞没有反应，只是低着头，摆弄着自己的小手。可是当碧霞转身准备走的时候，突然听到了筱瑞的哭声，小小的人儿在陈老师的怀里，望着碧霞离开的方向哇哇大哭。自从失聪后，她还从来没有离开过碧霞这么长时间，纵使各种各样的玩具会分散孩子的注意力，可那股危机感和恐惧感还是如同本能般，波涛汹涌般冲击着孩子。碧霞哭了，却没有回头，她知道自己一回头一定放不下，自己回头，筱瑞肯定不会再让自己走，这次心软，孩子怕再难步入校园。走过拐弯处，孩子的哭声依旧若隐若现，碧霞再也忍不住，靠在墙上泪流满面，仰望天空，云卷云舒，平静间不断地变化。但愿自己的决定是对的，孩子总要靠自己的力量飞翔……

这边，筱瑞看着离开的碧霞，哭得撕心裂肺，怕极了的她紧紧地搂着陈老师的脖子，老师不停的顺着孩子的后背，给她擦眼泪，带她进教室和小朋友们认识。筱瑞是班上最小的孩子，班里的每个孩子跑过来给筱瑞一个大大的拥抱，这是老师教孩子们的，以后每一个新同学加入，大家都要给他拥抱，欢迎他的到来。

第九章 舌操

第二天，筱瑞不再哭，也少了些害怕。碧霞从窗外远远望去，只见有一个梳着两条长长马尾辫的老师坐在筱瑞的面前，拉着她的小手放在自己的脸颊上，并俏皮地伸出舌头，用手指和目光“指着”舌头然后缩回去。后来碧霞通过咨询才知道，原来老师随后用舌头在口腔内去顶脸颊，并沿着唇部四周“走”了一圈，在这个过程中，老师拉着筱瑞的手跟着自己的舌头“走”，示意筱瑞照着做。大约“走”了三圈多，筱瑞才理解老师的意思，也开始用舌头在口腔内去顶脸颊。这是孩子们的第一课，就是要学习发出“a”的音。

陈老师解释说，这是聋哑孩子每天都需要进行的“舌操”。因为长期无法接受外界声音的刺激，孩子们虽然声带器官完好，却不会发音，老师的责任就在于让孩子的舌头通过锻炼变得更灵活，并逐渐学会发音。完成“舌操”后，老师将筱瑞的手放在自己的喉咙处，大声地发出“a”的音，让筱瑞感受自己声带的震动，并不断重复这个过程。“学会发第一个音，可能要一周到半个月。但是由于筱瑞是后天失聪，应该比先天失聪的孩子学习得更快些。”老师这么对碧霞说。碧霞点点头，连声称是。

因为孩子们年纪都小，学校并不教授他们太多的知识，更多的是教他们手语，认识一些很基本的汉字。别看筱瑞小，以前浩林买的卡片她都已经认识完了，而这么多小朋友一起，本就性格开朗的孩子也慢慢习惯了没有碧霞在身边，待傍晚碧霞来到学校，筱瑞没有再哭，很安静的和所有的小朋友打招呼后，跟着妈妈回家。

后面的日子，每天早上，筱瑞都由妈妈送着到校门口，背着自己的小书包，然后跟着老师进去，再到傍晚由碧霞接她回家。晚上的时候，筱瑞总是喜欢翻着浩林新买回来的图片，或者一个人回味着当天在学校的生活，小手比划着老师教的那些手语。其实，学校的生活，并没有外人想象中的轻松，教聋哑孩子的手语的难度，远远大于常人的想象，因为一直听不到人说话的声音，孩子对于每个名词都难有一个具体的理解，她们知道有个红红的长在很多地方很好看，却不知道那个红红的东西就叫做花，她们知道每天有个东西会在天上，却不知道那个叫做太阳。而老师只能通过不断地给孩子看图片，同时手上比划着，“花”和“太阳”这些东西用手势表达，有些手势显得很复杂，孩子老是记不住的时候，就会烦躁，而那个时候，老师又只有不断地安抚让孩子静下来，有时候，一天甚至教不了几个词语。

这天，碧霞去接筱瑞，发现自己家的小宝儿眼眶红红的，明显有哭过的迹象，看到碧霞来了之后更是放声大哭。也许是孩子太久没有说话，只能发出嘶哑的叫声，碧霞忙走过去接了孩子搂在怀里，询问着老师情况。原来，今天上课，老师开始教孩子们一些简单的句子，比如说“一起去吃饭好不好?”“你吃饭了么?”老师教得很认真，孩子也学得很认真，可是到最后练成句子打手势的时候，孩子怎么学不好，因为在手语里面，说话的顺序和孩子平时看连环画时看到的句子的顺序不一样，如果问“你今天吃饭了吗？”不是按照我们常规的语序，而是打“饭，有吗。”“一起去吃饭好不好？”也是打的“饭，能？”孩子理解不了这样的顺序，一时半会儿也不记不住，也没办法表达自己急躁的孩子，最后只能手一放，一个人委屈地蹲在地上哭。

碧霞看着怀里那个哭得浑身抽泣的孩子，心如刀割，没想到孩子的学习如此困难。尽管有时候晚上会看着孩子一个人不停地复习着学过的手势，却从没想过孩子是不是记得住。自打孩子进了学校，自己也开始在外面工作，每天只是接送孩子却很少真的关心她过得怎么样，学习有没有困难，平时问孩子的时候，还是和以前一样杂乱无章的手舞足蹈，如果自己早一点关心，是不是孩子就不会有这么大的难处？至少可以陪着孩子一起练习。想到这儿，碧霞自责不已，也暗暗下定决心，要陪着孩子学习手语。

这天晚上回来，碧霞就买了很多手语图标的书和碟片，从那天起，碧霞就没有早睡过，每天，都要收拾好床铺然后再把小筱瑞哄着睡着，待孩子睡熟之后，就一个人在电视面前跟着比划那些手势，或者在台灯下研究那些枯燥无味的书籍，手语的语序，就好比曾经的英语，而句子翻译却完全没有所谓主系表之分，也许很多人觉得学习手语只是另一种方式，可是实际上，却相当于学习一门新的语言。

第十章　手语

学习手语的日子是枯燥的，不管对于筱瑞还是碧霞。如果说碧霞还能通过看和听来学习，她要记住的只是每个名词用怎么样的表达，那么对于筱瑞来说，所有的东西都在重新构建，她慢慢地知道了什么叫做米，什么叫做数字，什么叫做汉语拼音。是的，聋哑学校的学生一样要学汉语拼音，尽管他们说不出那个发音，但是他们的眼睛没有问题，还能看，只有教会了她们阅读，才能真正让他们读懂这个世界。

“a、b、c、d、zh、ch、sh……”这些都在手语里面有自己的表达，比如说 a 是竖起大拇指，b 是拇指贴着掌心，剩下四个手指伸直，d 是握拳，而 sh 是拳头平躺，拳心向内，然后伸出大拇指。这些最基本的手势表达，老师就整整教了一个多月。在手语里面，四种不同方式组成的词根，更成了孩子们学习的最大的障碍，以一个单纯词的手势为根，以一个合成词的手势为根，更多的，还有就是所谓的一词多义，比如“首长”可作“部长”、“局长”、“科长”的根，也可作“主持”、“主动”、“主流”的根；如果说，对于具体名词，老师可以通过给孩子描述来解释，那么对于那些例如“爱”“空气”这样的抽象名词，则让老师头疼不已，也让孩子一头雾水。

时光，就在不知不觉间慢慢走过了两年，两年来，筱瑞除了生病外，每天都去学校上课，风雨无阻。春芽幼儿园的学生，每年都有新来的，每年也都有离开的，筱瑞不再是最小的孩子，当时那些给她拥抱的哥哥姐姐，很多已经离开了学校。有的是因为年龄到了，就去了市里的聋哑学校。有的，则是因为父母的放弃。

家里的老人，也劝浩林和碧霞再生一个孩子。毕竟在老人眼里，再有一个孩子，既能照顾筱瑞，也是家里的希望。可是碧霞不愿意，她不希望自己的女儿就这样被所有人打上了废物的烙印，也不希望下个孩子，从出生就背负如此繁重的责任。这样，对筱瑞、对自己，对那个未出生的小生命，都不公平。两年后的筱瑞，已经能够习惯幼儿园的生活，手语也打得越来越好，越来越流畅，因为学习手语的缘故，孩子认识的汉字，甚至比普通的孩子要多的多。

慢慢的，筱瑞已经不用再上那么多的手语课了，更多的则是和老师的交流，和同学之间的练习。一天下午，碧霞接了筱瑞放学回家，路上经过一家少年宫时，正好看到里面有很多小孩子在玩。经不住筱瑞的闹腾，碧霞带着孩子走进了少年宫，原来一群孩子正在准备新年的汇报表演，舞蹈、钢琴、二胡、朗诵、英语……碧霞有些感慨，自己和浩林都喜欢乐器，自己喜欢小提琴，而浩林则吹着一手好箫。筱瑞还没出生前，夫妻俩就琢磨着，等以后孩子出生了肯定要教她很多，让她琴棋书画样样精通，可现在……

正陷入曾经回忆的碧霞，突然被孩子一阵猛烈的拉拽唤回到现实，跟着孩子极度兴奋的目光看去。原来是一群小姑娘正在整齐的跳着舞，因为不断蹦起和落下带来的震动正通过地板一阵阵传来，筱瑞兴奋得跟着乱蹦乱跳，仿佛又回到了两岁前那个爱动孩子的本性，而那因为开心而速度很快的手势只传递着一个信息：“妈妈，我想学！”

碧霞愣了，这是什么个情况？孩子想学啥？碧霞急忙把看得兴奋的孩子拉了过来，面色严肃的打着手势问："什么？想？"而筱瑞似乎也看出了妈妈的疑惑，很认真的指了指那群在跳舞的孩子，比划着"那个，我想，一起。"碧霞懂了，孩子真的想学舞蹈，可是让一个失聪的孩子学舞蹈，真的是太异想天开了。虽然自己不是业内人士，可起码的常识总有，背景音乐，拍子，合作……这些哪一项都缺不了交流，可是看着兴奋的孩子，碧霞却不忍拒绝。孩子从小懂事，很少主动问自己和浩林要什么东西，难得的一次开口，自己真的要这么直白的告诉她她没这个能力么？这对孩子的打击，会不会太大了？想到这儿，碧霞拉起筱瑞的手，走到办公室的门口，轻轻地敲了三下，"请进"得到允许后，母女二人一同走了进去。

第十一章 舞蹈

“老师您好，我路过这儿的时候正好看到你们少年宫的汇报演出，我想想问问，你们这儿的舞蹈班还招学生不？我想送我女儿过来学，她自己很喜欢。”走进办公室的碧霞开门见山的问，她害怕自己一时的犹豫后，会再也没有问出口的勇气。

“当然招生，我们的招生是按季度的。你们刚看到的是我们一年的汇报演出。下一季度的招生在下个月，舞蹈班分为初级、中级、高级，中级班分了几个，根据孩子学得情况的不同进行调整，小丫头很漂亮呢，身姿也挺拔，是个学舞蹈的好苗子。”老师看着筱瑞，面带微笑地说。

“这样，那个……老师”听完老师的话，碧霞觉得有些放心了，不过，那个最大的问题还是没有解决。“嗯？这位家长，还有什么事情或者疑问需要我帮你解答？”老师似乎看出了碧霞的犹豫。“是这样的，我女儿今年六岁，但是，她……她听不见，也还不会说话，我的意思，您明白么？”碧霞还是说不出聋哑人三个字，她总不甘心，孩子声带没有问题，就还有说话的可能。“这样啊。”老师面露难色，低头沉默，并不说话。

“老师如果觉得很为难，那也没关系，我也知道孩子的情况，想学舞蹈真的太困难了，咱们市里也没有专门的特殊艺校，打扰了。”几分钟后，碧霞看到老师依旧没有开口的意思，只有失望的起身准备告辞。

“这位妈妈，请等一下，因为我们这儿的舞蹈老师都不会手语，所以可能没办法和孩子沟通。我们的课是每周两次，星期三的晚上和星期六的上午，你看能不能陪着孩子过来？另外，我们可以让孩子学，但是最后的演出什么的，我们怕是不能让孩子参加，毕竟现在不会有独舞的节目，就算有，孩子也没办法跟着节奏，咱只当是满足孩子的兴趣，可好？”老师叫住了已经拉开门的碧霞，说出了自己的意见。

碧霞一字一字翻译给筱瑞听，她要听听孩子的意见，不然，等到所有的伙伴都上台表演，而自己只能是观众的时候，又是一次打击，与其那样，不如现在和孩子说明白。当碧霞比划到不能表演的时候，筱瑞的眼神，一下子黯淡下来。六岁的孩子，正是好胜心强的时候，她也喜欢刚刚那种聚光灯下的感觉，可又偏偏不让她上台。筱瑞低下头，过了好一会儿，复又抬起来，冲着碧霞点点头，打着手势：“学，我喜欢，哪怕不能表演。”

碧霞这才转身，“谢谢老师，下个季度开学的时候我会带筱瑞来，非常谢谢您给了孩子这么个机会。”说罢，深深的鞠了一躬，带着孩子出了门。

晚上，碧霞同浩林说起这件事时，浩林觉得碧霞太痴人做梦了，让一个听不见节奏不懂得乐理的孩子学舞蹈！谁不知道学舞蹈的孩子辛苦，正常的孩子都辛苦，更何况失聪的孩子呢？“孩子已经这样了，她既然想学，就让她学，我们又没有指望她成名成家，就当是让她去玩儿，哄她开心，不好么？”听了这样的话，浩林不再反对，只是一个人对着窗口，不停的抽烟，他怎么不知道这是孩子的想法，他也很想孩子可以和所有正常的孩子一样，学各种各样的东西，开开心心的生活。想到这儿，浩林掐断了手里的烟头，同意了妻子的想法。让她试试吧，孩子开心就好……实在不行，再知难而退也行。

一个月后，碧霞带着筱瑞去了少年宫，报了舞蹈班。这时，筱瑞也被破例通融上了福州聋哑学校。学校里的课业必须每天上，有时候看着自己的孩子每个星期只有一天多的休息，碧霞都觉得很不忍心，觉得那只是一个六岁的孩子，为什么要承受那么多的压力，为什么要那么劳累每日奔波，而第一次的舞蹈课，更是差点让碧霞后悔送孩子去学舞蹈。

多年后，每当碧霞翻起日记，看到 1997 年 9 月 6 日，那第一次舞蹈课的时候，总会有着太多的感慨和感动。感慨于舞蹈基本功的难度，感动于筱瑞的聪慧懂事。自己想放弃，自己满心的不忍都在筱瑞坚毅的目光中化为一种无形的动力，带领着她们克服了一个个困难，翻过了一座座高山。

第十二章　坚毅

这天，碧霞带着筱瑞来到少年宫，孩子早早的换好了自己的练功服，穿上自己的红舞鞋，提前了半个小时就来到了舞蹈厅，一个人蹦着、跳着。慢慢地，来的学生越来越多，老师也来了。她把所有的孩子召集在一起，按着个子的高矮顺序排好，筱瑞因为需要妈妈翻译的原因一个人和妈妈一起站在了旁边。小伙伴们都发现了自己这个新同学的特别，不住的侧目，而老师也发现，自己似乎必须解释一下。“小朋友，今年你们就要开始学习舞蹈了，这一次呢，我们要一起欢迎一个比较特殊的小伙伴，就是那个漂亮的小女孩。”老师抬手指了一下筱瑞的方向，“这个小朋友很小的时候就听不到声音了，所以我们说话她是听不到的，但是她很勇敢想和我们一起学习舞蹈，大家说是不是应该鼓掌表扬她一下啊？”说完，老师带头鼓起了掌，而小朋友们听老师这么说，也跟着拍巴掌，边拍边往筱瑞的方向看，碧霞把老师说的话一字一句的翻译给筱瑞听，害羞的小姑娘一下子把头埋进了母亲的怀里。

紧接着，就开始上课了，老师们先教孩子们做热身运动，可是就是这么一个动作，筱瑞也出了问题，因为听不到老师打节拍，喊节奏，小孩儿只能看着别人动了之后再动，显得整个动作都慢了一拍，而老师也没有强求整齐划一，走过筱瑞身边的时候，也和所有的小朋友一样，给孩子纠正着不标准的姿势和动作。时间一天天过去了，不太难的动作，筱瑞和伙伴们一起享受着简单的快乐。

转眼一个月过去了，第九次课热身完了之后，老师让孩子一个个坐下，然后让一个孩子过来靠墙，慢慢地把孩子的双腿往外分，刚开始孩子还是笑着的，可是随着双腿被分开的角度越来越大，孩子慢慢的撇嘴了，老师看准时机一下子把孩子的双腿掰成了“一”字，然后用自己的双脚紧紧的按住，不让孩子有动弹挣扎的机会，孩子被突入其来的撕裂般的疼痛吓坏了，转而放声大哭，等五分钟后，老师慢慢把孩子的腿放开，孩子早已哭的没有了力气。再叫下一个孩子时，所有的小孩儿都不住地往后退，小脸吓得惨白。

碧霞也被刚刚那一幕吓住了，直接的拉韧带，那是有多疼，平时孩子最多开到 100 到 120 度，突然一下被压成了 180，看那个压完腿的孩子满头大汗，直接躺在了地板上哇哇大哭，碧霞突然把筱瑞搂的很紧。小筱瑞也仿佛看出了现场似乎出了什么变故，比划着问碧霞怎么了，碧霞指了指孩子的腿，然后比了一个下叉的姿势，然后再做了一个“痛”的手势，筱瑞也有点吓住了，回头看了看那个还在哭泣的小姑娘，还有那些一个个恨不得躲到地板下的小朋友，突然笑了。她轻轻挣开碧霞的怀抱，走到老师旁边，示意老师自己可以先来。

老师看着自己班上这个特殊的小同学有些惊讶，自己带过这么多班，这还是第一个自己主动走过来让自己压腿抻韧带的孩子，探寻的目光看向了碧霞。碧霞冲老师点了点头，老师冲筱瑞竖了一个大拇指，轻轻的抱了一下孩子，拉着筱瑞背靠着墙坐下，慢慢的把筱瑞的双腿分开，刚开始的筱瑞表现的很镇定，到 120 度的时候，小孩儿有些受不了了，抿着小嘴，一副要哭的样子，老师又一次突然发力把筱瑞的双腿压向了墙面，筱瑞猛的一仰头，死死咬着嘴唇，泪水喷涌而出。倔强的孩子抬手把眼泪擦干，努力吸了吸鼻子，不肯哭出声。老师轻轻的把孩子咬着的嘴唇松开，孩子大口大口的喘着粗气，依旧没有声音，所有的小朋友都呆呆的望着筱瑞，迷茫的眼神里流露出敬佩，她居然没有叫，甚至没有大哭。五分钟后，老师把筱瑞放开，孩子慢慢地合拢自己早已经麻木的两条腿，扶着地颤抖地想要站起来，却被老师按下，冲她摇摇头，示意，她应该休息一会儿，小孩儿这才乖乖的在地上坐着。

后面的孩子，也许是受了筱瑞的感染，也许是听到了老师夸筱瑞很勇敢，很棒觉得羡慕，也乖乖的让老师压韧带，却每一个都哭得撕心裂肺。碧霞在旁边看得心惊胆战，这是一幅怎样的场面，十几个孩子同时哭的画面深深地刺激到了碧霞的神经，虽然早就知道学舞蹈很苦很累，却从没想过是这样的场景，她走到筱瑞身边，给她揉着发酸的大腿，问她有没有事，可懂事的筱瑞，却打着手势，笑着说自己没事，疼一下，后面就不疼了，和打针一样。碧霞觉得鼻子发酸，只好低头继续手上的动作。

好不容易下了课，所有的孩子眼眶都是红的，看到来接自己的父母无一不扑上去诉说着自己的痛苦。回首处筱瑞只是笑笑，尽管走起路来还有些一瘸一拐，却完全不似别的孩了那般。她很开心，真的很开心，自己终于也可以开始学跳舞了，能学就好……她心底只想用自己的行动来让老师不后悔自己的决定。

第十三章 坚持

自从那次之后，每个周三的晚上和周六，碧霞都会带着筱瑞去练功房，有时候星期天没事，碧霞也会带着孩子去看少年宫的各种表演，只为了让孩子感受那种氛围。老师让每天回家家长帮孩子拉三十分钟韧带，第一次的时候，碧霞完全下不了手，但每当碧霞心软的时候，筱瑞都会打着手势含着泪水面带微笑地对碧霞说："妈妈，不疼，没事的。"

有付出总会有收获，筱瑞很快地成了班上第一个能顺利劈下横叉的学生，老师对她喜爱有加，源于对孩子坚忍的怜惜。鉴于筱瑞的进度快，老师决定，给孩子加加课。于是，这天上课，老师在给孩子们一人找了一个墙壁让她们坚持拉韧带后，把筱瑞单独叫到了一边，通过碧霞的翻译，示意孩子扶好栏杆，然后让碧霞扶住孩子，拉着孩子的腿开始向上掰，刚开始的时候，筱瑞并没有觉得什么痛苦，而且经历了横叉之后，柔韧性自然比以前好的多。可是当角度慢慢超过 90 度时，筱瑞的身子不住地往一边倒，碧霞觉得自己扶孩子的力气也必须越来越大。老师看到这幅场景，想想长痛不如短痛，一咬牙把孩子腿拉到了最高处。从未哭过的筱瑞，发出了一身近乎歇斯底里的惨叫，那声音如重锤般撞击着每一个在场人的心，可老师却不敢放手，害怕功亏一篑，就这么坚持了十分钟。当老师松开拉着筱瑞的手，孩子的腿轰的一声砸在地上，再没有站住的力气。碧霞看着已经精疲力竭的孩子，心疼不已。

这一天，筱瑞第一次让碧霞背着回了家。回到家，筱瑞痛苦的表情让人一览无遗。看到这样的孩子，浩林觉得有必要和碧霞谈谈了。他实在没办法接受自己的孩子，为了一个看不到未来的爱好而受苦。

“碧霞，我觉得，我们有必要谈谈。”在碧霞安顿孩子睡下回房后，浩林叫住了准备关灯睡觉的妻子。“怎么了？什么事？”碧霞有些疑惑，自己的丈夫似乎很少这样正式的和自己说话。“我今天看筱瑞回来很累很痛的样子，我觉得，既然这样的话，要不咱别让孩子学了？你也是知道，筱瑞不可能在这条路上走得太远。她听不到音乐，基本功再扎实又能怎么样啊，又不能靠这个吃饭，还每天那么辛苦花那么多钱……”浩林说着说着渐渐有些激动。

“浩林，你是心疼钱？”碧霞显然没太听懂浩林的话。“我不是那个意思，我就是看到孩子累成这样，觉得太遭罪了，原本就是有残缺的孩子……”说着，浩林把自己的头深深的埋进胸前。“浩林，我知道你是心疼孩子，看到筱瑞这样，我也心疼。”碧霞说着，哽咽了。“其实我也知道筱瑞在这条路上没什么希望，但是只要筱瑞自己想去，我们就应该支持她，让她好好学。我能看出来，筱瑞是真的喜欢跳舞，没准真会有奇迹，我们应该给她机会。”“真会有奇迹么？我觉得我们好残忍，筱瑞这样的小孩儿，原本就过的比别的孩子辛苦，人家小孩儿都在玩的时候她在学手语，认字，现在好不容易她会了，可是又要学舞蹈，我真的觉得她太辛苦了……”

听完，碧霞也沉默了。她何尝不想自己的孩子就这么无忧无虑开开心心地长大，她真希望自己可以护筱瑞一辈子，养她一辈子，照顾她一辈子，让她就那么开心得过着。“这样吧，”想了很久，碧霞开了口，“明天我们问问筱瑞，我还是尊重孩子自己的决定，尽管累，但是我觉得孩子是开心的。”浩林听完便也不再说什么。关了灯，躺在床上，各自一夜无眠……

浩林心疼着筱瑞，寻思着如此人力物力财力的付出是否值得，如今的他仅仅希望筱瑞快乐。虽然无法像别的孩子一样活在一个欢声笑语的有声世界里，但浩林还是希望筱瑞的生命里只有快乐的音符，如同那日带筱瑞去照艺术照时，孩子小心翼翼抚摸着钢琴键盘时继而随意敲击而流淌出的涓涓细流。

第十四章　转圜

第二天，筱瑞起来的时候，强忍着浑身酸痛，自己穿好衣服，看到碧霞的时候不自觉地扑到了她的怀里，嘤嘤地抽泣。碧霞知道孩子肯定难受极了，赶紧轻轻地揉搓着筱瑞发酸的腿和胳膊，同时少有的向学校请了假让孩子在家休息一天。一整天，碧霞都不让筱瑞走路，能抱着就抱着，不能抱着就把孩子放在沙发上或者床上，而筱瑞也因为实在难受，没有闹腾着要下地，只是一直看着碧霞，眼睛里透出了的深邃早已远远超出她的年龄。

碧霞打着手势问，“怎么了？”筱瑞的手语明显受了身上的酸痛的影响，一字一顿的打着，“舞蹈课，还去？”碧霞愣了，她没想到，筱瑞会自己提出来，也许是听不见的孩子对于周围事物的变化，要比正常的孩子敏感得多，从碧霞今天的表现，筱瑞似乎察觉到了什么。“你自己还想去不？”碧霞转而回问筱瑞，筱瑞毫不犹豫很快地点了头，眼里掩饰不住的期待。“不怕疼么？现在你都起不来了，也不能去楼下看小朋友玩。”说到这儿，筱瑞低下了头。沉默了良久，筱瑞试探的问：“能不能下次，不这么疼了？我还是想去，就是不想这么疼。”碧霞突然笑了，孩子就是孩子，真的很单纯，“不能，要学就必须吃苦的。”看到碧霞的回复，又是一阵沉默。随后，孩子仿佛下定决心般点了点头：“好，我还是要学。”碧霞不禁有些疑惑，都这样了，孩子还是不肯放弃么？筱瑞笑着比划着说："嗯，我要去，老师可喜欢我了。"小小的人儿，仿佛已经忘了昨天的痛苦，老师的认可足以让她忘记所有的辛苦。直到长大后的一天，筱瑞曾经对妈妈说了这么一句话："当我在舞台上旋转飞舞时，所有的付出都得到了收获，所有的坚持都是值得的！"

得到筱瑞肯定的回答，碧霞亲了亲孩子的额头，哄孩子睡下。她暗自概叹筱瑞比自己想象的坚强。或许这个才六岁多的孩子不知道什么叫做坚强，什么是毅力，只是单纯做着自己喜欢做的和想做的事情，如此而已。当晚上浩林回来，碧霞和他说了筱瑞的决定时，浩林陷入一阵沉思。见母女俩都如此坚持，他也就只有叮嘱碧霞好好照顾筱瑞不要让孩子受伤。此时的他，早已分身乏术。

三天后的课，因为有了上一次的经验，同时韧带也抻开了一部分，所以这一次筱瑞并没有像第一次那么痛哭。和小朋友们一起压腿的时候，她的动作也是所有小朋友里最标准的一个，腿搁在单杠上，别的小朋友都会偷懒弯膝盖，只有筱瑞是直挺挺的立在那儿，然后尽力把自己的身子往抬起的腿上贴。每次练完功，筱瑞的练功服都是湿得能拧出水来。碧霞看着努力的孩子，总是有些疑惑，自己的决定是对还是错？孩子这样付出到底值不值得？

很快，筱瑞满七岁了，因为近一年的舞蹈练习，孩子似乎长的比别的孩子高了不少，且这几次去医院的复查都显示，筱瑞的听力没有再继续恶化。医生说，因为筱瑞是后天失聪，所以声带没有损坏，如果愿意的话，其实可以让孩子学习唇语从而学会说话，虽然难度较大，但还是有机会的。听到这个消息，碧霞和浩林都兴奋了。试问，天下哪个父母不想听到自己的孩子唤一声爸爸，妈妈呢？虽然，那声呼唤离他们已经很遥远了……

从医院出来，他们赶紧打电话问了聋哑学校的老师，却得知，因为唇语学习的难度较大，本市并没有哪个机构可以做这样的辅导和培训，更别说教听不见的孩子说话了。而今年学校扩建了，正式办起了九年制的学校，更注重一些动手能力的培养，这方面就相应显得有些薄弱了。但是老师也热心地介绍说她曾听说上海有一家机构不错，以前在报纸上也看到这样的报道，培训出来的孩子虽然说话不是特别流利，但是简单的交流还是可以做到的。放下电话的夫妻俩，犹豫了。上海，那个繁华的都市，在那里自己又该何去何从？可是，他们知道，孩子已经七岁了，再不学，就迟了。

犹豫了半天，夫妻俩决定，让碧霞带着孩子去上海，浩林继续上班。这时的筱瑞，似乎已经忘了说话的感觉，她只是难过于要离开学校了，离开舞蹈的老师了，她真的舍不得。她问碧霞，可不可以不去。碧霞告诉她，只要她早点学会就能早点回来，而且上海也有新的小伙伴和老师，得到回答的孩子不再反抗，但却紧紧抱着自己心爱的玩偶。1999 年 2 月 25 日筱瑞和碧霞踏上了前往上海的火车。其实，碧霞和浩林都明白，自己在做着一场与天赌命的豪赌，谁也不知道这一去的结果会怎么样，唯愿，那个充满着梦想与财富的地方，也能给自己和孩子带来好运，带来希望……

第十五章 上海

一路的颠簸，火车停靠在了上海南站，随着巨大的人流，碧霞带着筱瑞走出了火车站，她一路询问着找到了公交站台，再一路打听那家辅导机构，好不容易找到了，机构也已下班关了门。累了一天的碧霞，牵着筱瑞的手，沿着附近的街道，一家一家找着小旅店。繁华都市的夜晚，一高一矮的两个背影，在来往匆忙的人群中显得有些落寞和孤寂，看着周围衣着光鲜的少男少女，还有这座不夜城里绚烂的霓虹灯，以及耳边各大商场依旧继续的喧嚣，碧霞突然想到一句话："热闹都是他们的，我什么也没有……"不自觉地她抓紧了筱瑞的手，更加仔细地找寻着落脚的地方。

夜晚 11 点，母女终于找到了一家还有空房的小宾馆，价格也还算公道只是地方偏了些。进了房间，碧霞赶忙给浩林和家里的老人报了平安，然后又给孩子洗好澡，折腾完躺下时已然是深夜一点多。尽管劳累一天，碧霞却怎么也睡不着，这只是第一天，未来的日子要怎么办，自己在大城市的生活要怎么继续下去。碧霞忽然笑了，现在的自己，真的是居无定所。也罢，就当是为了孩子再闯一次吧。扭头看看旁边睡的正香的孩子，碧霞的心里，满满都是幸福，只要筱瑞能好好的，怎么样的苦，自己都不怕。

第二天一早，一夜未眠的碧霞到楼下买了小笼包，然后回房叫醒了筱瑞，匆匆吃过早饭，母女俩倒了几次地铁终于到了辅导机构。老师热情地接待了碧霞，简单地问了筱瑞的情况，又安排筱瑞做了一次听力测试。碧霞看着老师熟练的安排，不禁感叹城市间的区别。“这位妈妈，你看，这是我们的检测结果，显示表明筱瑞已经是重度失聪，孩子又基本上算是语前失聪，要完全恢复说话的可能性，怕是不大，但是我们会尽力，您看……”老师拿着结果，有些为难的对碧霞说。“老师，您说的我们来之前已经知道了，我们也知道，筱瑞的情况并不好，我和孩子爸爸的意思，只是想看看能不能让孩子学会唇语，尽可能的会说话，哪怕只是简单的交流。”对于测试的结果，碧霞早已做好了心理准备。“那好，你们有这个思想准备就成，对了，你们是外地来的吧？有住的地方没？”也许是接待了太多外地赶来求学的家长，老师很热心地关心起两人的住处。“要不要住学校的招待所，那是我们机构自己开的，因为每年都有很多很多外地来的孩子，所以我们就自己租了一栋楼，改成了招待所，按月收费，离学校也近。”碧霞真的觉得太幸运了，千恩万谢地接受了老师的意见。于是老师很快就给筱瑞办好了入学的手续。随着上课时间的临近，慢慢有很多孩子走了进来，那些，都是和筱瑞一样的失聪儿童，而中间比较大的孩子，有的已经能够简单的吐字，虽不清晰，可在碧霞听来，却觉得格外动听。

一下子解决完两桩大事的碧霞一阵狂喜，赶紧打电话给浩林报喜，电话那头的浩林，自是开心异常。挂了电话，碧霞又带着筱瑞匆匆回到宾馆收拾东西，再找到老师交了租金，拿到了房间的钥匙。不大的屋子，一张双人床，一个小的卫生间和厨房，简单隔开的客厅，窗外有已经安装好的晾衣杆，碧霞很满意，这里虽然不大却很温馨，这就是自己和筱瑞在上海的新家。母女俩忙活了一天，买来了各种生活用品，而筱瑞的千里求学之路，由此拉开了帷幕。

第二天，碧霞就带着筱瑞来到了辅导中心，正式开始筱瑞的恢复性训练，重新开口说话的难度，比大家想象的都难得多。因为孩子听不见大人说话的声音，自然也没办法模仿，老师只有用手语一次次示意孩子看着她的嘴唇，或者把筱瑞的小手放在喉咙上让她感受发音时的震动，然后在张嘴让孩子看清楚舌头和上颚下颚之间的碰撞，筱瑞学的很认真，却始终找不到到那种发音的感觉，一个简单的“啊”这个筱瑞其实已经学会了的发音，却也没办法正确地跟着老师的指示发出。

第十六章 端倪

一个星期很快就过去了，筱瑞慢慢适应辅导中心的生活。而碧霞，摸着日益单薄的钱包，忧心忡忡，于是找了一份临时工。每天早上，她先送筱瑞去辅导中心上课，然后挤地铁去上班，到了晚上的时候再把孩子接回她们的小屋，风雨无阻。每当碧霞看见筱瑞望着街边贴着的舞蹈学校各式各样招生广告时目不转睛却不开口的样子，碧霞有些心痛。身边这个小小的孩子仿佛已经感受到了在外漂泊的艰辛，她不想再要求些什么，她也曾无数次问过妈妈："爸爸为什么不一起来上海?"而碧霞总是告诉她："爸爸要上班，要赚钱养妈妈和筱瑞，所以筱瑞要懂事!"孩子也许没办法那么直面的体会所谓生活的不易，赚钱的艰辛，但是看着碧霞说的那样语重心长，虽是不懂，也不再多说些什么。

一个月过去，筱瑞依旧不会开口说话，毕竟孩子已经七岁多，错过了失聪最好的恢复阶段。于是老师不再直接教筱瑞开口，而是直接从最基本的教起，呼吸的方式也从头开始学起，每一次吸气吐气之间时间间隔的长短，甚至用秒表掐着计算。而仅仅是伸舌头一个动作，筱瑞就学了三天，她实在不知道什么叫做伸，如果是伸手，直接拿出去就好了，可是到了舌头，总觉得笨重的不受自己控制，她不停的模仿着老师，到最后急了，只有张嘴让老师轻轻拽着舌头让她感受什么叫做伸出来的感觉，可是没了老师的帮助，又没办法控制。哭过，闹过，委屈过，筱瑞觉得前所未有的无助，她也不知道问题出在哪里，更别提解决的方法，晚上回家，她不说话，一个人对着小镜子不断的练习，没进步的时候，就会一个人默默在坐在床上，抱着自己的小狗发呆。

碧霞看着也着急，却唯有看着束手无策的孩子一个人摸索，一个人难过，她无能为力。每每这时，碧霞总会走过去，把筱瑞抱在自己怀里，七岁半的孩子，已经不是那个当初自己一只手就能举起来的小娃娃，因为跳舞的原因筱瑞早已比别的孩子高大了许多，看着怀里这个一天天长大的小人儿，碧霞甚至怀疑，自己的决定是不是错误的？也许是自己和浩林心里对于那一声“爸爸妈妈”的渴望，才使得孩子如此辛苦，看着孩子一次次失望地打着手势问自己：“很笨？我？”碧霞总是忍不住落泪。可，无路可退！

三天的时间，孩子的嘴里早已因为不断地反复练习磨出了一个个水泡和方法不得要领时不小心咬出来的口腔溃疡。到了第四天的早上，甚至喝一口水都能让这个坚强的孩子疼得泪水滑落。碧霞再也不忍心，请了一天假在辅导中心陪着筱瑞，心想要是孩子再不会，也不让她练了，她终究无法目睹孩子受苦，本就是可怜的孩子，却一直在以爱之名受着苦。正当碧霞准备放弃的时候，那天下午，筱瑞突然找到了感觉，伸缩的动作做的越来越规范，也许是老天的意思，孩子甚至在这天下午可以根据指导有意识的发“啊”的音，看到这一幕的碧霞，热泪盈眶。沮丧了三天的筱瑞也因为自己小小的进步欣喜不已。

其实有的时候，人的进步总是在不知不觉之间，只有付出巨大努力，才会因为那一点点的不同而感到无尽的欣喜，只有历经黑暗后的眼睛，才更容易找到光亮的源头。

而后的每一步，用舌头左右顶腮帮，嘴唇上上下下开合，用鼻子哼唱，大声呐喊……筱瑞都学的异常辛苦，嘴里常常满是水泡。晚上睡觉的时候，有时孩子肿起的嘴唇甚至没办法闭拢，听着孩子发出的呼噜声，碧霞心疼不已。这一切，实在太不容易，半年多的时间，筱瑞只是把所有发声的基础学好，比之当初所有来学习的孩子都慢，半年多，有的爸爸妈妈看不到孩子的进步已经放弃，有的孩子因为太过艰难而自己不肯再去学校，筱瑞却成了坚持到最后的那一个。困境如同一把双刃剑，它给了筱瑞太多的伤痛，但同样也赋予这个孩子比同龄人更加顽强的意志。

半年后，筱瑞开始重新学习发声。这一天，碧霞远望着筱瑞小小的背影，何等的坚持与执着。不自觉的想起半年前，那时，自己向浩林许下了一个愿望，然后她准备用未知的时间来实践它，实践对自己、对浩林、对老人、对筱瑞的承诺。半年后的今天，当筱瑞的恢复终于开始步入正轨，成功进入下一个阶段时，碧霞真的希望，能够在不久的将来，听到孩子每一个梦想成熟花开的声音。

第十七章　涟漪

学习发音意味着孩子要开始运用自己的力量重新开口说话，而半年多的工作和打拼，也让碧霞和孩子的生活慢慢稳定了下来。晚饭后，碧霞常常带着筱瑞到松江大学城散步，她很喜欢这个地方，绿树成荫的马路，来往的莘莘学子，书声琅琅中传递的是求知的幸福。以前的碧霞，最大的梦想就是成为一名大学老师，她觉得校园是难得的一片净土，在学校里，自己的思想可以不用受那么多的束缚，和学生们在一起，惊叹着思维碰撞出的火花，感受着语言宣泄的快感，每次看着笑颜如花的孩子，还有她们表现出的青春洋溢，碧霞都觉得这中间的活力感染着自己。校园里没有俗世的喧嚣，学生们对于筱瑞，这个经常出现的小娃娃也很友善，大学城在不知不觉间，已成为了母女俩的世外桃源。

这天晚上，碧霞带着筱瑞又一次来到了上海交通大学，正好赶上交大一年一度的迎新晚会，操场上的灯火通明，热闹非凡。筱瑞拉着碧霞的手就朝有光亮的地方跑，打着手势不断地催促碧霞快点。碧霞忙赶到孩子身边，抱起筱瑞好让她看的清楚些。灯光下，各色的小品，歌曲舞蹈早已点爆了整场晚会，筱瑞虽然听不见那些好笑的小品和相声，却同样被快乐的氛围感染。正当大家笑得开心时，碧霞突然发现筱瑞低了头，转身抱住自己的脖子，就是不看舞台。碧霞努力的往台上眺望，才发现这是一个中国风的舞蹈节目，栀子花开的背景音乐下，身着白衣的女生如同天上下凡的精灵，翩翩起舞，长袖飘飘如同白云的纯洁。广场渐渐安静下来，所有的观众都被着美妙的舞姿吸引，唯独只有筱瑞一个人，背过身子，默默流泪。

碧霞轻轻牵起孩子的手，转身离开了会场，那一刻她在孩子的眼中读到了怀念、失落、难过、不舍……还有很多说不清道不明的东西。十年后，当筱瑞成功登上最高舞台时，碧霞明白，当年那个七岁的孩子眼中，已经有了梦想。碧霞从来不知道自己的孩子对于舞蹈的热爱与痴迷已然到了这个地步，原本以为只是小孩一时的好玩与兴起，不曾想，一年后的孩子依旧抱着这样的心思。碧霞拉着筱瑞慢慢往自己的小屋走，回家的路上，两人都很安静，碧霞不知道筱瑞在想什么，但却在这么一段不长的路上下定了决心，再让孩子去学舞蹈，她有预感，孩子那股对于舞蹈本能的热爱，或许能带给所有人震撼与惊喜。

这件事情如风拂过一样，荡起阵阵涟漪，随后，一切又归于平静。筱瑞依旧在继续着自己的恢复性训练，尽管已经知道怎么运用舌头，知道了呼气的感觉，可是对于声带的震动孩子依旧觉得困难。老师不停的让孩子大声喊出来，毕竟声音越大，震动越明显。那段时间，每天回来，筱瑞的声音都是沙哑的，碧霞算不清孩子付出了多大的努力，她只记得有一次，自己跟着筱瑞去上课，正好筱瑞在学“一”的发音，就这么一个简单的单音节词汇，筱瑞就练了一遍接一遍，筱瑞自己听不见自己的发音是否标准，也不知道自己是不是把“一”很好的说了出来，她只看见碧霞突然一把抱住了她，轻轻的抚着她的小脸，有些不知所以的小娃娃突然笑了，伸手去摆弄碧霞有些乱了的头发，也学着碧霞平时对自己的样子，拍拍碧霞的后背。她不知道，自己的声音早已嘶哑，不管她用了多大的力气，吐出来了声音都很微弱，到最后，甚至每次发声的结果，只能听见呼气的声音。

这次的课程结束，老师给了筱瑞两天假，让她好好休息一下，并且通知碧霞，再有一阵子就要过年了，学校也放寒假，可以让孩子好好休息一阵。碧霞这才反应过来，只觉得这些天，天气渐渐转凉，原来，不知不觉又是一年年关，自己和孩子不知不觉已经在偌大的上海漂泊了近一年。成绩也许并不是太明显，但碧霞相信，坚持下去，孩子现在会说“一”，那早晚有一天，也能说“二、三……”

四十多天过后，碧霞带着筱瑞回家了。一出火车站，筱瑞就扑到了浩林的怀里，一个大男人就那么抱着女儿泪流满面。近一年，浩林第一次觉得日子过得如此艰难，自从碧霞和筱瑞去了上海，浩林独自一个人守着家。家，绝不只是有个能遮风挡雨的房子，有情相守才是家。

2000 年 2 月 4 日，大年三十的晚上，两家人聚在一起，热热闹闹的过了一个团圆年，饭桌上，看着越来越漂亮的筱瑞，两家老人又欢喜又遗憾，这么好的孩子，怎么就碰上了那样的事？而对于近一年的训练成果，筱瑞显得有些得意，打着手势的时候不时的开口伴着一些吐字不太清楚的发音，虽然只是断断续续，传到大人的耳里，却听的真真切切，筱瑞有些沙哑的声音绝对算不上动听，但在碧霞和浩林听来，如同天籁。

第十八章　花开

春节很快过去了，碧霞在上海的单位也要开始上班了，这天，碧霞正在房里给自己和孩子收拾行李，想着回上海后各种事宜时，浩林走了进来，突然一把从后面抱住了妻子。

“哎哟，吓死我了你，怎么了，有事儿？大白天的装神弄鬼的吓唬人干嘛？”碧霞被浩林的这个举动吓了一跳。“没什么事儿，想抱抱我老婆，不行？”浩林难得露出一丝坏笑的表情。“行了，少在这贫嘴，我这儿一大堆的东西没收拾完呢，明天就要走了。”碧霞嫌弃的看了浩林一眼，又继续手上的动作。浩林突然反身躺在了床上，不知道是一个人自言自语还是对碧霞说，“有时候觉得自己好没用啊，有个那么好的老婆，却一直在外面奔波操劳，有个那么懂事的女儿，却因为我的疏忽弄成了现在的样子，我都不知道她喜欢什么，不知道她每天怎么过的，那天她明明听不到话，我还那么下死力气打她……”碧霞听了，百感交集潸然泪下。“浩林，筱瑞已经这样了，我们自责也没有办。对了，和你说件事。”碧霞突然想起了什么，“我想让筱瑞继续学跳舞。”说着，碧霞把那天在交大迎新晚会上的事情和浩林说了一遍，浩林沉默良久。“孩子喜欢，就让她学吧，学费的事情家里省省就出来了，孩子喜欢，咱也不能拦着，管它以后怎么样呢，能让她现在开心就好了。”

碧霞看着浩林，这个当年的文弱书生，现在也已经人到中年，岁月的沧桑早已爬上了浩林的面庞，这一年，自己带着筱瑞在外面奔波的辛苦，这个男人便是自己和筱瑞最坚固的后盾，他的日子，同样过的不容易。这对不再年轻的夫妇就那么并排躺在床上，谁也没有说话……

第二天，浩林送碧霞和筱瑞上了火车，看着火车呼啸而去留下的背影，浩林泪流满面，自己生命中最重要的两个人又一次开始了在外的奔波。但愿下次回来时，她们能面带微笑，但愿自己不用再一次只能目送她们离开，但愿下一次，他能接到一个完美的结局。望着火车离去的方向，浩林久久不愿离开站台，尽管三人又要相隔千里，可心在，家就在。

重新回到上海的碧霞，开始四处给筱瑞找舞蹈学校，因为业余的舞蹈不会开设专门的残疾班级，而愿意收残疾小孩儿的学校又着实不多，四处打听，打了无数个电话，终于有一家学校接受筱瑞这个特殊的学生，更让碧霞开心的是，学校距离住的地方并不遥远。当筱瑞知道自己可以重新学舞蹈之后，欣喜若狂抱着碧霞一阵狂亲，辅导中心的老师也非常赞同让筱瑞去学点什么，哪怕只是能多和同龄的小朋友交流，那样也非常好。

从那天之后，每个星期六的下午和星期二的晚上，碧霞都会早早的忙完自己手里的活儿，然后去中心接了筱瑞，带着孩子往舞蹈学校赶。因为停了半年的舞蹈课，筱瑞的韧带又有些紧了，第一天上完课，筱瑞汗流浃背，整个小身子像刚从水里捞出来的一样。回家路上筱瑞一脚深一脚浅的走着，眼皮耷拉着。碧霞很心疼，却不再说些什么，回家以最快的速度给女儿洗好了澡，然后安抚着孩子睡觉。只有等孩子睡着后，碧霞再开始洗衣服，收拾屋子，然后回到房间给孩子按摩发酸的肌肉。碧霞不知道自己还能为孩子再做些什么，对她来说，辛苦和累都不是最难受的，最难受的是看着孩子疼孩子辛苦却无能为力的那份无助……

日子慢慢过去，孩子的恢复性训练也越来越好，而因为发声的进步，唇语的学习也是一日千里。而舞蹈，却因学到后面难度越来越大，越来越痛苦。

第十九章 天堑

星期二，碧霞早早地带了筱瑞赶到了舞蹈学校，上课时，老师先让所有的孩子扶着把杆，然后开始打着节奏让孩子们踢腿，现在的筱瑞早已经不是基础班的那个孩子，可前后旁各五十次的踢腿同样让孩子累的满头大汗。尽管她已经能够看懂一些简单的唇语，可是老师的语速实在太快。看着孩子落寞的眼神，老师于心不忍，蹲跪在地上，通过敲击地面传递着节奏，刚开始的时候不快，筱瑞还能勉勉强强的跟上，可随着老师节奏的加快，筱瑞的腿有些跟不上节奏。于是另一个老师拿了一个小的鼓槌在筱瑞的腿后面赶她的腿，跟不上节奏的时候，鼓槌常常重重的敲在了孩子的腿上。第一次被这么练的孩子一下子蹲下来抱住了自己，大大的眼睛里都噙满泪水。碧霞在旁边看着心惊肉跳，这个老师，也太过分了吧？怎么能这么打孩子呢？正准备上前阻止，却看见筱瑞自己慢慢地站了起来，重新扶住把杆，继续着踢腿，鼓槌还是时不时地扫在筱瑞的腿上，待全部结束后，大腿内侧因为不停地肌肉拉伸早已通红一片，小腿上则是鼓槌棒留下的痕迹。

放学后，碧霞留了下来，她觉得有必要和老师谈谈，“老师，你好，我看刚刚踢腿的时候，你……”碧霞还是有点儿不知道怎么开口，算体罚么？好像也不算，如果不是孩子跟不上根本不会被打到，那当没发生过？可自己心里就是过不去。“学舞蹈不是你想的那么简单，台上一分钟，台下十年功的道理自然不用我多和您说，那么多学舞蹈的孩子，哪一个不是让老师这么一下一下催着练出来的？如果您心疼，那我劝您趁早让孩子别学了，学到越后面也就越辛苦。而且筱瑞的情况，您知道的，我们又是如何待她的，相信您也都知道。”老师似乎知道碧霞要说些什么，一下子把碧霞要说的话顶了回去，碧霞愣住了，稍许不高兴。老师收拾完自己的东西，看也不看碧霞一眼转身就走，碧霞望着孩子身上的斑斑痕迹，不知道如何是好。

晚上洗完澡，给孩子换上了睡衣，碧霞不住地给孩子揉着还有些发红的小腿，趁孩子还有些精神，她一字一顿地打着手势问筱瑞：“还想不想去学舞蹈？”筱瑞毫不犹豫地点了点头，碧霞有些惊讶，指了指筱瑞的小腿，筱瑞拽了拽碧霞的衣角，打着手势说：“妈妈，我不怕的，我会好好学。你别担心的，今天是我不好，没跟上。”看着懂事的孩子，碧霞唯有轻声哄她睡下。

深夜，碧霞在床上，辗转反侧，实在忍不住给浩林打了个电话，月上柳梢头。碧霞说了句：“跳舞很苦，但孩子自己想坚持。”就再也没有说话，浩林也就静静陪着。碧霞看着窗外的那轮明月，月是故乡明，此刻的浩林，怕也是看着月亮发呆吧。过了几分钟，浩林才开口，“孩子的路，让她自己选吧。只要她自己不后悔就好了，不是吗？”碧霞不知道该说些什么，挂了电话。其实她又何尝不知严师出高徒，然而看着孩子痛苦的样子，终究还是有太多的不忍。

碧霞突然想起，自己上高中时课本里的《触讐说赵太后》里说：“父母之爱子，则为之计深远。”也罢，走一步算一步吧。每一个灵动的舞者，后面都有着常人难以想象的艰辛；每一个舞台的精灵，后面都有血和泪的代价。碧霞不知道筱瑞会走到哪一步，但她决定陪着孩子坚定地走下去。

后面的日子，筱瑞依旧继续着自己每天在教育中心的恢复性训练，然后在每个周二和周末匆匆的往舞蹈学校的赶。那天之后的第一次上课，碧霞特意早早的带着筱瑞到了学校，趁学生还没来齐的时候走到老师面前，“老师，那天的事儿，实在是不好意思，我……我就是一下子有些着急，还请老师别介意，我知道您都是为了她好。”碧霞有些腼腆，不时看着老师的脸色，老师听后只是深深地看了碧霞一眼，然后低头继续穿着自己的练功服。碧霞有些尴尬地站着，不知该怎样才好。过了一会儿，老师说：“你们家长的心，我们都理解，都是为人父母的，谁都不比谁少疼孩子。”老师顿了顿，“筱瑞这孩子不错，聪明，听话，对舞蹈的感觉也好，虽然听不到了，可我打节奏的时候，能感觉出来，孩子的节奏天赋很强，是个好苗子。”碧霞第一次听到老师这么夸奖筱瑞，天赋？碧霞有些目瞪口呆。说完后老师没再理会她，开始招呼着孩子们上课。

第二十章 回首

有人说，舞蹈是一门不许有失败的艺术，哪怕一丝的瑕疵也是不允许的，而舞蹈对于基本功的要求，也堪称恐怖。从那次之后的课，筱瑞班上的孩子都会被老师拿着小竹棍打着节奏，每节课至少一百五十次的踢腿，而耗腰耗腿更是成了每天上课前的必修课，逢耗必哭竟也可以称为舞蹈班的特色。每次训练完，从练功房里走出的孩子，没有一个不是眼眶通红或者抹着眼泪的，也没有一个不是走着一瘸一拐的，慢慢地，越来越多的孩子，没有跟着一起升上高级班，毕竟在很多父母看来，舞蹈只是孩子的一个兴趣爱好，没必要那么辛苦。这次，碧霞没有动摇，看着孩子练的摇摇晃晃的，虽是心疼，却也不再阻止。更多的只是在安静的深夜，静静地给孩子揉着，按摩着，随着时光的推移，这也成了碧霞的习惯。

半年后，筱瑞九岁了，在教育中心的训练下，筱瑞已经能够看懂唇语，甚至只要不是语速太快，筱瑞都可以不用手语的辅助读懂老师的言语。在发声训练方面，筱瑞也有了很大的突破，碧霞永远也忘不了那一天，当她来到教育中心接孩子的时候，正好听到老师在教孩子说带叠音的词。当“妈妈”再一次从筱瑞的嘴里蹦出来的时候，碧霞激动得一下子抱住了孩子，不住地亲吻她的额头，而筱瑞似乎也明白了自己的母亲为什么突然如此欣喜若狂，在碧霞的怀里不住的发出咯咯的笑声。也许对于普通人来说，妈妈这个称呼实在太过普通，我们能一天叫上几次几十次上百次，对于所有的母亲来说，第一次听到自己孩子叫妈妈的时候也许会激动不已，可后来便也习以为常。但对于碧霞而言，这个称呼，自己曾经得到了可后来又失去了，失而复得的感觉实在是难以用语言来描述。孩子似乎是为了满足碧霞，一声声不间断地喊着妈妈，慢慢的孩子的声音也带了哭腔，母女俩就在教育中心，相拥而泣。小小的孩子也许不太懂得这一刻的眼泪代表着什么，所谓爱，所谓满足，所谓曾经的艰辛对于孩子都太过深奥，她只是跟着碧霞落泪。

九岁那天，筱瑞的训练终于全部结束，辞去了上海的工作，退了租的房子，告别了教育中心和舞蹈学校的老师，碧霞带着筱瑞要重新回到了那个小城。临走前，碧霞好好地收拾了一下自己的小窝，这里虽是简朴的，但却有着欣喜与苦涩中最温馨的回忆。

上海南站，一年半前，碧霞带着筱瑞来到了举目无亲的上海，四处奔波甚至找工作处处碰壁，一年半后，当她们挥手告别。猛回首发现，在这里，筱瑞早已收获了太多，不管是舞蹈，还是交流的能力，或许还有很多她明白却不会表达的所谓人生哲理。坐在回程的列车上，碧霞望着湛蓝的天空，舒心与惬意。

第二天，浩林早早地来到火车站，在人群里翘首以盼，好不容易等来了自己已经默念过无数次的那趟车，当出站的客流中里走出那一大一小两个人时，浩林激动地迎上前。碧霞看着丈夫，突然冲筱瑞比划了些什么，这时筱瑞笑眯眯地对浩林喊了一声："爸爸。"声音很快的被川流不息的人群淹没，行色匆匆的路人也没有注意到有任何的特别之处，而浩林却像被施了定身术一样呆呆地看着。几分钟后，周围的人看见，一个男子抱着一个不大的小女孩儿发疯般地转圈，旁边是一个笑得很开心的女子，只不过那女子的脸上，泛着点点泪光。

回到了那座她熟悉的小城，筱瑞重新去学校报了名。筱瑞的成长无疑给了所有的老师一个太大的惊喜，在老师的帮忙下筱瑞转学了，而少年宫也让她直接插班去了高级班。

筱瑞开学的那天，碧霞和浩林特意请了一天假手牵着手送女儿上学。虽然他们知道，正常大学的校门也许无法向筱瑞敞开，但夫妻这时已没有那么高的期许。他们此时的心愿只是让孩子能坐在宽敞明亮的课堂，感受和同学们一起求学的乐趣。简单的快乐，珍惜生命，活在当下。

一年半异地的求学让筱瑞一下子长大了许多，更加的成熟与稳重。远远望去，娇小的身子，柔弱中透出坚强。

第二十一章 求学

2000年9月7日，筱瑞背着书包，在碧霞和浩林的目送下，走进了学校。聋哑学校为筱瑞联系了一所一直有合作项目的小学，这所小学对于教育筱瑞这种聋哑的孩子也有一定的经验。经过测试后，筱瑞走进了那个属于自己的教室，三年级二班，那里的孩子除了她都是健全的孩子。筱瑞在入学文化课测试时得到了很高的分数，缘于在上海时老师的悉心教育和她自己的聪慧。然而分数和现实总是有所差距，不久后，筱瑞明白了自己的差距。

对于筱瑞来说，上学最大的困难，在于课堂。原本就听不到声音的孩子，对于老师教的声调、数字更是很难理解。只见她全神贯注地盯着老师，企图读懂老师每分每秒的唇语，一节课下来，别的孩子为刚刚学到的东西兴奋不已，而筱瑞则因高度集中注意力而汗流浃背。

上小学的小男孩，正是调皮捣蛋的时候，尽管被老师教育了很多次，但还是会有孩子喜欢恶作剧来捉弄筱瑞，突然伸脚拌一下或者偷偷藏起她的文具，这些在小学孩子之间太过平常，筱瑞也没躲过。那时她就只有吐着不清楚的发音，打着手势四处求助。调皮的孩子总会调笑着跑开，或者直到筱瑞急到开始抹泪才慢吞吞地还给筱瑞，过分的孩子还给筱瑞起了一个外号，叫做“小哑巴”。刚来到学校的筱瑞，霎时间无法理解，为什么这里的小朋友和聋哑学校的不一样，他们为什么要欺负自己，为什么不能好好相处。回到家的筱瑞常常因为这些事情，抱着碧霞和浩林哭得很伤心。

看到孩子这般难过的碧霞，只能开导筱瑞说那些顽皮的孩子只是不懂事但并没有恶意。碧霞知道很多事情，总归需要孩子自己去处理，去面对。孩子不可能一辈子如同鸵鸟一样躲着不见世人，也不可能不和正常人交往，碧霞一边安慰着筱瑞，一边告诉她怎么和同学相处。

这天晚上，当筱瑞又一次因为铅笔盒被同学藏起来后，回家哭着不肯再去上学了，不知不觉间，学校已经在筱瑞的心里成为了“噩梦”的代名词，碧霞看着哭得伤心的孩子，突然面色严肃把筱瑞从怀里抱出来，打着手势问，“同学欺负你，为什么？”筱瑞痛苦地摇摇头，她就是不明白，为什么自己要忍受这些。“既然这样，你有寻求过帮助么？老师，同学？”筱瑞只是边抽泣着，边打着手势，“我有找老师的……”比划完，抽噎着，“那筱瑞有没有问过同学为什么要欺负你呢？”因为孩子哭得眼泪朦胧，碧霞只得比划了两次，筱瑞似乎很奇怪为什么要问那些欺负她的坏孩子，迷茫地摇摇头。“那，明天筱瑞去学校，问问那些小伙伴好不好？如果自己没办法问清楚，就找你玩得好的同学让他们帮你问，如果问了那些小朋友还欺负你，咱们再想办法好么？”碧霞不想让孩子面对困难就直接放弃。筱瑞打着手势问：“他们不会再欺负我么？我有些怕……”“不怕的，好好说，或者可以让同学帮你，写在纸上传给他们都行。”碧霞鼓励着，筱瑞懵懂地看着碧霞，轻轻地点点头。

第二天课间，筱瑞偷偷传了一张纸片给班上最调皮的男孩，上面写着：“你很讨厌我吗？”那个孩子仿佛还没反应过来发生了什么，“没有。”“那你为什么要一直捉弄我呢？”筱瑞又把纸条传了过去，“我只是开玩笑。”“可是我很难过。”这一次，纸条没有很快传回来，直到快上课了，后面的同学才轻轻戳了戳筱瑞的后背：“对不起。”很简单的三个字。筱瑞愣了下以后冲那个低头有些不好意思的男孩微笑了。有时候，我们觉得很复杂的事情，都只源于我们内心的恐惧，不敢直视，不敢面对，却忘了，沟通才是解决问题最快的方式。孩子的世界永远单纯，他们都是天使。

解决了同学之间的问题，筱瑞很快的喜欢上了学校，而曾经欺负过筱瑞的男生也和她成了好哥们儿，孩子的单纯在这一刻显露无疑。他们不会记仇，不会计较，哪怕吵过架打过人，一声对不起就能解决所有的问题。而后的日子，同学们会课间操的时候带着筱瑞一起，然后像模像样的教她。上体育课的时候会和她一起跳皮筋，尽管孩子们都不会手语，但手舞足蹈间依旧玩的很开心，有时候外班的男生想要欺负这个曾经的“小哑巴”，班上的同学却会一致对外，得知这个情况的碧霞，欣慰极了。

第二十二章　面试

三年，时间过得很快……不知不觉，筱瑞也和所有的小学生一样，毕业了。这三年的时间里发生了很多事情。筱瑞的舞蹈越来越好，个子也已经蹿到了一米六，然后顺利地考上了一所不错的重点中学，有了一群很好的朋友，她们都不会手语，但心灵的沟通却没有问题。

2003 年 9 月 1 日，筱瑞上了初中，已经出落成为一个亭亭玉立的大姑娘，因为常年的舞蹈训练，孩子身姿挺拔，甚至引来朦胧时期不少小男生的追捧。筱瑞对于舞蹈也从最初的喜欢到了热爱，甚至成为孩子生活和生命里的一部分，不可或缺。虽然她从未上台表演过，但碧霞和浩林默许了孩子对于舞蹈的执着，他们看到了孩子的付出和努力，也看到了筱瑞在舞蹈上的天赋。他们坚信如果有那么一天，筱瑞真的能够登台表演，到时候，必是一场惊艳的视觉盛宴。

这天，舞蹈学校的老师找到碧霞。“筱瑞的妈妈，你看，筱瑞在我们这儿前前后后学了已经快六年了，只是因为筱瑞没办法考级，不然早就过了十级了。我听说明天有个专门的舞蹈学校来我们这儿招一批有天赋的孩子，您看要不要让筱瑞去试试?”碧霞听完，微微一笑，“老师，您的好意，我心领了，可是筱瑞的情况，伴着音乐没有你们的帮忙根本就跳不了，怎么和别的孩子竞争呢?”虽然已经经历过各种各样的困难，碧霞外表看似坦然，心里苦涩依旧。“不是的，筱瑞妈妈，听说这次有来一个残疾人艺术团的老师，据说几年才会有一次外招的机会。不管结局如何，让她去试试吧。这个孩子有天赋又肯吃苦，很好的苗子啊！”说着说着，老师甚至比碧霞还激动。“真的?”碧霞有些不敢相信，残疾人艺术团，这些年一直能隐约听见这个词，可是却从未想过有一天能够近在咫尺。“好的，我明天一早就带孩子过来。”碧霞应下，匆匆往家里赶，恨不得马上把这个好消息告诉浩林和筱瑞，得知消息后的筱瑞兴奋得一晚上睡不着。

第二天一大早，碧霞就带着筱瑞赶往了少年宫的排练厅，那里已经聚集了不少来面试的孩子和陪同的家长。攒动的人群中，筱瑞安静的样子显得有些特别。碧霞询问了招生的负责人后得知这次残疾人艺术团的老师虽然跟着来了，但是主要目的还是招收正常的孩子。碧霞央求着负责人，黯然神伤，失望之余，还是拉着筱瑞坐在排练厅外的长椅上静静地等待。

来面试的孩子络绎不绝，一个上午即将过去，只听到一个学二胡的孩子被录取时发出的欢呼。碧霞不禁摇摇头，这样的概率，自己真的是奢望了。中午匆匆吃了快餐，母女俩又坐回了长凳。下午四点半，负责人通知碧霞，愿意给筱瑞一次机会。听到这个消息，筱瑞忙从椅子上跳起来开始热身，一天没怎么动弹，孩子显得有些僵硬。因为筱瑞重度失聪，没办法通过编排好的舞蹈看出孩子的素质，只能通过最基本的下腰，一字，转圈，踢腿。筱瑞做的很认真，虽然她不知道最后的结果会怎么样，但她记得碧霞曾说过，认真是一种习惯，岂能尽如人意，但求无愧我心。

动作测试结束后，残疾人艺术团的老师只问了一个问题：“你怎么理解舞蹈?”有些累了的筱瑞，带着汗涔涔的小脸，很认真的比划：“舞蹈是一种沟通的方式，舞蹈能够表达我内心最真实的情感。舞蹈不仅追求美感，更追求感觉。我希望有一天我能像舞台上的舞者一样用舞姿与观众沟通，与观众共鸣。”“听”完孩子的回答，老师没有说话，示意着她们出去等结果。

第二十三章　梦想

重新回到长椅上的碧霞，坐立不安，一分一秒在她心里都觉得如同一年一季那么的漫长。筱瑞只是安静地坐着，恬淡的微笑始终挂在脸颊。母亲的焦急和孩子的淡定形成了极其鲜明的对比。半个小时过去了，就在碧霞绝望之时，表演厅的门打开，“李筱瑞同学是哪位?”碧霞忙拉着筱瑞站起来，负责人抬头看了一眼，微笑着伸出手，“恭喜啊，明天就带着孩子来报道吧。”一时间，碧霞竟有些手足无措，幸福有时候来得如此突然，前一秒还无比绝望的心这一刻却充满了欢乐。碧霞抱着筱瑞，泪水夺眶而出。

第二天，碧霞带着筱瑞来到艺术团在这座城市的临时驻扎地，这个不太起眼的艺术团，竟然是文工团的一个下设机构，主要负责培养二线的艺术人才。残疾人艺术团的老师接待了碧霞，告知孩子如果想要加入，就必须去北京。学校会负责孩子起居安排，倘若家长愿意陪同，可以有半年的陪同期。

碧霞听完，有些踟蹰，家里老人已经步入暮年，浩林的工作正蒸蒸日上，自己也刚要有升职的机会。但倘若让一个十二岁的孩子自己去陌生的城市，又着实有太多的不舍。她决定召开一个家庭会议，因此打电话请了双方的老人。碧霞知道，舞蹈对于孩子而言，早已不是当年那个单纯的爱好，而是梦想。当每一次演出，看见筱瑞痴痴地望着舞台时，碧霞的心是伤痛的。记得筱瑞曾经对自己说过："有梦就要去追寻，不是吗？"碧霞暗暗地下了决心。

到家没多久，浩林和老人都赶了回来，听了碧霞的描述，所有的人都沉默了，良久，还是老人先开了口："碧霞，要不算了吧？筱瑞放在自己身边都觉得不踏实，何况送到那么远的地方去呢？人生地不熟的，无亲无故。""妈，我也舍不得，只是机会真的难得，筱瑞又那么喜欢跳舞。"碧霞多少还想争取一下，眼瞅着老人都倒向了不去的那边，就剩下浩林了，"话怎么能那么说呢？筱瑞已经这样了，你还要求她有什么样的出路你才满意啊？就在我们边上，我们给养着，孩子健康就好，我早就看不惯孩子吃那份苦遭那份罪，碧霞，别要求那么多。"听到老人这么说，碧霞一下子委屈了，自己从未对筱瑞有过怎么样的要求，可老人话已经到这个份上，自己实在不好再多说些什么。这时，一直不说话的浩林开了口："爸，妈，我觉得碧霞说的没错，筱瑞喜欢跳舞，那就让她去跳，只要她自己开心就好，不给她想个好的出路，我们又能护着她到几时呢？这次机会难得，我想让孩子自己出去闯闯看看，筱瑞不是那种娇贵的孩子。"看到孩子父母的意见，老人有些不舍，责怪他们的狠心，但最后还是妥协了……就这样，碧霞第二次辞去了自己的工作，又一次两地分居，浩林喜忧参半。

很快地，碧霞带着筱瑞还有另一名被录取的孩子一起去了北京，走的那天，浩林因为工作的原因没有去送，相见时难别亦难。办公室里的浩林，站在窗户旁，呆呆的眺望着北上的方向，虽然听不见列车的轰鸣声，却依旧想这样静静地送送自己的宝贝。

第二十四章　难题

到了艺术团下设的艺术学校，筱瑞第一次看到了那么多整整齐齐的练功房。不同于少年宫的教学方法，在艺术学校，筱瑞和所有学习舞蹈的孩子都有两个老师，一个是教基本素质的老师，属于大班教学，还有一个负责一对一教学的老师，筱瑞听别人叫她赵老师。碧霞也听别人说起，赵老师对学生相当负责，也教过好几个已经出了名的残疾舞蹈演员，但训练时极为严苛。听到这样的评价，碧霞有些担心，筱瑞能做好么？

第一次上课，筱瑞就被彻底打击了，赵老师考量学生的方法很简单，一支《雀之灵》。虽然以前也学过这支舞蹈，可从未跟着音乐跳过，配着音乐，筱瑞显然跳得有些乱七八糟，又因为从来没有接受过专业的舞蹈训练，擦腿不到位，提腿不准确，手位不协调——在赵老师看来，筱瑞关于舞蹈的一切似乎都不能令人满意，她开始质疑当初面试的老师为何招了这么一个不尽如人意的学生。一堂课下来，筱瑞的额头上已是汗涔涔的了，赵老师还是不满意，很干脆地留下一句：“什么时候练好什么时候找我。”说完就把柔弱的小姑娘一个人扔在了排练室，自己拂袖而去。

几乎听惯了表扬的筱瑞第一次遭到这样的指责，她无所适从，独自一人在空荡荡的练功房里默默流泪。她第一次明白，专业舞蹈和以前自己学的，太不一样了，在舞蹈的世界，不管是残疾人还是普通人，不管有怎么样的困难，都不允许有一丝一毫的偏差，只看结果，没有理由。完美，对于自己好难，真的好难！

颤颤巍巍地回了家，筱瑞恨不得马上扑到碧霞的怀里好好哭一场。虽然她觉得赵老师说的没错，虽然她也很想好好的卡着音乐跳好，可自己听不见，就是做不到。可是当她看到碧霞的时候却没有哭，她知道哭不能解决问题，这是碧霞很小的时候就教过她的，摔倒了，爬起来再哭，不是哭曾经的伤痛，而是为自己重新爬起来而喝彩。

吃晚饭的时候，筱瑞很平静的和碧霞说了上课的事情，问了很多人之后，碧霞终于找到了雀之灵的乐谱。她让筱瑞一个节拍、一个节拍地把这个谱子背下。随后的半个月，筱瑞把自己关在了学校空余的练功房，每天除了吃饭睡觉，剩下的时间都在跳舞。她将自己变成了一只旋转的陀螺，一遍遍地练着，从开始的只能原地转几圈，到半个月以后能转到二三百圈。她听不到，只能通过最原始的敲击地面来感受，虽然已强记下了全部的乐谱，但却怎么也掌握不了正确的速度，好在有个热心的小姐姐一次次用力脚踏地面来帮筱瑞记节奏，为了让自己的节奏更为准确，这个女孩对着时钟一秒一秒的数着，到最后，数秒的节奏已然成为身体的本能。

空荡的排练室、微微的喘息声、巨大的镜子里娇小玲珑的身影。她并不知道这是老师对她的另一种考验，她只是本能的想做好一切。一切困难即使如同惊涛骇浪，在她心中始终只是一汪清泉，无法阻止她继续。

一曲《雀之灵》有多少节拍，筱瑞没有仔细计算过，但是赵老师知道，七百个左右。对于处在无声世界里的筱瑞来说，要想让舞蹈和这七百多个节拍完全吻合，唯一的方法就是记忆、重复、再记忆、再重复。半个月来，赵老师也只是偶尔过来帮忙纠正个动作，压个韧带，指导手型。

半个月过去，当赵老师再一次拎着录音机放出了雀之灵的舞蹈，从她打出“一、二、三，起”的手势开始，筱瑞的每一个节拍都卡的很准，每一个动作都尽力做得到位，看着那个在演奏厅中央翩翩起舞的女孩儿，赵老师第一次露出了满意的笑容，但同时心底泛起了一丝无可压抑的痛。

一曲雀之灵终结，筱瑞有些气喘吁吁地看着赵老师，她不知道自己的表现能不能得到老师的满意，她心里充满了焦急，脸上却强忍着不想表现出来。赵老师看着筱瑞脸上那复杂多变的表情，噗的笑出声来，筱瑞不知所以。

老师好容易止住了笑，冲着筱瑞竖起了大拇指，筱瑞紧张的心一下子松了下来，不自觉地咧着嘴傻笑，重新被赞赏的感觉真好。赵老师用不太熟练的手语冲着筱瑞比划：“你很棒，你对于舞蹈的感觉和领悟比起很多孩子要强。如果别人是用身体和耳朵在倾听音乐，那么你就是在用心跳舞。招生的老师没有说错，你是个天生为舞蹈而生的孩子。”看着老师这样的评价，筱瑞莫名的潸然泪下。老师继续说道：“你的基本功不好，这个不怪你，因为你从来没有接受过专业基本功的训练。以后我的课，我们就从基本功开始练，我的要求很高，相信你也有所了解，做好心理准备，因为喜欢所以要求你，懂吗?”筱瑞点点头，有种想去抱抱老师的冲动。

第二十五章 灵魂

赵老师的言出必行让筱瑞觉得越来越难熬，从开始的基本功加强，到后来每节课周而复始的平转、四位转、挥鞭转、旁腿转、上步掖腿转、点翻、串翻、吸翻等各种大动作无不让筱瑞举步维艰。

刚开始搬腿时，从正腿变旁腿在镜子里，筱瑞甚至可以仔细的看到老师胳膊上肌肉的用力程度不同的变化，旁腿变后腿，因为气儿憋得脸通红又开始浮躁，主力腿小腿肌肉开始叫嚣，脚腕出奇的酸胀，站不稳，一直动个不停，动力腿膝盖还没来得及伸直，赵老师就拿着小木棍敲着筱瑞的膝盖，被老师一催，筱瑞更是沉不住气，终于忍不住把腿放下来。紧接着赵老师重重地敲了她一下："我说过可以下了么?!"因为筱瑞听不到老师说话，而打手势在训练中又实在费劲，更多的时候，似乎是那根不太长的棍子在联系着两个人的交流，看到老师的眼神后，她赶紧又把腿向后重新搁在了把杆上。

日子就这么一天天地过着，筱瑞的生活依旧是家和学校之间的两点一线，来北京已经半年多了，除了回家过了年，偌大的北京城，故宫、长城、什刹海、西单，甚至天安门广场，筱瑞都从未去过。

碧霞看着孩子的努力，没有多说什么，因为事到如今，再去阻止只会是再一次以爱之名的伤害。每次谈到舞蹈，孩子总是神采飞扬，快意人生。碧霞看着孩子的开心，虽然依旧会因为筱瑞至今表演经验为零充满遗憾，但她仍然选了支持，舞蹈如同她们娘俩骨子里那份最后的倔强，决不放弃。

这天，筱瑞照例开始自己的大课，课间休息期间筱瑞的班主任突然走到她身边，蹲下身子，筱瑞望着老师一脸诧异。“学校有一个舞蹈的汇报演出，咱们班有一个集体舞一个独舞，独舞是需要通过评审考核的，赵老师让你一定好好准备。”筱瑞想都没想就摇了摇头，冲着老师比划，“老师，我还是算了吧？我刚来而且以前没登过台，让那些好的同学去吧。”边“说”着，筱瑞边笑笑，生怕老师以为她是勉强拒绝。

班主任却无视了筱瑞的比划，拍拍她的肩膀只是说了句：“好好加油。”便起身，继续指挥着大家开始下一个动作。这堂课，筱瑞第一次走神了。自己要不要去竞争呢？说不想，那肯定是假话，可是，自己这个听不到配乐，又没有经验，能表演好么？整天，筱瑞都在想着这些事儿，甚至连赵老师的小课上都分了神。

赵老师直接叫停了筱瑞的训练，直直地盯着筱瑞，说：“不想当将军的士兵不是好士兵，同理，一个学舞蹈的学生只有从幕后走到了台前才算真正的舞者，不然没有与观众交流的机会。想想你妈妈，就算你自己不想，她有多想看你在舞台表演。喜欢舞蹈，除了努力的练习，还要用自己的行动去诠释它。”说完，赵老师留下独自抽泣的筱瑞，转身出了排练厅，她知道要这个女孩儿一点时间，让她面对，让她接受。

第二十六章　小荷

筱瑞一个人怔怔地望着赵老师离开的方向，不住抽泣，老师的话，依旧振聋发聩。她一直把上台的梦想埋在心里，不是不羡慕，每次看着台下观众的喝彩，筱瑞多希望那时台上的那个人是自己，偶尔能看懂同学吐槽排练的辛苦，她多希望，自己也能体会那么一分辛苦。有时候，忙碌也是一种安全感和认同感，不是么？每次面对着碧霞包容的目光，筱瑞就不自觉的内疚，因为自己，爸爸妈妈两地分居，妈妈为了自己两度辞职放弃众人羡慕的工作，随自己漂泊，只因为自己一句喜欢，一个也许没有未来，没有希望的喜欢。筱瑞只当那是个梦，醒来就会化为回忆，可是这次，当有机会圆梦时，自己要怎么办？

筱瑞默默地收拾了东西，离开了排练厅。全力以赴，一个下午，那个纠结的孩子下定这样的决心。而后的一个月，如同曾经的《雀之灵》一般，筱瑞在家背着赵老师给选的《采茶姑娘》的谱子，抱着节拍器感受每个节拍的节奏，然后再回到排练厅，一个动作一个动作卡细节，手势、脚背的定位，舞蹈中那个倒替的动作，甚至因为做的太过频繁，让孩子不慎扭伤了腰，可筱瑞只休息了两天，又继续练习。腰不能动，她就只重复手上的动作，等腰好了，又开始继续腰部的练习。

为了让自己的柔韧性更好，筱瑞一次次忍着疼痛把腿、腰、肩、脚背压到了非正常状态。为了让自己的技巧更加娴熟，一次次的练习，每一次摔在地板上的疼痛只有筱瑞自己知道。就算心理承受了再大的委屈和伤心，就算流下再多的泪水，只要音乐响起，她依然会忘记所有只是灿烂地笑。每一个动作和眼神，追求完美的筱瑞也会在赵老师的要求下，对着镜子练习百次千次，身上的练功服，总是干了又被打湿然后再也没干过……

这样的付出持续了一个多月，在选拔赛上，筱瑞用灵动的舞姿，换回了所有的老师一致同意，也用行动证明向所有人证明了，勤能补拙，小荷终露尖尖角。同学在看过筱瑞的表演后，自愧不如，甚至外班的同学直到向筱瑞祝贺时才知道她耳朵听不见，纯粹靠老师在台下那近乎看不见的手势和自己心里每秒的读秒在串联着整个舞蹈。

演出前的一个晚上，筱瑞在家里的床上辗转反侧，碧霞转身，把孩子抱回了怀里，轻拍着孩子的后背，安抚着怀里这个不安的小人儿。这一年的汇报演出，所有的人都在等着一个节目，尽管前面的节目同样精彩万分，可当主持人报出，“下面请欣赏独舞，《采茶姑娘》”的时候，全场掌声雷动，所有的人都得到了消息，这个节目是一个刚刚进学校一年的孩子表演的，这个孩子，还是个聋哑人。

大幕拉开，所有的聚光灯打在了筱瑞的身上，有些暖暖的感觉，那一刻，筱瑞真的觉得，自己从小的决定是对的，所有的付出都有了收获。舞台上，当所有观众都聚精会神看着你的感觉，竟是如此的美妙。压力、紧张在老师“起”的手势后，瞬间化为乌有，只剩下舞台中央，一个灵动的孩子，在无声的世界绽放出一朵美丽的花朵，这一刻，碧霞、筱瑞、还有赵老师，都听到了这个女孩梦想花开的声音。每一个旋转都是那么完美，每一次跳跃都是那样轻盈，节拍卡得完美无缺，没有一分一秒的差错，舞蹈上的筱瑞将观众带入了自己的世界。

一曲终了，全场观众鼓掌起立，筱瑞看着台下的碧霞，微笑着，热泪盈眶。尽管，她听不到那传了十几米远的掌声，尽管，她累的有些气喘吁吁，可是她知道，那些在鼓掌的人，不管是同窗或者是长辈，应该是满意的。台下的碧霞掩面而泣难以自持，不管以后孩子会有怎样的未来，这样的经历，这样的赞美，哪怕只有一次，已然足矣。

第二十七章　云端

这次表演结束，筱瑞一下子成了学校的小名人，老师也对这个天赋好又认真的孩子喜爱有加，上课的时候总是把筱瑞作为典型提出来表扬，虽然对于这些，筱瑞都一无所知。碧霞倒是第一次觉得自己也有了自嘲和自我安慰的话，也许失聪也有点好处，听不到这些赞美的筱瑞不会骄傲，不会自满，不会被“捧杀”……自古多少这样有天赋的孩子，就是在一次成功之后被周围的赞美捧到了云端，然后一次失误，又被踩到了地狱。

在周围一片喝彩声中，筱瑞回到了自己平静的生活，依旧是学校和家之间的两点一线，仍然是舞蹈等于生活的习惯。所谓浮躁并没有出现在这个孩子身上，也许这就是筱瑞在历经所有困难后比别的同龄孩子成熟的地方。她会冷静地审视自己，三省吾身，她把自己的位置摆得很正，很明确自己首先是个学生。

汇报演出后的一个多星期迎来了2004年的暑假，正当碧霞要去买火车票回家时，意外地接到了一个令人欣喜若狂的消息。筱瑞被推荐并进入了国家残疾人艺术团，那时，她未满十三岁。在那里，筱瑞见到了很多和自己一样的孩子，失聪，失明，甚至失去双臂，或者拄着拐杖……或许和这些孩子相比，筱瑞还是幸运的，至少碧霞一直支持着，浩林一直支持着。她的身边从未缺少过关爱，而有的残疾孩子，却是从小被抛弃，一度流浪。

眼看着筱瑞进了艺术团，住进了宿舍，在筱瑞的坚持下碧霞回到了那座小城。她从未想过仅仅一年就发生了如此惊天动地的变化，仅仅一年她就回来了。看到浩林，那个当时风华正茂的男子，如今脸上已经写满了沧桑，当时身体还健朗的老人也常常住院，时间的无情，会带走很多东西，比如青春，比如生命……浩林开玩笑的说碧霞就是家里的保姆，照顾完了小的照顾老的，碧霞却只是笑笑，尽孝尽责，无论多么辛苦，她都甘之如饴。

七八月的北京，桑拿天已经持续了十几天，整个城市都有些沉闷，甚至连树上的知了都热得有些不爱叫了。筱瑞和伙伴们取消了往常所有的休假，宿舍是这个炎热的夏天里她们唯一去过的地方。十多个失聪的姑娘在练功房内安静地排练着，她们在这次表演前也许素昧平生，也许排练时她们一言不发，但并不妨碍她们最后配合的完美，不错，这些孩子，都是聋哑人。

他们听不到声音，不懂节拍，即使是老师踏着地板感受震动，也会有前后反应的不同，即使老师在前面指挥，也很难保证每个人能每时每刻注意着老师的手势，甚至有的时候因为视线的原因，没办法接收到老师意思。面对如山的困难，这些不过十几岁的孩子却有如同愚公的意志。配合不好，就两个两个先配和，然后再三个、四个……节奏卡不好，就彼此一些小动作或者手势的提醒，筱瑞则把自己独舞时的办法拿来，带着大家一起数秒，一起背谱子，一起感受着节拍器的节奏和快慢，所有能用在训练中的办法，不论借鉴还是原创，她们都用了。

经过了半年多没日没夜的配合，作为艺术团里最小年纪的演员，筱瑞幸运地得到了一个多少人梦寐以求的机会，上央视春晚。2005 年 2 月 8 日，兴奋中的碧霞浩林和亲朋好友们早早的守在了电视机前面，全然没有心思顾及身边的美食和意味着团圆的水饺，他们目不转睛。半场之后，21 位聋人演员整齐划一的舞蹈动作以及与音乐天衣无缝的配合给观众留下了深刻印象，《千手观音》的二十一位舞者平均年龄十七岁，最小的只有十三岁，这也是残疾人艺术家第一次登上春节联欢晚会的舞台。《千手观音》是中国残疾人艺术团的保留节目，几年来通过不断丰富，从最初的十二个演员发展到现在的二十一个。古典韵味的乐曲让人如闻佛界的梵音，圣洁灵动的舞姿让人如见观音的宝像。当《千手观音》组出“盛世开屏”的画面，纤手曼颤，慧眼闪烁，将春晚的气氛推向高潮时，人们的心灵被深深地震撼了！传说中的千手千眼观音被演绎得得如此的典雅，舞台上《千手观音》的天光人舞呈现出如此的祥瑞，令人不得不由衷地击节赞叹，美哉。整支舞蹈凝集了中国传统文化中宽仁，平和的精神。这些无声的天使，用他们曼妙的舞姿打动了现场和电视机前的每一个人。她们听不到如雷的掌声，却能感受到全场为她们而喝彩。

年龄最小的筱瑞觉得自己犹如站立在云端，身边是哥哥姐姐们关爱的簇拥，谢幕时，她发现自己热烈盈眶。

第二十八章 回忆

接下去的日子依然一成不变，练功，读书，慢慢的，筱瑞的舞蹈和文化的积淀越来越深，她成了舞蹈队的栋梁。闲暇时的筱瑞喜欢看书，喜欢去大学的校园走走，她还记得自己年幼时在交大的夜晚，也喜欢那书香四溢的氛围，虽然，大学的校门，暂时还未向她敞开。她羡慕所有能够上大学的孩子，虽然那些孩子也同样羡慕她取得的成就。

有一天，筱瑞在书里看到了这样一段文字，“我们不是不喜欢穿短裙，只是长期跪地和完成技巧的膝盖不在白皙光滑。我们不是不喜欢谈恋爱，只是太多的时间都泡在了练功房。我们不是不喜欢睡懒觉，只是对剧目没有明天再说。我们不是不喜欢美食，只是为了我们的身材就必须要经得起诱惑。”她轻轻的合上了书本，看向窗外，这时候的她，住的也早已不是在上海那个小小的屋子，朝南的房间，不时的会有一米阳光。

突然想起那一年《感动中国》的评价词，“从不幸的谷底到艺术的巅峰，也许你的生命本身就是一次绝美的舞蹈，于无声处再现生命的蓬勃，在手臂间勾勒人性的高洁，心灵的震撼不需要语言。”这个评价，对于筱瑞而言，同样合适。

说完这些，碧霞虽然始终面带微笑，但还是不时有着哽咽。脑海里出现的都是筱瑞的身影，长高了的女儿似乎已经不像小时候那般娇羞可爱，更多的是沉稳与坚忍。

碧霞看着若有所思的洁如说："以前的我，觉得母亲这个称谓，只不过是一种血浓于水的代表，而现在的我，真的明白，那不只是一个称呼，更是一种责任，那个小小的生命从自己身上而起，随自己教导长大，她们如一张白纸般纯净来到这个世界，而她们的生命，由我们一起书写。"

洁如抱着俊铭，亲吻着他的额头，不停地说："小宝儿，对不起。是妈妈太脆弱了，原谅妈妈，好吗？母亲，是个多么神圣的称呼啊！母亲，真的就是一种责任，就是一种无私的奉献！"怀里的孩子没有话语，他只是用头蹭了蹭母亲，双手搂住了妈妈的脖子。洁如把他搂得更紧了，仿佛生怕他随时会消失一样，她在心底对俊铭说："妈妈一定会做你永远的后盾。我不奢求你如雄鹰般搏击长空，更不会去计较你飞得高不高，我只想一路静静地陪着你，不想让你飞得太累。我愿做你的翅膀，带着你翱翔蓝天！

浩林的电话又响起来了。碧霞在讲故事的期间，他已经辗转打了十几个电话了，不仅问到了军医聂医生的电话住址，还问了省立医院有关治疗这种脑病孩了的具体方案。浩林拿着一张抄满了电话和方案的纸，轻轻地递给了洁如。洁如认真地看了起来，渺茫的希望现在在她心中仿佛变得明朗起来。渐渐地笑意爬上了洁如的眉梢，她对碧霞说："谢谢大姐，谢谢你们给了我勇气和力量，我终究是太为懦弱了！"

看着洁如深情款款地看着俊铭的样子，浩林和碧霞相视一笑。终于，这个母亲重新有了奋斗的激情，有了奋斗的梦想。在碧霞的劝说下，洁如拿起电话打给了远方一夜白头的父母和满目苍凉的公婆，心急万分的文瑜。

接到电话后的老人们总算长长地松了一口气，他们没有去责备洁如的离家出走，他们都知道这个年轻的女子已然被逼到了绝境，心力交瘁。只是公婆听到此时的洁如人在厦门时，不由自主地想起了自己早逝的孩子，忍不住老泪纵横。文瑜忙不迭地表示她后天就请公休假过来陪陪洁如。

第二十九章　际遇

洁如按照浩林问来的电话，给聂军医打了电话说明了小宝儿的病情。电话里，聂军医非常详细地询问了一番，从出生到现在的点点滴滴都似乎了然于怀。遗憾地是，他这周末也就是明后两天都不在福州，而下周一要去北京出席一个全国性的脑病研究会议，时间是三天。洁如有些失望，尽管五天是短暂的，但她想更早的让俊铭远离病魔的烦扰，于是和聂医生约定了时间，时间在周四早上九点。

洁如阴晴不定的表情让碧霞有些不放心。本来碧霞和浩林第二天便要回福州的，但碧霞还是决定自己留下来等到文瑜后天来的时候再回去。两个姐妹和小人儿一起去吃了顿饭，洁如觉得似乎有许多年不曾吃过如此可口的饭菜了，其实不在于饭菜本身，而在于她早已没有品尝的心情了。看着洁如和俊铭满足的笑容，碧霞笑颜如花。

第三天也就是周日早上快十一点，经过了十六个小时四十七分钟的火车，文瑜终于风尘仆仆地到了，她凭着地址打的士找到了洁如。只见她怀里抱着一只红彤彤的阿狸和一只紫红色的小桃子。洁如千想万想都不会想到她让文瑜帮忙买个小礼物送给筱瑞，结果会是一只毛绒玩偶，一如给俊铭的。只不过因为阿狸是男孩所以送给俊铭，小桃子是女孩就送给了筱瑞。洁如看得一头的黑线，在文瑜眼里难道每个人都是还在蹒跚走路牙牙学语的婴童吗？抑或说文瑜本身就是个没有长大的孩子呢？应该是后者更为贴切吧。见到毛绒玩偶后的碧霞同样目瞪口呆。

看到文瑜来了后，碧霞放心了许多，于是她留下了自己的电话，告诉洁如有事尽管找她。看见碧霞要回去了，文瑜忽然对洁如说："洁如，不如我们和大姐一起去福州吧。我表姐与涵在福建省美术馆工作，我们可以先带俊铭一起去玩一玩啊。听说福州有很大的动物园呢，小宝儿一定会很喜欢的！"

"是啊，我们一起坐下午的动车走吧，那样有个照应我也放心了，不然厦门你们都人生地不熟的，还带个小孩，说实在啊，我还真是不放心呢！"碧霞附和着说道，洁如害羞地低下头说："大姐，我们又不是小女孩，有什么好不放心的啊！"

文瑜爽朗地大笑起来，口无遮拦地说："嘿嘿，大姐的意思是说你漂亮嘛。徐娘半老，风韵犹存啊！我看俊铭还是我来抱着好了，那样肯定有人争着要你的，不然人家大姐干嘛不放心。"洁如嗔怪地看了文瑜一眼，然后轻轻地对碧霞摇摇头。碧霞仿佛看出了洁如担心自己轻生的事情被文瑜知道，于是安慰地拍了拍她的肩膀说了句："放心，我所知道的仅仅是俊铭生病了我们要一起去找医生好好治疗。过去的都已经过去了，不是吗？"

洁如给她表姐与涵打过电话后，吃完午饭后，下午两点半她们带着俊铭出发了。三点他们来到了宽敞的候车厅，买了 D6230 次动车，这是洁如和文瑜第一次坐动车，她们都很兴奋。动车前，碧霞用手机帮他们拍下了照片。照片里，一个动如脱兔，一个静若处子，还有一个可爱的小天使，他们身后是一列通体雪白，流线形的火车。画面里的文瑜搞怪地在洁如身后单脚站立，然后双手在头上摆出一个爱心的图案，她永远都是朋友心目中活泼快乐的开心果。

三点五十，动车准时启动了，因为车窗用的是减震玻璃，所以在车厢内并不会感觉速度是多么的快，但从厦门到福州约 276 公里的行程只需要两个小时来说，动车的速度的确是挺快的。俊铭好奇地用手不停地摸着玻璃，看着窗外疾驰而过房屋树木花草，他开心地咿呀着。邻座的人也伸出手来逗着俊铭，可是慢慢地变发现这孩子有些异于常人了。看到旁人的目光，敏感的洁如赶紧解释道："孩子这几天生病了，所以精神不太好！"旁人收回了狐疑的眼光，不再说话，也不再逗俊铭玩了。洁如扭过头看着窗外，抬起头……

即使大大咧咧的文瑜也感觉出来了那种极度压抑的气氛，她害怕现在任何一句话哪怕一个字都可能触及到洁如的伤痛，于是她选择沉默。顺着洁如的目光，文瑜看着雾蒙蒙的窗外，忽然想起了——"念去去千里烟波，暮霭沉沉楚天阔。"旋即，眼前也雾气冲天。电话响起，是与涵表姐的，她询问什么时候到。"姐，再半小时就到了，大约是六点。你要来接我们是吗？哇，太好了，我要蹭大餐，大餐！"文瑜十分钟内又恢复了本性。

第三十章 福州

半小时后，福州火车站。省会城市终究是不同的，火车站内人潮如涌，人们基本上是排着队按照顺序检票出站的，当然也不排除一些归心似箭的乘客了。推推搡搡中，洁如差点摔了一跤，碧霞一把托住她的下腋，一手扶着俊铭的屁股。俊铭被这突如其来的“紧急刹车”弄得格格大笑，大家面面相觑都不知道他在笑些什么。文瑜询问地看了看洁如，洁如只是洒然一笑说了句：“笑总比哭好！”无奈的话语让碧霞听起来倍感心痛。同为母亲，总是有所感触的。

出站处，文瑜表姐与涵已经在站台外等了一小会了。一阵阵沁人心脾的香气扑面而来，原来是火车站前的花栏里种着无数株茉莉。经与涵介绍才知道茉莉花是福州的市花。这是洁如第一次看见文瑜的表姐，她只觉得眼前一亮，偷偷地俯在文瑜的耳边说了句：“哇，惊为天人！这才是真正的徐娘半老，风韵犹存呢！”本是闺蜜间的悄悄话，但怎么都经不起文瑜的大嘴巴。她呱啦呱啦兴奋地扑过去搂住与涵的脖子，众目睽睽之下在她的脸颊上亲了一口，大声说：“姐，我同学说你风姿卓绝，沉鱼落雁，闭月羞花……”

“停！弄得我一脸口水，还有一个红唇印，等会你姐夫以为我断袖之癖呢！”与涵从坤包里拿出一张纸巾轻轻擦拭着，举手投足间尽显优雅。洁如感慨地对碧霞说：“大姐，女人活得这样才真的不枉为女人啊！淡定、从容、优雅都已集于一身了。”艳羡中流露出一丝悲怆。说话中，洁如不自觉地挺了挺腰，露出了笑容。回想起自己的青春年华，那时也曾经意气风发，也曾经千娇百媚，不时有同事打趣她：“洁如啊，从你身上，我终于理解了什么叫‘牡丹花下死，做鬼也风流。’”可是，如今的生活似乎把她打入了十八层地狱，永世不得翻身，从她脸上身上早已无法找寻出当年的模样了。

“我的大餐呢？我想吃小吃，不想再像上次老是和你去大饭店吃，一点意思都没有。”文瑜迫不及待地叫嚣着。“好吧，那我们就去三坊七巷吧！”碧霞听后，随即告辞表示要回家，文瑜不肯，强行拽着她的手不肯放开，与涵也热情相邀。推辞挽留中，最后与涵开着车带着他们来到了三坊七巷吃地道的福州小吃。车上碧霞自豪地介绍说三坊七巷是福州南后街两旁从北到南依次排列的十条坊巷的简称。这里白墙青瓦，结构严谨，房屋精致，匠艺奇巧，集中体现了闽越古城的民居特色，是闽江文化的荟萃之所，被建筑界喻为一座规模庞大的“明清古建筑博物馆”。下了车，走入其内，果然是别有洞天，两旁是古色古香的店铺，有卖字画的，有卖陶笛的，还有个微型的邮局，当然最多的就属小吃店了。

“福州的小吃蛮多的，但不知道你们爱吃什么？”与涵边走边问。回头一看，文瑜早已买了几串烧烤在大快朵颐了，丝毫不顾及形象。听到表姐的提问，来不及咽下嘴里的羊肉，文瑜嘟嘟囔囔说：“什么都可以，都爱吃！”与涵拿出一张纸巾塞到文瑜手里，瞥了眼说：“擦擦嘴，注意点形象行不行！你同学和朋友还在身边呢！也不怕孩子看了笑话！”身边的洁如早就笑弯了腰，俊铭被碧霞抱着，她揶揄好友：“与涵姐，她本来就没有形象嘛！没事，随她好了。”

与涵也笑了，然后指着旁边的小吃店，说起福州的特色小吃如数家珍：鱼丸、太平燕、鼎边糊、芋泥、线面、粿、春卷和焍油。文瑜听得一口哈喇子，洁如听得一头雾水。碧霞从旁看着这两个女子，不禁笑了，一个不谙世事，一个阅尽沧桑。

一路走一路吃，文瑜的嘴始终没有停下过，边吃还边抱怨："哎呀，洁如，你说你怎么那么好命：怎么吃都不会胖。哪里像我不吃都这么胖，严格来说应该是喝水都胖！"听着文瑜的牢骚，与涵忍无可忍地发话了："一路上都是你在吃东西，不胖才怪！你看看你同学才吃了多少，当然瘦了。你还好意思在这里边吃边叫的！"文瑜羞红了脸，自我调侃道："我只是说说嘛，说说都不可以吗？"

在洁如的坚持下，与涵开着车找了家离自己单位比较近的酒店：福州湖前大饭店。饭店离市中心仅一公里，周围景观有：西湖公园、鸟语林、国家森林公园。看着洁如稍显舒心的样子，碧霞松了口气，起身告辞了，嘱咐洁如有事尽管给自己打电话。洁如紧握着碧霞的手，久久说不出一句话。文瑜要留在酒店相陪，被洁如婉拒了，让她先去表姐家叙叙旧再说。

在心底，洁如感激着上苍，感激着让她和碧霞相识，不仅救了自己和俊铭的命，也给了自己重新生活的勇气！

第三卷

峥嵘

第一章 繁星

夜晚，天空中繁星点点，洁如抱着俊铭踱到了床边，天阶夜月凉如水。打电话给父母公婆说明了情况，老人家开始兴奋起来，犹如身处黑暗的地窖中的人忽然望见了远方一缕微弱的烛光。

与涵家，电脑前，文瑜正和五岁的小外甥智勇玩得天昏地暗，植物大战僵尸的背景音乐肆意叫嚣着，恐怖的声音充斥着整个书房。与涵生气地进了书房，把智勇一把拖回了客厅要求他练琴。自己则坐在文瑜身边，一手搭在她的肩上轻声细气地问道："文瑜，你同学孩子好像病得不轻啊！这么大了头还是歪斜着，看你们一直抱着恐怕应该是腿部没有力气吧。还有自始至终都没有听到他说一句话，只有发出一些单音而已。"

本来还玩得兴致勃勃的文瑜忽然就像一个被霜打蔫了的茄子一样，神情黯然，长吐了一口气说："姐，洁如很可怜，真的很可怜。俊铭出生前一个月前爸爸就车祸走了，他出生时患上了高胆红素脑病和脑积水，四个月又被确诊为先天性心脏病中最严重的一种。熬到了四岁做心脏手术时，又出现了神经系统并发症。姐，你说这孩子怎么就这么多灾多难啊！听碧霞姐说福州有个姓聂的军医是治疗这种脑病的专家，所以我们就来看一看。但是聂医生周三才回来，我们约的星期四，如果顺利的话我周五就要回去了，我只请了一周的公休呢！”

再淡定从容的人也无法沉静下去，身为人母的与涵摇着头眉头紧蹙地说：“哎，怎么那么事情都让她遇到了呀，小孩可怜，大人也可怜啊！怪不得洁如那么憔悴，她也够坚强的！对了，离医生到还有好几天呢，你们准备去哪里玩？要不我请两天假陪你们吧。带孩子去左海公园和动物园玩玩。还有啊动物园旁边就是福州儿童乐园了，可大了，孩子应该都喜欢的！”

文瑜高兴地撅着嘴说：“好啊好啊，我喜欢。上次来我只去了鼓山和国家森林公园，都没什么好玩的！有儿童乐园耶，下次带我家宝贝也来玩。”与涵看着身边这个只小自己一岁却永远长不大的表妹，再想想晚上见到的洁如，万千感慨，猛地羡慕起妹妹的纯真大度纤尘不染。

第二天，星期一早上，与涵把文瑜送到了洁如住的宾馆内，然后去上班了。与涵在美术馆里负责的是公共教育部美术策展互动设计和大型画展的接待事务。她本来想请两天假，结果只批了一天，因为周三在美术馆要举办叶龙新个人画展，画展规模不小，涉及了国画、油画和版画，可以说这是个全面的画家。叶龙新刚刚从中央美术学院毕业，正所谓风华正茂青春年华，据专家评价前途不可限量。

与涵满心抱歉地给洁如打了个电话，这时候的文瑜倒是显示出了懂事的一面，只是还在兴奋着明天要去儿童乐园玩的事。她横抱着俊铭抛上抛下，空中俊铭嘻嘻地笑着。洁如坐在床上，看着小宝儿和文瑜欢天喜地的样子，开始反省自己为何就不能有文瑜的心态呢？自从高中和文瑜认识后，她没有看过这个女孩有过哪怕一天的不快乐，每天疯疯癫癫，跑来跳去的，不管谁有困难都是冲第一个去帮忙，但是如果有人出丑了她也会趁机去揩油，似乎永远都是那么乐观积极向上。也许境遇会改变一个人吧，山顺水顺的她自然不会有太多的悲伤。不一会儿，洁如又暗自安慰起自己了。

星期二，在与涵的陪同下，洁如俊铭和文瑜来到了动物园和儿童乐园游玩。青山绿水、珍禽猛兽、转盘飞镖、飞机小船，应有尽有。洁如很久没有如此开怀了，当她抱着俊铭坐上小飞机在天空中俯视地面时，荡气回肠。冰冷的泪水和着风飘落而下，脸上却始终带着笑容，一种看透人间炎凉世事沧桑的玩味笑容。尽情地嬉笑欢乐，一天很快的过去了，俊铭累得在妈妈的怀里睡着了，睡得异常的香，甚至打起了呼噜流着口水。

身边的文瑜已经四仰八叉地睡着了，像是一个顽皮的大孩子。小孩子也睡着了，微笑着将小手放在嘴里，不时发出呵呵的声音，今天玩得太开心太激动了，连梦里都在笑呢。想着后天就要去找聂医生了，洁如既兴奋又有些忐忑不安，兴奋地是看到了希望，忐忑的是害怕希望的破灭。明天，与涵邀请他们去看画展，据说那个青年有为的画家会一同参加剪彩开展仪式。小时酷爱画画的洁如有点期盼明天的到来。

那夜，洁如也睡得很沉很沉。梦里她梦见了第一次上台领奖时她读幼儿园大班，得到了全市儿童画幼儿组一等奖，她梦见了三年级时，她拿了江西省少儿书画比赛的金奖，她还梦见了初二时她终于获得了全国绘画大赛的特等奖。那一次领奖下台后，她对父母说她想学习美术，想把它当做一生的追求。然而世易时移，在绝大多数父母眼中文化课总是最为重要的，高二文理分班的时候她在父母的劝说下放弃了考艺术类的梦想，梦想在那一年夭折了……泪水从眼角轻轻滑落，落到了枕头上成了一汪清泉。

第二章　画展

星期三，与涵开着车带着文瑜他们来到了福建省美术馆。馆外，红地毯绵延数十米，一个红色的充气拱形门上写着“叶龙新个人画展”，门上挂着些应景的小灯笼。文瑜看得直想笑，捅了捅洁如说：“怎么让我觉得像是娶亲的啊，一点都不像画展，忒俗气了点吧！”洁如没好气地瞪了她一眼，让她闭嘴。文瑜撇了撇嘴不服气地小声嘀咕着：“难道我说错了吗？本来就是嘛！”话没说完，发现头顶被敲了一下，回头一看，原来是与涵站在了她们后面。

叶龙新来了，乍一看去像是一个稚气未脱的大孩子，将近一米八的身高，黑框眼镜架在英挺的鼻梁上，瘦瘦的脸上却有着两个小小的酒窝。他一边和来宾们握着手，一边害羞地回着一句句赞赏之词。来的有领导，有老师还有一些同学。气氛随意却也隆烈。

九点，画展剪彩典礼开始。叶龙新和他的启蒙老师李芸，还有美术院里的导师翁立韬站在中间，两侧分别是领导和同学，当彩带剪断时，洁如莫名的泪眼朦胧，她抬头仰望天空。礼成之后，宾客散尽，都进去展馆里看展览了。洁如站在门外，仍然对着那个圆形的充气拱门发呆，怀里的小宝儿把手伸得高高地想去够那个吊着的红灯笼……

大厅内，一幅幅画有序地挂满了墙壁，有泼墨山水画、写意花鸟画、人物肖像油画、静物油画还有木刻版画和石版画。时而眼前出现的是萧瑟的秋景，转而却是浓烈明黄的向日葵，侧身时见到的是飞流直下三千尺的银河流瀑，面前晃过的却是十里长道的步辇图。最让洁如叹而观止流连忘返的莫过于那幅临北宋画家张择端的《清明上河图》。

在那长卷中，描绘的是北宋都城汴京清明时节的繁华景象。汴京作为当时政治经济文化中心，城中官府衙门、民居宅院、作坊店铺、茶肆酒楼，屋宇错落，，街上车水马龙，商业兴隆，热闹非凡。整幅画通过对汴京城内建筑、商贸、交通、人物几个方面的描绘，再现了北宋都城的一代繁华歌舞升平。从这幅长卷中洁如看出了画者的笔墨功力，随之也对自己小时自以为是的天赋产生了各种的鄙夷。文瑜读懂了洁如眼中的敬佩、羡慕、失落和淡淡的自卑。她接过俊铭，让洁如好好的去走一走看一看，自己坐到了走廊的长椅上。

这时与涵走了过来，神秘地俯到文瑜耳边轻轻地说："文瑜，你看那边会客厅里坐的是叶龙新的母亲，竟然是我们五楼邻居家老太太的三媳妇，家住闽侯，我也只见过一两次面。老太太以前曾经和我婆婆边晨练边说起自家有个的自闭症孙子，不会就是这个叶龙新吧？可是据我所知那个老太太只有一个孙子，而且他们叫他'小龙'，其他都是孙女呀。不会那么巧吧！叶龙新哪里有一点自闭症的样子啊？嗯，不可能，可能是我搞错了吧。"

文瑜睁着大眼睛，一脸茫然不置可否地问："姐，你向来都不八卦的啊，怎么今天这么八卦？还不快去工作，小心领导把你开了哦！"与涵捏了一下文瑜的鼻子说："你这个小没良心的，我是想知道如果真的是那样的话，可以介绍洁如和他们认识一下，看看人家母亲是怎么把孩子培养得那么优秀，也好给洁如一个力量啊，榜样的力量！”文瑜听了，伸出舌头做了个鬼脸，对与涵说：“好姐姐，那就辛苦你一下了，我哪里有没良心了啊。你快去打探打探吧！”

文瑜是个急性子，才二十分钟没见与涵过来便迫不及待地在会客厅前徘徊，不时探头探脑。与涵实在无法忍受，一把把她揪了进去。文瑜一手抱着俊铭，一手不好意思地摸了摸头，压低声音问：“你到底问了没有嘛，你也知道我急性子嘛！”与涵点点头没有说话。洁如高兴地大呼：“哇，真好，我们运气真好！”与涵拍了拍她头，生气地说：“你就不能小声点，以前的往事谁又喜欢提起，竟然说什么运气好！阿姨是听了我的话，很久以后才肯松口的。作为母亲都不容易，更何况有那样的过往！”与涵边说边把文瑜介绍给了叶龙新的妈妈严秀清，接着文瑜打了个电话把洁如叫了回来。

文瑜仔细打量着眼前这位年过半百的阿姨，觉得仿佛一个在深山里迷失了方向的人忽然发现了矮矮树桩上清晰的年轮。

第三章 暗涌

洁如接到电话，赶忙从画展厅往会客厅赶，刚刚走到门口，就被文瑜一把扯进了会客厅内，与涵看着文瑜那活泼的样子，忍不住摇了摇头，抿嘴而笑。她急忙上前把洁如从文瑜的“魔爪”下解救出来，带到严秀清面前，对洁如说：“洁如啊，你的事情，昨晚文瑜已经和我说了。”听到这儿，洁如有些诧异，扭头瞪了文瑜一眼，没好气地低声嘟囔了一句。与涵把洁如的头扳回来，说：“你别怪文瑜，她也都是为你好。这位是叶龙新的妈妈严秀清，她刚才独自坐在这里时被我认出来是我家邻居老婆婆的三媳妇，他儿子就是叶龙新。我想，你们可以聊聊天！”与涵不想挑破，看破但不说破是种胸襟。

洁如有些迷茫，叶龙新不就是今天这个画展的画家吗，那个年少成名现在风华正茂一片太好前途，被誉为书画界新星的那个画家么？自己是喜欢画画，可是和她妈妈，自己有什么话说呢？似乎看出了洁如的茫然，严秀清主动说：“你好，我是叶龙新的妈妈。与涵是想让我们聊聊孩子。”听到这儿，洁如彻底无奈了。她转头看看一脸无辜眨着大眼睛的文瑜，问：“你到底还把这事儿告诉了多少人？”文瑜吐着舌头冲着洁如猛摇头，忙不迭伸出手指比划着：“就两个，就两个。”严秀清看着这对小闺蜜之间的斗嘴，突然觉得洁如也没有文瑜说的那么压抑。洁如依旧不懂地摇摇头："阿姨，我还是没明白，您的儿子，是天之骄子，前途一片光明，可我的小宝儿他……"洁如沉默了，"我现在只求小宝儿能平安无事的长大，明天要去找医生看看，只希望能有一个不那么让人绝望的结果，仅此而已了。至于更多的，我早已断了那些个念头。"说罢，洁如自嘲的笑笑。"所以我说，我们也许能有话说，龙新，你看他现在和正常的孩子没什么区别，可小时候，不是一样也有过让所有人感到绝望的很长一段时光。每当他奶奶回想起过去时还常常抹泪，有时大家看到的都只是表象，其实光环散尽之后都会有些难以为外人道的苦楚。"洁如大吃一惊，难道这就是所谓的老天的怜惜吗？让自己遇到了一个又一个的奇迹。

严秀清看着洁如一副难以置信的表情，微微一笑，问了句："你看过《海洋天堂》吗？"洁如身子抖了一下，继而悲戚地说："看过，影片讲述了一个父亲倾尽所有，一生守护自闭症儿子的感人故事。2010 年的时候看过两次，那时俊铭三岁，每次看得我都是泪流满面。第一个场面就是汪洋大海中飘荡着一只孤舟，一个身患癌症只剩三四个月生命的父亲带着二十一岁大的自闭症儿子大福，孤独地坐在船上，无望地看着波涛浩淼的大海，最后牵起他的手一起跳入海中。因为当时孤儿院说大福太大，养老院说大福太小，那个父亲绝望了，觉得一起走也许才是解脱。虽然最后大福找到了托身之所海洋馆，但是仍然有着悲哀，毕竟是个民办的机构，万一倒闭了，大福又该何去何从呢？"忽然，洁如回想起前几天海边的一幕，不禁一阵筛笠般的颤抖。

秀清从包里拿出一张泛黄了的纸片，折叠处的褶皱已经被仔仔细细的粘好，横竖的折痕近乎要将纸片分成四段，岁月的无情即使在没有生命的纸张上也显露无疑，上面的字迹，虽已黯淡，依旧足以辨认。洁如情不自禁地走过去，凑近脑袋一看，居然是一张诊断书，“1995 年”具体的年月日已经有些难以看清，年龄栏里填了“5岁”，而病情详情那一栏里，几个龙飞凤舞的大字，让洁如有种莫名心痛的感觉，上面硕大的“自闭症”三个字，触目惊心。

严秀清又仔细地将那张纸小心地收好，“这张纸是小龙今年毕业回来刚还我的。上大学的时候我让他带去学校，我只是希望他在觉得自己不行，或者碰到什么困难的时候，看看当年那么大的坎都跨过了，现在更没什么好怕的了。我还记得那时候，龙新快要六岁才发现得了这个病，虽不是不治之症，但当时医生都觉得发现得太迟了几乎不可能治好，因为自闭症最佳治疗时间是六岁之前。现在想起，我都觉得不可思议，恍如梦中。”说着，严秀清也有些控制不住自己的情绪，经历千辛万苦走到这一步的母亲，纵使再看淡过去的经历，提起时依旧不想回首，依旧心潮澎湃。与涵连忙倒了一杯水递过来，道了谢接过，严秀清只是小抿了一口，“妹子，现在你信了吧?”洁如有些呆了，机械的点点头，“阿姨，能不能说说，这些年，你是怎么过来的?”洁如，有些不好意思开口，这样的问题，让人赤裸裸地把伤口揭开实在太为残酷。自己都不愿意回忆小宝儿的事情，推已及人，可洁如觉得自己实在控制不住，“阿姨，我……我觉得快撑不下去了。”洁如哭着走过去跪在了秀清腿边。秀清赶忙扶起她，拉她入座，娓娓道来。

第四章　诉说

1990年，闽侯县人民医院，伴随着一声有力的哭声，一个男婴呱呱坠地，孩子的哭声健康有力，虽然不至于出现古籍上所谓天降祥瑞，满室红光，并散发出奇异的香气，经久不散，可家里人，都对这个孩子充满了期待。商量了好半天，大家终于决定，给孩子取名叫龙新，龙是中华的图腾，寓意着龙腾虎跃，新，则是代表着这个孩子是个新的小生命。家里的长辈希望这个孩子，能够如当年梁启超先生《少年中国说》中所言，红日初升，其道大光；河出伏流，一泻汪洋；潜龙腾渊，鳞爪飞扬；乳虎啸谷，百兽震惶。小名就叫小龙。

不知不觉，小龙新一点儿点儿长大，睁眼、抓玩具、哭闹，学翻身、学坐、爬行，这些，小龙新都表现的和正常的孩子没有太大的差异，甚至有的时候，小龙新学的还要比别的孩子快上不少。大家都觉得，这娃儿聪明，以后肯定有出息，老人更是将“三岁看老”的话挂在嘴边，虽然这个时候的小龙新，只是个半岁大的小娃娃。

可严秀清的心里，总是有些隐隐的担忧，小龙新是长得快，可是六个月了，还不会像别的孩子那样依依呀呀的发声。她一度怀疑，自己的孩子，是不是个哑巴啊？可是每次带着孩子去医院检查，医生总是告诉她没事，有的孩子确实会发声比别的孩子晚。小龙新的表现似乎也证明了自己是个内向的小男孩儿，亲戚逗弄着小龙新的时候，孩子总是没有太大的反应，即便是自己和常年照顾他的奶奶逗弄，小龙新也很难露出一个笑脸。孩子应该只是不太爱笑，或者说比较安静。严秀清在心里默默安慰着自己，而老人则完全不在意小龙新的这些表现，甚至有些欣慰，不闹的孩子多好带，而且男孩儿，小时候安静一些长大了才不那么淘，既有男孩子的聪明又有女孩子的细心，这样的孩子最好了。老人常常抱着龙新喜上眉梢。听到家里的老人这么说，严秀清也觉得有些道理。

慢慢地，小龙新开始会爬，会走，会跑，会跳，但是走起路却很喜欢用脚尖。后来他开始展现出男孩子淘气的本色，时不时的自己躲起来一个人玩着小汽车，或者是抱着橡皮球在家里的大客厅或者楼下的草坪里滚来滚去，似乎除了开口说话有些晚以外，其他的都很不错。但是很奇怪的是他从来不去看人，不去直视一个人，哪怕是父母。而家里人似乎也觉得孩子说话晚挺好的，民间不都流传着说话晚的孩子老实，或者说叫做“大器晚成”，其实只要能够成器就好，早一点、晚一点，有时候不是那么重要，何况只是一个学说话的小事。

孩子的周岁宴，办的极其隆重，因为小龙新是叶家唯一的孙儿，家里的老人自是偏宠不已。虽然已是新时代，所谓重男轻女的思想远不如旧时那般明显，可老人的观念里总是还有些传宗接代的观念。周岁这一天，家里人早早地在宾馆定了酒店，三姑六婆七大姨八大姑的，把能请的亲戚都请了来，自己在福州的儿子媳妇孙女也都赶了过来。晚宴上还给孩子准备了隆重的抓周仪式。小龙新显得有些胆怯，当被抱出来的时候，刚刚学会咿呀开口的他明显有些发懵，不管秀清和他的爸爸浦泽怎么逗他，龙新都不肯看他们一眼，场面霎时有些尴尬，亲朋好友开着玩笑说这孩子脾气真是不小。好不容易，似乎是龙新适应了这个热闹的氛围，低头东抓抓，西摸摸，勉强随后抓了盒水彩笔。老人赶紧说好，这小子以后是个会念书的，继而催促着秀清把孩子抱了下去，害怕一会儿龙新闹腾起来失了自己的面子。

周岁宴上，龙新虽没有如他的祖父母期待的那般大放异彩，老人也不好强求，毕竟只是个一岁的娃娃。日子一天天过去，又过了半年，龙新已经一岁半了，经过秀清和浦泽没日没夜的在耳边念叨，小龙新终于很微弱的开口，叫了一声妈。虽然只是一个单音节，但是家里的大人都松了一口气。老人的注意力也从龙新学说话这事儿转移到了别的地方，毕竟子孙众多，而龙新的小姐姐们也慢慢的要开始上小学了。因为秀清是名老师有着寒暑假，所以老人也就往返于福州闽侯两地尽心尽力地照顾着三个小家庭。

第五章　端倪

小龙新的日子在无忧无虑中过得很快，大人每天单位、家里、市场三点一线的生活常常让人只记得今天是星期几而忽略到到底是几号，平淡无奇的生活虽然时不时会因为一些小事掀起不大的风波，夫妻之间也会因为柴米油盐酱醋茶的生活有些摩擦，但最后，还是只有自己的至亲才能真正的陪着一起看细水长流。也许，若不是家里老人的提醒，秀清和浦泽甚至都快忘了，马上就是龙新小宝宝三岁的生日。

这两年过的很快，浦泽忙着县里一家建筑公司的事，因为刚刚上任，所以很多的事情都还要重新整理结算，工作的交接并不像外人看来那般，只是简简单单的形式，有的时候甚至能拖上很长一段日子。秀清因为是学校教导主任的缘故，一心扑在了学校里，因此对于自己只有两三岁的孩子，夫妻俩更多的是把他交给老人。至多就是晚上回家带着孩子认认生字卡，帮忙洗澡，偶尔周末带孩子去公园荡荡秋千玩玩电动玩具，仅此而已。

长大了一岁的小龙新虽然慢慢学会了说话，但仅限于一个单音的发声，而且很难开一次口。夫妻俩有些难过，但家里的老人常常开解他们：“你们只要注意身体专心工作，孩子的事有我们就行了。龙新只是内向了点儿，没什么大事儿，等上幼儿园就好了。如果你们实在不放心，那么我们就带着孩子去多去楼下玩会儿，街坊四邻的孩子凑一块儿，自然就能一起玩儿起来，放宽心，哪来那么多毛病。”于是夫妻俩觉得老人带的孩子多，经验也多，也就放心的把孩子交给了老人。

三岁过后的小龙新，和所有的小朋友一样去了幼儿园，就在小区隔壁。孩子在幼儿园表现得很安静，虽然不至于像很多小女生一样从小会唱会跳，也没办法像男孩子那样跑得特别快，但他安静的性子却也招来了不少老师的喜欢。可是，每每当老师伸出手准备抱起龙新时，孩子总是扭着身子跑开。每天来幼儿园时，他看都不看老师一眼，更不会像别的小朋友那样，甜甜地问老师好，有时催的急了，就使劲挣脱跑开，弄得来送他上学的秀清好不尴尬。课间的时候，他也不和同学玩，上课时候，孩子要么盯着黑板发呆，要么就是自己一个人低着头摆动着衣服或者小手，老师叫他，他也常常和没听到一样。每当老师发了纸张让孩子们学折纸时，小龙新只是拼命地撕着纸，撕成一条一条，满地都是。不仅撕自己的，还把同学的抢过来继续撕，有时甚至尖叫不止。入园时老师的好感，逐渐因为龙新这样的表现消失殆尽，老师将龙新归为了性格内向但又调皮捣蛋的孩子。放学时，经常听到老师向来接他的爷爷告状，老人和老师彼此都不胜其烦，曾经一度老师携园长都想让龙新转学，但碍于幼儿园和秀清所在的小学有着千丝万缕的关系也只好作罢。

到孩子五岁多，快放暑假上大班前的时候，秀清再也忍不住了。孩子已经在幼儿园呆了两年，两年来从老师到同学，竟然没有人听过小龙新说话，小朋友们都在唱歌的时候他只是安静地站着或者坐着搭积木，目光在遥远的地方。如果不是孩子有时候会简单的叫一声爸爸妈妈，秀清近乎认为自己的孩子是失语症。而且秀清发现，一个人在家的龙新，总是喜欢用积木堆一座特别高的宝塔，然后堆完后再推到，不停的重复，或者是用五颜六色的水彩笔在家里的墙上涂上颜色，然后呆呆地看着，不管浦泽和秀清说过他多少次，他都不听，直至快六岁时，家里的墙已经是“五彩斑斓异彩纷呈”了。

真正引起秀清高度重视的则是一个周末。那天，秀清正在收拾屋子，家里的客厅早已让龙新这个小调皮鬼弄得乌烟瘴气，铺在地上的可拆卸的泡沫卡通地垫被龙新拿水彩笔涂得五颜六色，如鬼画符一般。地上、沙发上、客厅上都是玩具，小龙新一个人坐在客厅的角落里，安安静静得给自己的小汽车排队，然后再突然打乱。有些累了的秀清虽然烦了，但还是耐着性子的把龙新叫起来，收拾起那些玩具，龙新倒也听话，乖乖的把小汽车放在地上，看着秀清把他放在地上的那些玩具收进玩具盒。突然，龙新走到玩具盒边上，又重新把所有的玩具拿出来，接着又开始一个一个极其整齐的重新塞进去。秀清有些奇怪，只不过是和以前的摆放顺序有些不同，孩子啥时候如此固执？而当秀清为了拖地板把玩具盒挪开之后，龙新的反应更是激烈，他跑过去，把秀清推开，然后吃力的把自己的玩具箱拖回了刚刚被挪开的地方。秀清有些气急，孩子怎么这样不懂事，可当她又一次挪开后，她觉得情况有些不对劲了，孩子分明是随着心意做这些事，并没有故意捣乱的意思。秀清蹲下来，询问着孩子，解释说不会抢他的玩具，可龙新死死地抱住玩具收纳盒，就是不肯撒手。甚至，当秀清再次靠近时，孩子不住的往后退，不住的尖叫。

看到这一幕的秀清，愣住了，这是怎么了？孩子怎么会这个反应，看着极其无助却不肯让自己靠近的龙新，秀清第一次觉得如此的无力，她不知道要怎么办才好。她没办法安抚自己的孩子，就只能远远的看着他一个人缩在角落，不停哭泣。家人要抱的时候，小龙新不会张开双手也不会做出“伸手”迎接姿势，身体不会靠近抱他的人，更不会对大人微笑。

秀清甚至有些绝望，更加坚定了她带孩子去做个系统检查的决心，不能再这么下去，孩子肯定有哪里不对劲儿，这一刻，秀清突然觉得，自己责任重大。尽管第二天就是整学期上课的最后一天，也是期末考试的第二天，秀清一天都不想再多耽误，她心急火燎地打电话请求一位党支部书记帮忙巡考，这是她第一次如此惊慌失措，第一次觉得家比校来得重要。

夜晚，没有星星的夜空。

第六章 问医

早上起床后，秀清满腹心思地给龙新穿衣喂饭，瞒着公婆和浦泽偷偷地将孩子带去了妇幼保健院，她想咨询一下医生孩子到底哪里不对劲了，难道只是不说话，只是有时很执着吗？

八点，医院内已经各就各位了，导诊台的护士开始忙碌起来，不时有人来咨询应该看什么科室的问题。秀清来到了台前，指着叶龙新问着护士："小妹，我想带孩子问问医生，怎么都快六岁了还是不爱说话呢？我这种应该挂什么科？今天有没有专家门诊或者主任医师的号啊？"护士看了看龙新再看了看秀清，眼睛一转摇了摇头说："你就挂王主任的神经内科吧！""什么，神经内科？孩子只是说话迟了些，不怎么爱说而已，和神经有什么关系啊！"秀清有些着急，不由自主地提高了音量，成功地吸引来了很多人的目光，有不屑的，有同情的，也有鄙夷的，应有尽有。秀清一阵颤抖，是不是连旁人都看出什么来了，而自己还在自欺欺人呢？

反复思虑再三，秀清决定还是听从护士的意见，挂了神经内科，挂的时候还不断告诉自己："没事的，反正真金不怕火炼，花钱求个心安就是了。我又不是讳疾忌医。"进入王医生的诊室内，抬头就是一副巨型的横幅广告画：在一望无际的草原上，一个妈妈俯下身子双手扶住一个孩子的腰部，孩子伸开双手往前奔跑的姿势，旁边是一双手捧起一颗爱心的图案，上面写着“给特殊的孩子一片爱的天空！”秀清脑筋一转，冒出了：神经内科，特殊。她害怕，甚至有些恐惧，有种想逃离的感觉。只觉得那虽然只是几个字但却犹如磐石压顶，让人喘不过起来。

这时，王主任洗了洗手走了过来，看了看叶龙新，然后问了秀清一些问题：“你们平时叫孩子名字时他没有反应？孩子是不是很喜欢独处？孩子会不会常常用脚尖走路？到24个月会不会说两个字的句子？孩子以前学会的说话或者认字或者业已习得的技能是否有所倒退或丢失？”当秀清回答完所有问题后，她开始怀疑自己的孩子是不是真的得了自闭症。她仍不愿意相信，忐忑不安小心翼翼地问主任：“王主任，你看我这孩子是不是语言迟缓之类的啊？还是……”王主任又看了看叶龙新说：“这位妈妈，您可以先出去等一下吗？我还要单独给孩子进行测试，希望您配合！”秀清听完道了声谢赶忙走出门外。

门外，透过门上的玻璃，秀清看着叶龙新不停地用手比划着，甚至焦急地用头额撞着桌面，心疼不已，她想走进去把他搂进怀里，但门外负责叫号的护士一把拉过她的手臂，摇了摇头。门内，王主任一直保持着温和的笑容，桌上是一张摊开的纸密密麻麻写着什么，他拿着笔时而打勾时而打差，秀清打了个哆嗦，莫名地觉得医生手里的那只笔宛若判官的笔，那些纸仿佛成了生死簿。每打一次叉，秀清就觉得离希望又远了一步又一步。王主任坦言相告，根据他近几年到现在看过的书和案例来说，这应该是自闭症。而自闭症在中国来说还只是一个新的名词，虽然1985年就有了自闭症的相关定义，但是1993年才有权威医生诊断出自闭症。据专家所说三到六岁是治疗自闭症的极佳时间，转眼间却就要错过了。他问起孩子的爱好，秀清张开口想了半晌才说了：“搭积木和画画。”从未有这么一刻让她觉得自己是如此的失职，竟然不知道孩子爱好是什么，而且这个让医生谈虎色变的病居然因为自己的忽视而到了如此严重的地步，甚至都要错过了医疗的时期。想到这些，秀清忍不住当着王主任的面流下了眼泪，叶龙新熟视无睹面无表情地看着墙上的那幅画，丝毫没有注意到泪流满面的妈妈，看着身边的孩子秀清的泪水不停地簌簌往下掉。

王主任安慰着说：“据国外医学典籍写的是：儿童孤独症也就是自闭症是一类以严重孤独，缺乏情感反应，语言发育障碍，刻板重复动作和对环境奇特的反应为特征的疾病。早期发现，早期疗育，是可以补足自闭症患者先天学习能力缺陷，减少其不适应、破坏性行为的出现，并使其潜能得以充分发挥，自闭症如果能及早发现，及早矫治，对其病症的改善愈有帮助。虽然你发现得有一点点晚，但是请你不要陷入自责，更不要绝望。自闭症的致残率较高，也没有特效的药物，但不等于是不治之症，正确的教育和训练能够让孩子慢慢变得健康，回归了“普通人”的生活，当然也有的还是无法康复至生活自理水平。”

秀清只觉得头皮一阵发麻，不知道自己听进去了多少，当听到“生活自理”这四个字时，竟然悲从心中来，她忽然害怕自己百年之后，龙新怎么生活下去……她深深地咬着嘴唇，吸了口气对王主任说：“如果一切如您所说，那么我此生最大的心愿就是孩子有一天能自理自立，但如果真的不行的话，那么我宁愿他能走到我前面，那也是彼此的福分！人生最痛苦的事情之一便是白发人送黑发人，到了我这里，竟成了莫大的幸福！”

王主任听完别过头去，对着一片白墙，心痛无语。

第七章　煎熬

严秀清忘记自己是怎么从王主任的诊室里走出来的，她头脑一片空白，也忘记了叶龙新还在后面大步地追着她。“妈……”当歇斯底里的尖叫声传遍了整层三楼时，秀清才恍然大悟，原来自己走得太急了把孩子落下了。孩子的尖叫声简直可以形容为响彻云霄，秀清赶紧跑过去揽起已经坐在地上的龙新，她捂住他的嘴想不让他叫唤，可是猛地一下龙新狠狠地咬了她的手，竟然牙印下有浅浅的血痕，秀清顿时清醒了，疼痛终究让她清醒了。

终于把龙新哄好了，快到中午时分秀清把他送去幼儿园，然后决定独自一个人去江边走走坐坐。坐在江边的石椅上，望着闽江下游河水时而湍急时而缓慢，秀清的心一样难以平静。她有着深深地自责，对于学生她是耐心关心爱心所有的心都在那些孩子身上，而对自己身边至亲至爱的孩子却忽略了那么久，她无法确定是自己忽略，还是家里从来都不敢正视孩子的问题。是“讳疾忌医”这个词恰当地表现了全家人的心态，抑或是大家都把所有的事情往好处想呢?

秀清不敢回家，她不知道该如何向公婆谈起这件事来，大伯家的孩子马上就要小升初了，老人本想回去照看一年的，自己的父亲腰椎间盘突出无法行走，母亲一边照顾父亲一边照顾弟弟家尚在襁裸的孩子。婆婆说因为秀清是老师有寒暑假，而且幼儿园就在院子边，所以一狠心就决定下个月放暑假就回福州了。如今这事该不该告诉老人呢，秀清两难。她不想让老人太过悲伤，但又觉得以自己的心力不知是否能撑得过去。发呆了几个小时，也忽略了午饭后，秀清越想越难受，于是她壮起胆给龙新爸爸叶浦泽打了个电话。

“浦泽，我早上带小龙去妇幼看了医生，我和你都觉得孩子可能只是语言迟缓，可是主任他说，他说，他说小龙是……”秀清有些哽咽。正在开会的叶浦泽有些着急，不耐烦地说：“我正开会呢，他们说小龙怎么了，你就不能把一句话说清楚吗？”秀清哭了，含糊地说道：“他们说小龙得了自闭症。而自闭症最佳治疗时间是三到六岁。”说完这么简简单单的一句话后，秀清已经哭得上气不接下气。听着秀清的哭声，叶浦泽也慌乱了，拿在手里的大哥大有些发抖，声音也跟着颤抖起来：“你在哪里？我半个小时后开完会找你。你在原地等我！”当得知秀清在江边时，这个男人也无法再淡定了，草草地结束了会议，开上公司新配给他的车往江边赶去。

江边，已经出现了初夏的潮湿，有的孩子放学了趁机在江边捉鱼摸虾，秀清独自坐在长椅上的背影在夕阳的余晖下拉得很长很长，变得更加瘦弱了。那个女人一动不动地抬着头坐在那里，但看得出肩膀微微地颤抖着。叶浦泽走了过去，坐下，搂住秀清的肩膀，把她的头揽入自己的怀中。秀清顺势躺在浦泽的腿上，她觉得自己的世界几近崩溃，而浦泽则是保护她的那最后一道城墙，她把手指深深地掐入浦泽的大腿，她想紧紧地抓住这所有的希望，她希望浦泽就是那道坚不可摧的城墙。

叶浦泽轻轻摸了摸秀清的头，吻上了她的额头，握着她的手说：“不哭，咱不哭。我们先想想怎么治疗吧。医生只是说三到六岁是最佳时期，又没有说是不治之症，不是吗？我们没有理由自己先失去信心，也没有理由先自行放弃，不是吗？医生关于治疗是怎么说的啊？我们合计合计吧。”

秀清擦了擦眼泪，从叶浦泽怀中坐了起来，无力地靠在椅背上，看着残阳如血，似诉还泣。她恹恹地说：“现在主要问题是你爸妈要去大哥那里，我们该让他们知道这件事吗？我害怕妈她受不了这刺激，她那么爱小龙。”浦泽眉头皱了皱，松开握着秀清的手，把头深深埋在双臂里，久久地抬起头说：“暂时不说吧，我们先带小龙去治疗看看，如果，如果真的……那时候再说吧！你先说说医生是怎么说的吧！”

第八章 战火

秀清想了想，伴着依稀不完整的记忆，对叶浦泽说道："医生说目前还没有一种专门的训练法，因为它涉及特殊教育学、心理学、行为学、儿童发育发展心理学等。训练的目的是帮助孤独症儿童体验到与人交往的愉快感，提高他们在社会交往中的主动和自制能力。因此，要注意使他在愉快的交往活动中体验到完成一个课题的成就感，激发他乐意"主动参加"的内在动机，帮助他建立人际交往中"是"与"非"的概念。"叶浦泽听了后感慨道："原来需要那么多知识啊，看来以后我们要好好学习一下，多了解一下那些治疗的方法和知识。只是我们应该在哪里让孩子接受训练最好呢？医生有没有告诉你。"

秀清根据王主任说出的重点："孤独症儿童的早期干预与训练，一般分两种场合进行：家庭训练与专业训练。专业训练指的是让孤独症儿童到专业训练机构参加训练。在国外，专业训练机构一般设在民办残障中心内，或是专为孤独症设置的训练机构，专业训练始于三岁，持续到六岁，所以专业训练就是早期教育的第二个阶段学前教育阶段。在中国目前能够为孤独症儿童提供学前训练及早期干预的专业机构几乎没有。这种环境条件下，家庭训练成为主要的，家长作为要长期陪伴孤独症儿童成长的人员，须要同时担负起训练人员的职责。还有王主任说福州省立医院的李教授是这方面的专家，去年就曾挂职专程去北京取经呢！”

叶浦泽从口袋里拿出一支香烟，按下打火机点燃了香烟，开始痴痴地望着江面，直到香烟几乎要燃尽的那刻他还是一无所知。“啊！”秀清叫了一声：“浦泽，烟……”灼热的痛感让叶浦泽回过神来，扔掉烟头，狠狠地踩了几脚，继而又怅然地抱着自己的头了。很少看到自己的男人如此的失态，秀清愈发有种天要塌下来的感觉了，原本想依靠的城墙似乎也不是那么牢不可破了。

随着夕阳的最后一抹余晖落入江面，叶浦泽站了起来，做了几下扩胸运动，牵起秀清的手说：“我们回家吧。趁明天周末，我们带小龙去福州省立医院找李教授看看吧。别哭了，眼睛又红又肿的，老人家一看就知道了。”车内，两人各怀心思，一路无语。

到家了。一开家门，香气四溢。婆婆苏美秀正在厨房忙着炖茶树菇老鸭汤。公公叶立文正坐在沙发上远远地看着背对着自己在阳台玩的龙新。看到他们夫妻同时进来，老人有些诧异。等浦泽走入卧室换衣服时，叶立文转过头对秀清说：“你们两个怎么今天一起回来了？浦泽不是说晚上有应酬不回来吃吗？还有我下午去接小龙时发现他头额有些青紫，不知道怎么回事。老师说你快中午才送他去上学，早上你们去哪里了，今天你不用上班吗？”还没等秀清整理好思绪，公公的问题就像连环炮一样一个一个的问了出来。

“爸，我今天和别人调课了，早上带小龙去看医院看一下。主要是觉得他怎么这么大了还不太会说话……”秀清吞吞吐吐地回答道。这时，浦泽换完衣服拿着杯水出来了，赶忙接过话去：“爸，没事啦。小龙只是说话晚了一些，应该没什么大事啦。秀清只是为了心安才去的，真没什么事情！”叶立文看了他们几眼，略作思考后说：“如果真有什么事不要瞒着，大家商量会比较好。如果你们还不放心就上福州去看看吧。我给浦仁打个电话吧！”

听到父亲要给大哥打电话，浦泽刚喝下的那口水差点喷了出来，呛得连声咳嗽，拍拍胸口说：“爸，别麻烦大哥了。要不明天我和秀清带小龙去福州看看吧。”“开饭了，都杵在那里干什么，也不知道要帮忙！”婆婆有些不好气地说道。秀清连忙进了厨房帮忙端了菜盛了饭出来。龙新依旧不肯从阳台过来，浦泽走过去要拉他，发现整个阳台都是满天纷飞的纸屑，他又在不停地撕纸了。本来浦泽的心就很乱，现在更是气不打一处来，猛地把他拖了过来，操起旁边的晾衣架就是一顿猛抽，哭声骂声劝说声混为一片。当秀清把最后一碗饭端进餐厅时，看到的是这么一幕：婆婆坐在沙发上抹泪，小龙站在阳台上裤子耷拉在小腿处不停地哭，公公指着浦泽的鼻子正在大骂！

看着这么混乱的场面，秀清再也无法压抑自己的悲伤了，转过头进了卧室，关上门，扑到床上嚎啕大哭起来。

第九章　确诊

当所有人稍微平息了情绪后，洗完脸在餐厅各就各位的时候已经是晚上八点了。菜凉了，汤凉了，饭也凉了，只好重新热了一遍，开饭的时间自然而然的拖到了八点半。小龙新撅着屁股托着腮帮趴在沙发上，不理会所有人的叫喊，即便秀清要过去抱他，也被他狠狠地推了一把，然后再次尖叫。两个老人无奈地摇了摇头，满腹心思地给龙新盛了一碗饭菜，示意秀清去喂他。

看到秀清走了过来，龙新一下子从沙发上跳了起来，龇牙咧嘴地跑到书房，把傍晚刚堆好的积木全部推倒在地上，连柜子上摆放的他最喜欢的玩具车也不能幸免于难，完全一副八国联军进城烧杀抢掠的景象。秀清在门外按开了书房的射灯，但却不敢靠近，只好站在远处心疼地看着。本以为小龙会继续尖叫，没想到他停了下来，拿起了桌上的水彩笔随意抓了张白纸开始跪趴在书桌前安静地画起画来。书房昏暗的灯光下，小龙静静地趴着，没过多大会儿，面前白纸上出现的是一幅广袤无垠的草原的图案。秀清觉得似曾相识，想了许久才忽然记起那是早上在王主任诊室里看到的那幅广告画。那一刻，秀清觉得小龙仿佛是个天才，无论从着色还是从布局都非常的逼真，宛如面前真的是一望无际的草原。

一个静静地从远处看着，一个静静地不知疲倦地画着，浦泽食不知味地用筷子扒拉着盘里的菜。“谁教你挑三拣四的，不会好好吃饭吗?”叶立文生气地用筷子狠狠敲了浦泽手背一下。“爸，我哪里有嘛!”浦泽有些委屈，小声地辩解道。好不容易，小龙新画完了，可是秀清手里的饭菜又凉了。她只好走进厨房特地为小龙下了碗杂酱面。一顿饭总算解决了，累了一天的老人们回房去休息了，浦泽也带着龙新回了卧室，只剩秀清一个人在厨房里收拾残局。

一个不眠之夜很快就过去了，第二天一大早，浦泽和秀清就带龙新到了福州省立医院，找到了专家李教授。复查以后，结果自然是不言而喻的一致：自闭症。李教授说了可以通过药物治疗和训练治疗而得到改善。药物治疗医院是有的，分为中药和西药。但是训练要去相关的民办机构。秀清着急地问：“药物对自闭症有用吗?哪里有这种机构啊?”李教授回答道：“药物不是治疗这个病，而是用来改善孩子不良的症状，如情绪不稳定，多动，注意力缺陷，内向，躁狂等，才能在训练配合下，让孩子正常起来。而训练来说，就前年也就是1993年由孤独症孩子的母亲田惠萍倾尽所有在北京开办了第一家专业治疗自闭症的爱心机构“星星雨”，其他地区几乎都是空白。据我所知，我们省也是没有那么专业的机构的。”

浦泽有时较之秀清来说是细心的，他问李教授：“那请问我们在日常生活中有没有什么特别需要注意的?比如说食物还是玩具之类。”

李教授想了想，从抽屉的活页夹里拿出了一张纸放入复印机里复印了一份给浦泽，上面写着：一、不适宜吃的食物：1、谷类食物：主要指大麦、燕麦和黑麦等制成的食物，不包括大米和土豆等我们经常食用的食物。2、酪蛋白食物：由于自闭症儿童无法彻底分解牛奶中的酪蛋白，造成消化道内带有鸦片活性的短钛链增多，从而影响他们的症状，因此，控制自闭症儿童不吃或尽量少吃奶制品对他们来说是有利的。除此之外，还有鸡蛋、鲜奶蛋糕、奶酪、冰激凌、酸奶等食物也同样富含酪蛋白，家长应该控制其孩子对这些食物的摄入。值得提出的是，由于牛奶含有丰富的营养，因此家长在控制这些食物的同时，应注意补充各类替代品，如豆奶或蔬菜等。3、含色素的食物：硫酸盐对人体的消化功能有着非常的作用。如果人体的肠道内缺乏硫酸盐，那么消化道的可同透性就会增加，带着鸦片活性的钛就容易进入血液，自闭症患者的症状也将变得恶化。因此，在消化过程中，任何需要使用硫酸盐的食物都不利于自闭症患者的好转。无论是天然的还是人工合成的色素食品，在人体内消化时都需要硫酸盐，这些食品包括巧克力、彩色泡泡糖等。4、水杨酸盐食物：含水杨酸成分高的食物对自闭症患者有不良作用。因为水杨酸对人体的胃肠道有严重的负作用，会导致消化道的可通透性增加，这些食物包括橘子、橙、胡柚、番茄、柠檬等。值得提醒家长的是，阿司匹林也含有大量的水杨酸。因此，不仅应注意尽量避免给孩子吃这类食物，在孩子感冒发烧时也尽量不要使用阿司匹林。二、可食食物：1、自闭症患者平日多食粗粮、绿叶菜，有利于身心健康。粗粮：红薯、土豆、玉米、芥麦等。绿叶菜属于碱性，可中和饮食中糖、肉、蛋及代谢中产生的过多酸性物，可清除血中的毒物素。如：萝卜、青菜、油菜、芥蓝、菠菜、胡萝卜、花菜、甘蓝等。水果：果汁(原汁)、橘子、釉子、甘蔗、青梅、苹果、香蕉等。

秀清和浦泽两个头低着头仔细地看着，他们从来没有想到会有这么详尽的饮食禁忌。还没等他们全部看完，龙新已经从两个人的身体中间窜了过去，抢走了纸张，又开始撕起纸来。夫妻俩怒不可言，作势要打，李教授轻声拦下，又重新复印了一份，秀清赶紧折起来放进包内。这时，撕完纸后的龙新看到秀清把纸收包里时开始坐在地上猛哭起来。浦泽一阵烦闷，直接把龙新从地上拎了起来，两个耳光甩了过去，龙新安静了。大家都看得目瞪口呆，浦泽身手之敏捷让人无从拦起。

李教授生气地说道：“你不能这样粗暴的对待孩子，暂且不说他有没有患病。对于普通的孩子我们都要求家长要耐心，更何况是目前情况有些特殊的孩子呢？你生气我可以理解，但是这种做法希望以后不要再有，那样是很不利于治疗的。孩子恐怕以后又多学到了一种理念叫做‘以暴制暴’，这样就违背我们的初衷了。”浦泽听了羞愧地低下了头，连声道歉。接着就什么是自闭症和该如何治疗，他们开始展开了讨论，李教授耐心地给出了全面的意见。

第十章 古道

有龙新在身边，他们谁都觉得无法进行很好的交谈，因为不知道什么时候小龙会继续发作继续尖叫。由于刚才小龙在地上打滚衣服都脏了，秀清从奶奶随身给小龙带的书包里翻出新的衣服准备给他换上时，发现书包里有一盒水彩笔。这时，小龙看见了水彩笔，开心地抢过来抱在怀中，嘴里嘟囔着："哇哇的。"秀清听出来了，孩子是说这是他的东西，看到水彩笔她眼前一亮，给小龙换完衣服后，她向李教授要来了一张白纸，让小龙独自坐在桌前画画。秀清觉得只有小龙在画画时外面的世界才是安全而宁静的。

李教授瞄了一眼神情专注的孩子，开始对着这对焦急万分的家长说："自闭症是一种严重的神经科疾病，在我国是1985年开始正式提出和介入的。自闭症是现代社会中发病率越来越高，越来越为人所重视的一种精神和心理上的疾病，自闭症的治疗要遵循一定的原则进行。而这原则第一条便是以人为本，先以孩子为本，但也要以家长为本。"

听了这话后，浦泽回想刚才粗暴地打孩子，讪讪地笑了，有些局促地问："如果以后孩子情绪失控无法平静时，那我们该怎么办呢？"看着浦泽的表情，李教授笑着故意有些调侃气氛地说："没事，知错能改，善莫大焉？比如下次你再遇到孩子无法平静时，预防是最好的方法。因为当你学会识别和避免行为问题以后，处理将变得更加容易。然后要仔细观察哪些因素是触发行为问题的导火线，必要时列一个清单做详细的记录，看看能否从中找到规律。最重要的是尽可能的转移孩子的注意力。唱歌、散步、做鬼脸，或其他让孩子发笑的动作。最后当他表现出恢复平静的迹象，你们就应该表扬他，让他知道那样是对的。并且给他提供单独时间和空间。你看他画画的时候多专注啊，不仅专注，而且应该说画得非常的好，超越了很多的同龄人，在画画时他的头脑思维都是清晰的。”

书到用时方恨少，这是浦泽这时最真实的思想。他聚精会神地盯着李教授，说了句：“听君一席话，胜读十年书！”李教授被浦泽有些孩子气的样子惹笑了，敛色继续说道：“孩子的情绪本来就不稳定，不仅对于种种突发事件家长要冷静对待。而且作为家长在以后孩子的学习生活中都不应根据自已的意愿强迫孩子，应该为孩子创造一个宽松愉快的学习环境，从孩子的兴趣入手正确引导，才会使孩子进步。而且教育这些特殊孩子就应以生存本领为核心。生存本领包括很多，不仅是劳动，他还需要很多朋友，需要一些群体，否则他不可能在社会立足。所以我们的孩子首先要有基本的生活自理能力、社会行为规范能力及社会交往能力，其次才上升到学习文化知识，掌握劳动技能的层次。”

听完后，浦泽和秀清连连点头，觉得受益匪浅。秀清有些茫然地问了一句：“为什么要以家长为本，不是应该以孩子为本吗？”李教授摇了摇头说：“不是这样的。倘若家长自己都没有一个好的身体和正面的情绪，那么怎么可能让孩子拥有一个很好的生存生活空间呢？家长应拥有属于自已的时间和空间来舒缓压力，调节情绪。因为孩子占去了我们太多的时间和精力，有了一个这样的孩子，我们社交圈子也没有了，朋友来往也少了，兴趣、爱好都改变了。所以我们更应该不时地缓解自己的压力，那样才能保持一个好的心态来引导帮助孩子长大。”

秀清听完后接了一句："心态很重要！"李教授颔首了一下说："是的，其实在很多所谓疑难杂症的疾病面前，除了必要的药物外，心态起了一个决定性的作用。曾有人批评过，说这是唯心论。但是很多案例事实都表明心态真的很重要！如果我们在疾病面前都泄了气，放弃了，那么吃再多的药也是枉然。现在我们开始来说说药物治疗和训练治疗的问题。"

李教授接着说："自闭症的治疗理论上可以分为中医和西医。但目前我们还没有发明出一种比较有效的药物，现有的药副作用很大，一般要谨慎。而中医治疗所采用的治疗方案主要有经络穴位按摩、针灸、中药等。他们在正确辨证的基础上，拟定合理的穴位配方，结合丰富的按摩手法，收到了比较理想的治疗效果。不少轻微症状的孩子经治疗后，能够进入普通学校学习，逐步融入正常儿童。至于感统训练是指基于儿童的神经需要，引导对感觉刺激作适当反应的训练，此训练提供前庭（重力与运动）、本体感觉（肌肉与感觉）及触觉等刺激的全身运动，其目的不在于增强运动技能，而是改善脑处理感觉资讯与组织并构成感觉资讯的方法。这些都是理论上的知识，但现在在实际应用中还鲜有人尝试！"

说完后李教授喝了口水，回头望了望小龙新，他的画也接近了尾声，图面上画的是一年四季，没有文字，但是从万物复苏到百花齐放直至落叶满地寒梅傲霜看出了这是一年四季。李教授看得有些出神，他感慨道："我孩子上小学三年级都没办法像他画得那么好，简直可以说是神了！我觉得你们不妨就这一方面进行培养，不敢说一定学有所成，但至少能让他安静，修身养性吧！至于其他更多的信息，你们有空也可以去看看相关的书，多知道一点不错，但切记对号入座，增加无谓的恐惧。不过事实上这方面的书还是不多的！"

第十一章 苍凉

对着李教授千恩万谢后，浦泽和秀清带着龙新坐上大巴回家了。原本二十几公里大约也就一个小时的车程，此时在他们眼里却是何等的漫长。他们害怕，害怕半路龙新又会像四岁那年在车上大哭大笑，又会失控尖叫，引来众人侧目。他们也害怕人们那种像一束束飞过来的钢针一样的目光，灼灼逼人。

幸好他们害怕的事情没有发生，龙新双手捧着自己的画足足发呆了一个小时，没有撕纸，也没有大哭，只是一直傻傻地笑着。旁边的人对于一个总是呵呵呵呵笑的男孩还是抱着宽容的态度，毕竟这种音量并不能称为噪音，更何况孩子是在笑，总比哭来得好，不至于让人渗得慌。只是邻座有个老太太好奇地问："到底啥事啊，把这娃乐呵成这个样子啊？"浦泽打着哈哈敷衍了过去，老太太也就没有多问，靠在椅背上打起盹来。

回家后，叶立文汲着拖鞋从卧室里小跑了出来，见面就问："怎么样？医生怎么说的？"秀清没有应话，浦泽淡淡地说了句："没事，只是说话晚些而已。医生让我们在画画方面多培养他一下。你看，小龙画得多好啊，连医生都夸奖呢！"老人又仔细盯了浦泽的眼睛一会儿，看不出有什么异常，侧眼看了龙新手里的画，也不禁说道："嗯，画得是不错。估计别人都看不出是五岁多孩子画的呢！人家都说说话晚的孩子爱动脑筋，聪明着呢。是吧？"老人有些得意。

疲惫的夫妻俩勉强笑了笑进了卧室，龙新又跑进书房搭起了积木。晚饭后，各自无语，老人们依旧看着电视，龙新一尘不变地拿着画笔乱涂乱画，小两口心事重重地一个心不在焉地备课，一个在阳台上抽着烟，烟雾缭绕，心痛难平。

秀清满脑子都是想等到天亮好去图书馆查些有关自闭症的资料。只是县里的图书馆还是小了些，于是她决定去福州市的图书馆看看。浦泽因为第二天有事只好打电话给哥哥浦仁，让嫂子碧莲带着秀清去逛逛，可是又不敢明说，只好说是秀清要查些教学的资料。小两口背对着背各怀心事，漫漫长夜显得愈发长而清凉了。

星期日，在嫂子碧莲的带领下，秀清来到了图书馆，不仅因为是大城市，而且也因为是省会，图书馆的规模自是恢宏的。秀清也算遇上了时机，那年作为市政府为民办实事十件大事之一，新建了一幢六层综合性大楼，座落于台江区广达路茶亭公园南侧。碧莲本是要想陪，可是忽然接到娘家弟弟的电话说有急事要先过去一趟，把借书证给了秀清就直接先行离开了。碧莲的离开反而让秀清觉得舒了一口气，她觉得至少看书找书不用再偷偷摸摸了，于是便也大大方方地寻起书来。不一会儿，她的面前便垒起了一座小山包。

秀清一页一页缓慢地翻着书，越看越觉得冷汗直流。她终于觉得世界上有一种感觉叫苍凉，如同长安古道落日余晖下茕茕孑立形影相吊的苍凉。

秀清拿起笔认真地抄着：儿童自闭症又称为孤独性障碍。是一种较为严重的发育障碍性疾病，1943年由美国精神病学家Kanner首先报道，称为“孤独性情感交往紊乱”。目前统一命名为儿童广泛性发育障碍(简称PDD)，在PDD的名称下，包括了儿童孤独性障碍、阿斯伯格综合征(简称AS)、广泛性发育障碍未注明(PDD-NOS)、Rett综合征和儿童瓦解性精神障碍。其临床特征为交流障碍、语言障碍和刻板行为三联症。到目前为止，自闭症的病因仍不明了。不过越来越多的证据表明生物学因素(主要是遗传因素)和胎儿宫内环境因素在孤独症的发病中有重要作用。其他因素包括免疫因素、营养因素等。综合有关研究，目前认为它是由于外部环境因素(感染、宫内或围产期损伤等)作用于具有孤独症遗传易感性的个体所导致神经系统发育障碍性疾病。

假如把“治好”理解为医学上所指的“治愈”，即患儿不再有孤独症，改变大脑的生理结构。从目前国内外研究与临床资料来看，通过训练完全“治愈”的几乎没有。但是经过坚持不懈的训练和矫治，达到能够进行生活自理，甚至是独立生活并展示出良好的发展状态的个案是不少，但比例确是极少的。

接下去看到了唯一一本纪实小说，描写几个自闭症孩子的故事，心酸心痛无奈成了书的主旋律。据说只有百分之二十五的孩子能够在社会上靠着一技之长自立，但也有的终身无法与人交流，自理都没有办法更谈不上自立了。面前的本子上渐渐晕染开了一朵朵墨花，秀清忍不住潸然泪下，最后只好趴伏在桌上，肩膀不停地抽动着。这时手机一阵震动，惊醒了悲伤中的秀清，擦干眼泪，她起身到室外接起了电话。

电话是浦泽打来的，讲述了他去单位上网查出来的结果：国内只有北京的星星雨是专业的机构。而北京，看起来却是那么的遥不可及。而且星星雨也才刚开不到两年，是否有足够的经验和能力让孩子渐渐好转呢？据说1993年，当星星雨成立的时候，中国仅仅有3名权威医生诊断过自闭症。在教育领域，无论是学校还是医疗机构，都没有一家机构能够给自闭症儿童提供服务以及相关信息。

秀清思虑再三，决定一放假就坐火车去北京，她想去看看“星星雨”，她想知道有关自闭症更多的信息。回闽侯后，她害怕老人担心只好撒了谎说过几天自己要去北京出差几天，老人便也只好顺延半个月回福州浦仁家了。

第十二章 北上

1995年7月6日，秀清永远记得这个日子，她踏上了北上的列车，虽是盛夏，却感觉不出周围的热浪，心里是冰冷的。虽然有期待，有梦想，但秀清心底里知道她想要的龙新的健康此时如同水中月镜中花一般，虚无缥缈。

三十三个小时的火车，秀清觉得漫长无比，每当车子经过隧道而迎来短暂的黑暗时，她身子总是不经意地颤抖了一下，从未如此害怕黑暗，她不断地告诉自己，这是黎明前的黑暗，当守得云开见月明的时候，龙新必定是天之骄子。但也有一股声音从心底悄然而起，那就不断地嘲讽着她的自欺欺人。

天蒙蒙亮了，一轮太阳若隐若现地从地平线上升起的时候，秀清到了北京，这是她第一次到北京。曾经多少次她为书中的北京所倾倒，沉迷于那中华五千年深厚的文化积淀，年少时也曾魂牵梦萦，想到首都到那个万人敬仰的皇城根下去走走逛逛。如今可以说是梦圆了，毕竟自己到了北京，然而来的理由却是那么的沉重，甚至在她看来是有些荒唐。

北京，举目无亲，四处飘零，这是秀清第一次踏入这个城市的最初感觉。因为人生地不熟，她发现自己的想法委实来得幼稚了些，在满是京片子的地方，她连续问了十几个人，中年人老年人都问遍了，依旧没有人知道。站在陌生的大街上，身边人潮涌动，自己像是被推着行走，当人潮散尽时，她发现自己站在一个十字路口，路口的北方向是一间治安亭。她怀揣着最后的一丝希冀来到了岗亭，问了问题。天无绝人之路，也许感动了上苍，其中一位刘姓民警正好知道“星星雨”这个机构，缘于自己邻居家有那么一个自闭的孩子，前年曾经去过一段时间。他告诉秀清：“创办者田惠萍争取到了北京西郊培智学校免费提供的两间平房作为教室和宿舍，1993 年正式创办“星星雨儿童研究所”。”然后刘警察把详细的地址和路线图写给了秀清，秀清拿着那一张薄薄的纸张，止不住颤抖的手，不停地说着：“谢谢，谢谢！”伴着滚烫的泪水滑落。民警们看着她婆娑前行的背影，无奈地摇了摇头。

倒了五次车后，秀清终于到了北京西郊培智学校，远远地望去和农舍没有什么区别，都是矮矮的平房，除了院子里有着一支旗杆和一面高悬飘扬的五星红旗。门口的校名牌匾是木刻的，上面的字已经被岁月磨去了痕迹，淡淡的印痕和斑驳的木匾仿佛在诉说着这是一处荒无人烟的地方。

进了院子是一处门房，里面有着一位老大爷，老大爷饱经沧桑的脸上如刀刻的皱纹下挂着如父般的笑容。他对秀清招了招手，问道：“姑娘，你找谁啊？有啥事吗？”秀清向老大爷点了点头，礼貌地说：“大爷好！我是来看看‘星星雨’的，好像就在这院子里，是吗？”老大爷笑容有些凝固，颇为沉重地说：“你是找小田是吧？可是她在这里三个月就搬走了。我让我孙女告诉你新地址吧，她有一段时间在小田那里做义工呢！现在陪我留守在这小学校。唉，都没有老师要留下来。”说着老大爷从门房里走出来，一手扶着略微有些驼背的腰，秀清赶忙跟了过去。

“小莉，出来，问你个事情！”老大爷招呼着课间正和孩子们玩耍的孙女。“你知道小田老师搬去哪里了吗？”“哦，爷爷，听说田老师已经换了好多地方了，哎，现在也不知道具体地址在那里。我有她的电话，我打个电话问问吧！”转身进了办公室，小莉接通了电话记下了地址然后告诉秀清。看着秀清欲言又止的样子，女孩也不好多问什么，顺便把自己和田老师的电话都留给了她。秀清道了谢后有些悻悻然地告别了，她再次回首这个破旧的小学校，颇为感慨。

按照女孩给的线路，倒了三次车到了中午十二点半总算到达了东郊的一个偏僻小院子里。田老师接到电话后，站在路口等候。她留着短发，外表看似干脆利索地迎了出来，虽是第一次见面，但秀清总觉得从这个女子身上读出来坚毅隐忍和乐观。对于田惠萍她知道的并不多，只是知道她也有一个患有孤独症的儿子，除此之外一片空白。近在咫尺的一个女子给了秀清太多的震撼，虽然此时的田惠萍只字未说。秀清原想自闭症孩子的母亲一定也如同自己一般潦倒，不说哭天抢地，至少也应是眉头紧锁没有笑容的。没想到眼前的这个女子有着那么一种气质，宛若身上放射出了光芒万丈，别人需掩目才可对视。

“这位妹妹找我有事吗？”田惠萍的声音甜美婉转如同黄莺。严秀清羞涩地点了点头。“那我们进去说吧！”拐了几个弯后，终于到了“星星雨”。

第十三章 寻觅

田惠萍把严秀清迎进了办公室内，隔壁二十几个孩子正在三个老师和两个阿姨的照顾下睡午觉，从窗外望去，有的还在闹腾着，有的痴痴地盯着天花板，仅有少数几个安静地睡着了。

严秀清言简意赅地把龙新的情况告诉了田惠萍，她想知道该如何帮助孩子，也想知道“星星雨”是怎么办起来的。她腼腆地问起了田惠萍的过去，问的时候小心翼翼，充满了莫名的愧疚。

田惠萍依然笑容满面，谈起过往来虽有时有些哽咽，但没有泪花，相反地仍然保持着恬淡温情的笑容。她一边翻着桌上的笔记本，一边对秀清说：“1988 年我在德国学习两年后回国任教于重庆工程学院，这时发现两岁多的儿子从不和别人说话，而是自言自语，自得其乐，并且很厌恶别人接触他，别人对他发出的任何信息都得不到反馈。当辗转再三最后得知孩子得的是自闭症时，这是我第一次听说这种病。当时，我首先想到的就是儿子无法再跟健全人一样去上幼儿园，更不可能达到学龄后去读小学了。1989 年，不满 4 岁的儿子被确诊患有“孤独症”，也就是自闭症。我当初也有一段时间萎靡不振颓废得不想见任何人，但最终决定为了孩子和家庭我必须振作起来。可是当时国内并没有专门为孤独症儿童设立的学校，然而，孤独症患儿却必须得到特殊的教育和训练。我思想斗争了很久，决定要为这些孩子们做些事情。1993 年 3 月，我辞去重庆的工作来到北京，在一家幼儿园任教师。在我的请求下，幼儿园曾收治了六名自闭症儿童。但因为那不仅不能带来经济利益反而要花更多人力物力财力，两个月后，我被解聘了。我想了一段时间后，决定自己创办一所教育孤独症儿童的机构。随后，北京西郊培智学校免费提供给了我两间平房作为教室和宿舍，正式创办“星星雨儿童研究所”。“星星雨”的命名，一是取自美国一部讲述孤独症患者的电影《雨人》，二是因为台湾人把患孤独症的孩子昵称为“星星的孩子”。那时，我只是简单的想通过对孤独症儿童的治疗和教育来呼吁社会关注孤独症患儿，了解并接受孤独症儿童和其他残疾人。“星星雨”在培智学校仅维持了三个月，经费的不足，让我们经历了一次又一次无奈的搬迁，现在这个地方我们也是刚搬来四个多月，所幸我遇到了很多好心的志愿者，比如刚才你遇到的小莉。”

看着面前这么一个坦然淡然说起痛苦经历的女子，秀清唯有由衷的佩服。她问道：“这些自闭症的孩子一般有怎么样的行为，我们又该如何训练呢？我实在没有你这份勇气与决绝，可以放下现实的很多东西把他带到这里。你介意和我说说吗？”田惠萍还是嫣然一笑说道：“妹子，你说的什么话啊，我哪里会介意呢！你有你的顾虑和现实，那也很正常的呀！”拿起桌上的杯子抿了口水，她继续说道：“孤独症孩子的作息和我们是完全不一样的，他们睡眠时间较少。当你想要睡觉的时候，也许是他兴奋的时候。很多孩子还经常无缘无故地大闹，最可怕的是自残，我们必须无时无刻地盯着他们，以确保他们的安全。生怕他们有一个闪失，酿成不可挽回的悲剧。我们这里的训练通常是鼓励好行为，矫正坏行为。那些可能会给自己或他人带来伤害的行为我们都会极力阻止和矫正。而其他的行为举止，只要不是原则性我们则通常都表示理解并默许吧。目前，“星星雨”将更多的精力放在了对幼年孤独症患儿的教育培养上。“对孤独症患者来说，幼年的学习和训练，对加强其对社会的适应性，培养与家长和社会交流相处的能力，都是非常重要的。其实外国很多自闭症患儿的教育养护都采取开放的形式。但是我们却做不到，因为很多现实。但我们一定不会放弃，一定不懈努力。”

说完后，田惠萍第一次仰起头，复又低下，咬了咬嘴唇，自言自语地说：“他们看得到却不愿和你对视，他们会说话却难以与你交流，他们听得到却总是充耳不闻，他们有行为能力却总与你的想法背道而驰。我们把这样的孩子称为‘星星的孩子’。这些孩子犹如天上一颗颗的星星，在墨蓝的天空中他们独自闪烁。他们始终沉浸在自己一个人的世界中，那里有着无垠的蓝天白云大海与欢歌笑语。”

在这小小的办公室内，秀清环顾四周，看到的只是简陋的桌椅，连书柜都是用一层层木板钉在墙上的。但是白墙的四周贴满了由花草虫鱼等卡通组成的一个五彩缤纷的梦想的世界，有蓝色的天空，蓝色的海洋，绿色的树木，绿色的草地，火红的太阳，火红的鸡冠花，紫色的风筝，紫色的薰衣草。秀清仿佛置身于一个童话的世界，但她不理解为何要把每个事物弄得如此的井井有条，如此的一板一眼。惠萍似乎看出了她的疑问，笑着说：“自闭症的孩子们的世界就是如此的墨守陈规，他们喜欢如此的童话王国，我原来把这些画贴成错落有致的色彩搭配，可是绝大对数孩子还是指指点点，依依呀呀地把他们揭下来重新贴好。后来我终于知道这才是他们内心的世界，不可改变，无可逆转，始终如一。当然不排除有的孩子不会让人接触会有格格不入的感觉，但那样的孩子毕竟在少数。”

隔壁孩子噪杂的喧闹声渐渐地减弱下来，陆陆续续隔三岔五地有老师进来吃饭，然后又匆匆地回去照看孩子。这时，秀清才觉得自己也的确也有些饿了。田惠萍体贴地去洗了个碗，帮秀清盛了一碗咸饭。咸饭的色彩可以说是五彩斑斓，有绿色的豌豆、红色的胡萝卜、白色的虾米、黄色的腊肠、紫色的茄子，看得秀清胃口大开，她用勺子舀起一勺放入嘴里，着实觉得好吃极了。午饭的汤是紫菜豆腐汤也颇为爽口。

趁田惠萍去洗碗的时候，秀清看到了桌上翻开的本子扉页上写着一首诗：

有人说，
你们像星星的孩子。
我想知道啊，
你的世界在哪里？
你们像雨点一般，
从天边落下，
来到我们的身边，
闯进我们的生活。
让我告诉你，
这个世界也很美丽。

简短的小诗让秀清有些动容，她发现现在的自己无比的脆弱，或者是说无比的多愁善感，一点小事就能令她哭泣。身后，田惠萍静静地站立者。

第十四章 大爱

猛然转头看见田惠萍看着自己，秀清不好意思地低下了头，声音极低的嘟囔了一句：“对不起，我刚看了一下这首诗。是写在开办‘星星雨’的时候吗?”田惠萍拍了拍她的肩，轻微搂了一下说道：“没事的，我只是想给那些自闭症的孩子一点希望，给那些家庭一点希望。”

秀清望着始终笑容满面的田惠萍有些感慨，她觉得她从来没有看过一个母亲在孩子的病魔面前能表现得如此淡定从容，甚至如此笑容可掬。田惠萍让人看到了一种快乐的力量，一种乐观的力量，这是很多常人所无法具备的。这时，一个男孩一跳一跳地进了办公室，没有任何一句话就把田惠萍拉起来往外走。田惠萍坦然地介绍说：“这是我儿子。”然后她蹲下来单脚跪在孩子的面前，轻轻扳过孩子的头温柔地说：“妈妈现在有话和阿姨说，你能先出去玩一会儿吗?”话重复了三遍，最后田惠萍在杨弢的头额上亲了亲，于是孩子又一跳一跳地走了。当田惠萍跪下的那刻，秀清觉得自己震惊而且是被震撼了，毕竟家里从来没有人蹲着和孩子说话，更别提是跪着了。田惠萍解释道：“跪下来与孩子进行接触，这是与他们一起快乐，要爱他们，这就是肢体语言，这样孩子会觉得你尊重他!”

当严秀清还想问些问题的时候，田惠萍的电话响了，据说外面来了几家报社的记者，想要采访田惠萍，原定在后天，但因为田惠萍临时还有公益活动要参加，只好今天来了，秀清暗自觉得幸运。采访开始了，首先有个记者提问：“能给我们讲讲你和儿子的故事吗?”

田惠萍用手把头发拢到了耳后，开始娓娓道来：“我每次遇到任何挫折时，都会抱着儿子对他说：你一定要让妈妈好好活着，因为你就是我最大的精神支柱。最早是幼儿园老师发现孩子不会交流，而且老师教的东西，他几乎不懂，上课经常离开座位，毫无表情和要求……每次我问孩子，“今天你在幼儿园开不开心?” 孩子会四下张望着自言自语说“开不开心?”问他“在学校吃了什么?”他也只会重复着说“吃什么”。他仿佛一直生活在自己的世界里，经常自言自语，自己唱歌，他会模仿别人说话，但不会用自己的语言进行交流。直到 1989 年秋，我带孩子去看儿科精神门诊部的医生，医生简单问了几句，就说：“你儿子患上了自闭症，很重，成年后生活怕是难以自理了。”

那晚，我觉得自己的世界里狂风大作，大雁哀鸣。我把安眠药碾碎放进粥里，先盛了一碗给儿子，又给自己盛了一碗，当儿子准备喝下粥时，我哭了冲过去打掉了孩子手里的那碗粥，“孩子，妈妈对不起……” 抱着儿子，我撕心痛哭，太多的不舍。

一年后，孩子的爸爸无法接受自闭症儿子，提出离开我和孩子。我无可挽留，心死了亦不想挽留。婚姻的破碎，让我感受到了前所未有的打击……一度，几近崩溃。绝望的我有时会声嘶力竭地骂孩子，有一次，当我面对孩子答非所问时，生气悔恨至极的我卷起床上所有的东西，向站在地上的孩子砸了过去……

还有一次，我带着孩子走在街上，一辆大公交突然冲来，我下意识地拉了一把孩子，但是只抓走了孩子手里的零食，孩子仍然站在原地，我顿时眼前一黑，“完了，孩子……”，只听见一道急速刺耳的刹车声，当我睁开双眼时，看到了公交车斜顶到路边，司机和路人全吓傻了。那刻，我想既然老天都要孩子活下去，我又有什么资格带他走呢？从那天开始我下定决心，要让孩子活下去，让他好好的有尊严的活下去。这其中的艰辛，如人饮水，冷暖自知。

那个记者接着问：“是什么情况让你决定办一所治疗自闭症的机构？”

田惠萍吸了口气，缓了缓说：“1992 年底，我决定带孩子到北京做医疗上的最后一次尝试，住进了北京大学第六医院，这是全国知名的精神病医院，在那住院期间，我结识了十四位自闭症患儿家长，有了办一所自闭症康复学校的想法。这一想法源自于从医生那里看到了一本名叫《孤独症儿童的行为训练》的书，还有医生告诉我“全中国约有 40 万名自闭症患者”这个信息。1993 年，我辞去了大学里的工作，带着孩子来到了北京这个举目无亲的陌生城市。

接着有个记者问：“为什么在孩子这种情况下你仍然能保有一份乐观的心态和如此恬淡的笑容呢？是发自内心的吗？”

田惠萍招牌式的微笑之后说：“肯定是发自内心的。你为什么觉得我不可能快乐呢？可能你觉得因为我们的孩子已经被诊断为孤独症，自闭症，那还怎么可能快乐？其实我的快乐来源于助人为乐。我快乐是因为我在帮助我的孩子的同时，也努力帮助别人。我相信母亲是一样的，对于自闭症孩子的家长的感受我真的就是感同身受。互相帮助的过程中，孩子们也帮助了我，让我真切体会到了残缺的美。他们在让我知道做普通人原来是那样一份奢侈的同时，也让我们知道珍惜，珍惜生命中拥有的一切，包括日出日落。在时间面前每个生命都是平等的，拥有它就拥有了胸怀。”

第三个记者问了一个让秀清目瞪口呆有种时间瞬间冰冻的感觉，他问田惠萍："如果你不在了，孩子怎么办？"

秀清偷偷地打量着田惠萍的神情，看不到悲哀，也看不到落寞，看到的也许是一种看开一切的平静。田惠萍回答道："去年薛晓璐也曾问我这个问题，当时我的答案满是模糊和矛盾：'那我就带着孩子死去。这是最无奈的选择，我没有权利剥夺他的生命。因为孩子，我也没有死的权利，这就是母亲的责任。但凡还有一个选择，我都不会这么做。'而今我想说我会好好活着，把孩子先送走，白发人送黑发人，对于自闭症家长来说，不是悲痛，是一种莫大的解放。或许这样的回答有些悲情，但我一点也不难过。"

最后一个记者提的问题是："你是否有后悔过辞掉工作来到这个举目无亲居无定所的城市漂泊？"

田惠萍说："大学缺我这样一个德语老师，影响不会太大，但作为一名自闭症康复先行者，让大众了解了自闭症，让自闭症患者和家长有勇气和信心活着，这是更有意义的。这都源自于我的自闭症儿子孩子，他改变了我的人生轨迹，让我和他的生命都充满了阳光，活得更精彩了，我很享受儿子给我的生命历程。我希望尽自己绵薄之力，让更多的孤独症儿童得到关心与帮助。"

记者们听到最后一句话都爆发出热烈的掌声，田惠萍两手搓了搓，似乎有些自言自语地说："我曾经在日记里写道：如果有一台碾碎机把我碾碎，碾碎后的粉末可以铺成路，让我的孩子今后可以有尊严和安全地活着，我会毫不犹豫地跳下去。但我知道，我铺不出这样的路，这需要很多人，需要全社会。所以我希望获得社会对自闭症患者的关心和消除社会对他们的歧视。"

见多了自闭症孩子的家长，田惠萍对于大家的反应自然都是再熟悉不过了。从家长身上看出了太多的不舍，不信和不甘。她对秀清说："很多家长都会对孩子说——谁像你一样没用，什么都不能和别人比。其实这给孩子带来的挫败感和伤害是很深的。我们难道不能换种说法吗？——没谁能像你一样，不用什么都和别人比。相信这样带给孩子的是家庭的幸福感。"

看着秀清有些茫然地样子，田惠萍说："其实，家庭训练是社会化的基础。因为家长最了解孩子的各种能力，而且家庭是孩子最熟悉的环境，家庭生活才是真正的生活，唯有家庭会陪伴孩子一生。如果家长额能每星期保证一定时间对孩子训练，而且能坚持两年以上，那么就会有很大的进步。而且正所谓'上帝关了一扇门，肯定也开了一扇窗。你不妨观察他的特长给予引导，那样一定会慢慢好起来的。自闭症孩子好起来的例子不在少数，虽然比例微小，但有成功的就代表有了希望，不是吗？"秀清若有所思地环顾了四周，又走出去看了看已经午睡醒来在活动的孩子们。

一个老师握着孩子的小手，再指指自己的眼睛，企图引起他的注意。"晓东，看着老师，好吗？"可是这个叫晓东的小男孩只是低着头拿着一个皮球，开心地笑着摆弄着，好像身边没有任何人和声音，好像那个皮球是多么神奇的东西，他使劲地戳了戳，继续笑着。突然，有一个孩子跑到院子里，脱掉衣服，嘴里不停地喊："水，水。"一个阿姨匆忙地赶过来，帮他把衣服套上牵着他的手回了教室，一路上孩子还是不断地重复一个字"水"。正当秀清看着觉得不可思议不知所措时，猛然发现有一个阿姨匍匐在地上，仿佛用自己的手在托起一个孩子的头，她仔细一看，原来是有个男孩跪在地上，用头猛烈撞击地板，而阿姨正用手垫着地板，让他把头撞在自己的手上。阿姨无奈地说"他用自己的方式宣泄着自己的不满。可是我们不懂他为什么如此痛苦!”田惠萍叹了口气说:“他们就在我们身边，却好像在另一个世界。真的是人在咫尺，心却天涯啊!”

没有多余的心情逛逛这个梦想中的城市，可是回程的火车是早上十一点出发的。于是在田惠萍极力的挽留下，她在办公室旁边的教工宿舍里睡了一夜，辗转反侧难以入眠。隔壁孩子们宿舍里不时发出奇怪的声音，有呜咽、有尖叫，更多的是阿姨们安抚地唱着歌儿哄他们入睡。秀清不由地搂紧自己，臆测着空空怀里的是龙新，泪顺着眼眶滑落，滴到枕套上。

在天刚刚现出鱼肚白，太阳还没有从地平线升起时，秀清已经独自一人坐在院子里的石凳上。她从水井中打了一桶水出来，用手掬着一捧捧冰凉的井水，将自己的脸深深埋入手中，虽是盛夏，但早晨还是有着些许的清凉，井水的冰澈让秀清打了个激灵。心底，她好想去长城走走，去故宫看看，去北海逛逛，然而此时的心境却是不适合游玩的，更何况现在她的心里满满都是龙新的身影。田惠萍倚在宿舍的门口望着秀清的清瘦的背影，欲语还休。太阳终于告别地平线冉冉升起，秀清仰望湛蓝的天空，深深地吸了口气。

没有太多感激的言语，也没有更多的寒暄，和田惠萍四目相对后，严秀清向她辞行，踏上了返程。虽然没有学会如何专业系统地训练，但这次的北京行给了她最大的收获便是如何调整自己的心态与信念，让自己时刻保持着乐观的心态和坚定地信念。

第十六章 回程

倒了近三个小时的车，秀清终于在早上十点来到了北京火车站，人头攒动。她费力地挤进售票窗口，天可怜见，终于让她顺利买到了十一点回程的火车票。公用电话旁，她给叶浦泽打了电话，告知回程的时间。放眼看过去，候车大厅里，拖家带口的居多，像她这般一个女子独自等候的实在是少之又少，应该可以谈得上屈指可数。归心似箭，三十几个小时的时间变成了一种煎熬，秀清宁愿自己睡着，却又怎么也睡不着，直瞪瞪地睁着眼睛看着窗外的日出日落，看着进出隧道时的黎明与黑夜。终于在第二天晚上十点，火车到达了福州站。站台外，叶浦泽已经在焦急等候，翘首以盼了，只有他们两个知道此行的原因和目的，其实那种沉重的等候也让叶浦泽有些难以支撑，他的眼睛略微有些红肿。

叶浦泽开着车，他很想问，却又不知从何问起，只是一直从镜中观察着妻子的表情。也许已然累到极致，也许在家人的陪伴下有了安全感，秀清靠着椅背睡着了。一个多小时的车程中，浦泽无数次听着妻子叫唤着儿子的名字，最后一次发现妻子的身子有些颤抖，眼角珍珠滑落。

到家时已是子时，老人们早已带着龙新睡去。看过那些特殊的孩子后，秀清再看着熟睡中的龙新有些如释重负，至少他还是会按时睡觉，不怎么吵闹的。拉过洗漱完毕后的秀清，叶浦泽依旧欲言又止，不忍再去打扰风尘仆仆的妻子，他自己和衣躺下，两人背对着背，似睡还醒，一夜到天明。

秀清起床时，龙新已经坐在桌前吃着早饭，幼儿园在小学期末考后的一个星期也放假了。苏美秀一边给龙新夹着菜，一边对秀清说："唉，小龙也快上大班了，很快就小学了！既然你回来了，我们就先过去浦仁那里住一个月吧。"秀清机械地点了点头，说："好的，妈。我先来喂龙新吧，等会再去买点东西让您给大伯全家带去。明天让浦泽载您过去，好吗？他刚回来，有些累了！"苏美秀嗯了声，放下手中的筷子走进卧室了。龙新狼吞虎咽地吃完了饭，推开饭碗，一个箭步地飞进了书房。

书房内，龙新跪在椅子上，秀清不明白他为什么总喜欢用这样的姿势画画，当每次纠正都是以龙新的尖叫而告终后，秀清便也听之任之，不再阻止。龙新爱极了画画，也唯有那个时候他是安静的。面前的纸张越来越大，从八开到四开直到对开，大人们渐渐发现只有在画画的世界里他身边的空气是静谧的恬淡的。颇令人奇怪的是哪怕面前没有临摹的图册，他也一样能画得栩栩如生。

第十七章 变天

叶立文叫过秀清，沙发上老人眉头有些紧锁，据说闭学式前的那次家长会，秀清正好在北京，爷爷便去参加了。家长会俨然成了批判会，龙新成为众矢之的，只因龙新一如既往地时而沉默时而声嘶力竭，偶尔推到小朋友还去抢他们手里的玩具。同学们早也已经习惯了他的与众不同，只要他不伤害到同学，老师们也没有太多的苛责。可是不断有些年轻的父母起来指责孩子的家教。老人艰难地站起身，鞠着躬无比谦卑地对众人致歉。当大家看到白发苍苍的老人一脸的伤悲时，毕竟人心还是善良的，家长们也开始抱着同情的态度，年轻的家长看着老人的眼神有些愧疚地尴尬一笑，有的甚至还过来安慰，这时年老的家长开始向他唠叨着所谓的偏方。老人觉得有些窒息的感觉，欲哭无泪。

听着老人的诉说，秀清犹豫着要不要告诉老人真相。说了，于自己也许就能有短暂的解脱，不必隐瞒，不必让那块大石头压得喘不过气来。但说了之后原本两人的痛苦就会变成全家人的痛苦，那样对老人并不公平。想必老人因为孩子的患病不忍再去照看大伯或小叔的孩子，这对于其他两家人又是否公平。阅尽世事的老人从秀清躲闪的眼神里读出了什么，直接问她："孩子，和我们说实话吧！小龙怎么了？前天你们校长徐莹打电话找你，她说不知道你出差去北京的事情。你到底在瞒了些什么？不要忘了，我们是一家人啊！有福同享，有难同当，人多力量大，不是么？”听到公公的这席话，秀清再无法自持，泪水倾盆而下。她转身走回屋里拿出了在县里和市里的病历卡和诊断书，递给了叶立文。诊断书上硕大的“自闭症”让老人拿着纸的手开始颤抖，另一只手按住了自己的胸口。

“孩子啊！为什么就不告诉我们呢？我们虽然老了，但毕竟风里来雨里去，能承受的绝对比你们年轻人多。而且因为我们的孩子多，能够做出比较。小龙是挺聪明，但是不怎么说话，而且更不会与人交流。当初我和你婆婆有说起这事，她啊，老是自我安慰说孩子是大器晚成，还拿着小龙的画到处炫耀，让邻里们以为是孩子骄傲不喜欢和人交流。哎，悔不当初啊！不是我说你们女的，真的在很多问题上，你们讳疾忌医而且很会自我安慰，然后又千方百计压制别人的想法，其实这样真的是不行的。有时候等你们愿意去面对的时候，只怕已经误了时机，那时就无法挽回了。现在小龙才五岁，应该还可以治疗吧？你去北京是去找专家吗？结果如何？”姜还是老的辣，听着叶立文的话，秀清不得不佩服大事当前时男人的冷静与条理。

听到秀清的哭声，苏秀美从卧室走了出来，看着自己老伴一脸忧伤地拿着纸张在看些什么，旁边媳妇哭得梨花带雨的，她有些慌了，连忙问：“怎么了，出什么事了？”叶立文有些不满地说：“你所谓的大器晚成的宝贝孙子得了自闭症了！普通都变成了一种奢求，现在还谈什么成啊！”“自闭症？什么是自闭症？严重吗？”苏美秀一头雾水地问，当然从老头严肃的表情看来她知道那绝对不是什么容易治疗的疾病，本来这名字自己都没有听说过。“我也不知道得很清楚，只是记得以前看报纸上有介绍过，好像也称为孤独症，是一种精神类的疾病。貌似有分为什么高功能与低功能的。总而言之就是这样的孩子大多活在自己的世界里，不会与人交流，自然以后也无法自立于社会。以前好像是疑难病症吧，不过医学总是在进步的，我们也只能寄希望于医学的昌明了。”

秀清惊讶于老人的所知所闻，她尚不知道有什么高低功能之分呢，老人还能侃侃而谈。擦干了眼泪，她安慰苏秀美道：“妈，爸说的没错。医学总是在进步的。这次我去福州见了专家，也去北京见了专门的机构创办人，她孩子也是自闭症的。但那母亲十分的坚强和乐观，孩子也在一天天的进步。不管他是否能和同龄人一样，至少他一直在进步就足够了，不是吗？暑假到了，我有时间，每天都会陪他做训练的，然后请老师专门教他画画，发挥他的特长。我还听说有些中医的针灸也能起到一定的效果呢！”说完婆媳紧紧地抱在一起。

第十八章　暑假

整个暑假，这个家庭的气氛始终是压抑的，即便有笑声，在秀清听来那也不过是强颜欢笑。苏秀美取消了和叶立文去浦仁家的计划，独自留下来照顾龙新的起居。秀清则开始了自己磕磕绊绊摸索的训练，每天六个小时，早上下午晚上各两个小时。还特地让校长徐莹帮忙找了个少年宫资深的美术老师李芸每天来教龙新画画，通常也是两个小时。那天回来后，秀清给徐莹打电话道了歉，说明了孩子的情况，第一次对外人说起，电话两头的女子都是泣不成声。如今暑假一天八个小时倒是排得满满的，秀清没来由的喜欢这种充实的生活，那样就没有更多的时间去伤心，去想象。

李芸是校长当年的高中同学，后来去了全国八大重点美院之一的鲁迅美术学院学习美术学，成绩斐然，连续四年都得到一等奖学金。毕业后很多家单位都争相录取，但她却辞去了所有的好意和高薪，执意回到自己的家乡，她单纯的只是想当一名老师，教家乡的孩子们画画，让喜欢画画的孩子能学有所成，让不喜欢画画的孩子爱上画画。家人们理解她的选择，但同时也有着不舍，微妙的试探开导后，最后还是遂了女儿的愿望，让她回到家乡的少年宫当上了一名美术老师。家长对于这个老师的评价就是：“德艺双馨”，不仅在美术的教学上登峰造极，而且对孩子们的爱心与耐心有时甚至超过了家长本身，请她上门当家教的更是数不胜数，可是都被她婉拒了，只因不想厚此薄彼。这次是她第一次上门当家教，在徐莹的软磨硬泡后她还是没有答应，最后徐莹只好告诉她孩子的真相，她破例同意了，没有流泪，但是却觉得痛彻心扉。

早上十点，李芸第一次进这个家时，没有特殊的感觉，如同进了自己的家一般，两个操劳的老人，两个为生活奔波的中年人和一个可爱的孩子，只不过她的儿子比龙新大十岁而已，初中刚毕业。为了给老师一个好的印象，秀清特地给龙新买了48色的水彩笔和油画棒，兴奋不已的龙新早早跑进书房里画画了，也唯有那个时候他看起来才是正常的。

秀清客气地和李芸寒暄着，她不知道徐莹已经把孩子的情况告诉李芸了，只是一直想掩饰龙新的与众不同。她指着正在画画的龙新说："李老师，谢谢您肯来，我这孩子就只喜欢画画。您瞧，他在画画的时候都是安静而专注的。可是缺少专业系统的学习，他们幼儿园美术老师也挺喜欢他的。您看……"说完后，秀清偷偷了瞄了一眼李芸的反应。可是，李芸脸上除了一直挂着的微笑外，什么另外的表情都没有。秀清有些忐忑，她以为老师是计较孩子没有起身打招呼没有礼貌，赶紧伸出手想扯过孩子的左臂让他起来。没想到，李芸制止了她，走到龙新的右手边，略微蹲下，目不转睛地看着孩子。仅仅这个动作便让秀清的鼻子有些酸楚。

龙新开心地用着各种色彩，他从来没有拥有过这么多种颜色的水彩笔。他把同样色系的笔分成了一堆一堆，这时秀清想起在"星星雨"时那些孩子对于颜色的刻板，再看看眼前儿子对于色彩的调配，觉得眼前一亮，似乎在冥冥中看到了希望。李老师压低声音，用柔和而甜美的声音，宛如在哄着一个刚出生的小宝宝一般，生怕惊醒了他，轻声的说："龙新，告诉李老师你在画什么，好吗？好漂亮的颜色啊，李老师从来没有看过这么多漂亮的颜色，也没有看过像你这么小的孩子画出了这么美丽的画！”龙新继续着画着，不言不语，秀清有些急了，强忍着想大吼的欲望，抬高了声音说：“小龙，老师和你说话呢！快回答老师啊！”她明明知道龙新平时都是一问三不知，根本就不回答任何问题的，可是现在的她却极力想掩饰着孩子的那份残缺，她忍不住推了下龙新，于是水笔在纸上打了个转，朝着反的方向划了过去，龙新开始尖叫起来。这下秀清更为着急，面子，面子，她的脑海里就只剩下这个词了，因为孩子她连面子都没有了，她扬起手正往龙新屁股拍过去的时候，李芸敏捷地抓住了她的手，朝她摇了摇头，示意她安静下来。

第十九章 奇迹

李芸一把揽过龙新，把他抱进怀中，一手拍着他的后背，一手摸着他的头，和颜悦色地说："龙新乖哦，老师看看，咱不哭，不哭哦。妈妈和你开玩笑呢，她夸你画的好呢。拍拍小屁屁而已，闹闹嘛！"奇怪的，龙新竟然出乎意料地安静了下来，把他的头拱进李芸的怀里。这在秀清看来简直是不可思议，龙新竟然肯让一个陌生人，一个刚见的人抱着，而且主动地投入别人的怀抱。五年多来，她从来没有看过龙新如此地依恋一个人的怀抱，不仅没有如同往常在幼儿园一般挣脱老师的拥抱，反而会用他的头在李芸的怀里蹭着。"奇迹，简直就是一个奇迹！"秀清心潮澎湃。也许，也许这个老师就是上天派来拯救这个孩子，这个家庭的吧。秀清走过去摸摸龙新的头，可是却被龙新用手一下拨开了，他转身怯怯地盯着秀清看，仿佛眼前的是路人，而身前的才是家人。这一刻，秀清承认她是失落的，但失落却与希望相生相克。

在李芸的安抚下，龙新重新又跪在椅子上继续他的画，只见他把原来的那道划痕变成了一艘小艇，一个弄潮儿立于船头在烟波浩渺的大海上乘风破浪。自此画面上的大海变得更加的鲜活，灵动。原来画面上只有大海、波涛、海鸥、太阳、灯塔，空无一人，如今那艘小艇那个人俨然成了画龙点睛之笔，生动极了。李芸看得有些发呆，诧异于这孩子的天赋，但想想徐莹所说的，也许上天都是公平的吧，只是公平得未必尽如人意吧。多少健康的孩子普普通通，倾其一生也无法脱颖而出，而眼前的孩子是一个患儿，随意涂鸦的几笔都能称得上是如来神笔。健康是最重要的，但倘若真的已经失去了，那么难道我们不该以更好的心态从更好的方面来给自己和家人慰藉吗？

秀清望着眼前的这一幕，百感交集，她缓缓地单脚跪在龙新的身边，心中感慨万千。

这次突发的事件耗费了一些时间，安抚完龙新之后已经是十一点了，几乎到了午饭的时间，秀清有些不好意思地对李芸说："李老师，要不您先休息会吧，在家一起吃个便饭，我婆婆烧菜可好了。明天我们再开始上课，可以吗？"还在画画的龙新听到了妈妈的话，第一次有了强烈的反应，他起身用左手推开秀清，嘴里断断续续地说："妈……走……老师……画画……。"秀清简直是喜形于色，一手指着龙新，一手捂着嘴，她急忙对着厨房里的婆婆大叫："妈，妈，小龙说话了！说话了呀！"溢于言表的喜悦让秀清没有多余的再去掩饰的想法。老人不明就里地被秀清的叫声吸引了过来，看到秀清手足无措兴奋地指着龙新和李芸说："妈，小龙说话了，说了好几个字了。他叫我走丌，叫老师教他画画！"听到这话，年近六十的老人忽然像个孩子一样哭了，泣不成声。嘴里不停地对李芸说："谢谢，谢谢！"

龙新拉过李芸的手，不让她走开，破天荒地地走到客厅里推来了一把椅子，指了指椅子，说了个字"坐！"旁边的婆媳喜极而泣，李芸看着这一老一小，觉得自己肩上的担子重了，这个孩子就是全家的希望，因为这个孩子，整个家庭恐怕都是一荣俱荣，一损俱损吧。虽然是第一次见到这孩子，虽然之前听徐莹说起的时候还或多或少的有些顾虑，但此时面前的孩子却深深吸引着她。吸引她的首先并不是孩子在画画上的天赋和才情，而是那份对于画画的喜爱与执着。既然孩子有所残缺，那不就应该让他有更大的长处，使之瑕不掩瑜吗？李芸把手覆盖在龙新的小手上，修改着刚才那幅画上的不足，教着龙新如何留白，如何使用深浅不同但同一色系的画笔来营造远近的感觉。龙新笑了，满足的笑在孩子脸上绽开，如同迎春花般。修改完后，龙新的一个举动更让眼前的三个人目瞪口呆，他竟然扑进李芸的怀里，两只手搂着李芸的脖子，不肯放开。

第二十章 惊喜

秀清真真切切地觉得失落，如果眼前这一幕让外人看到，绝对认为李芸和龙新才是母子，这不正是彰显了自己的失败吗？李芸看着秀清尴尬的微笑时，只是轻描淡写地说了句："你别想多了，孩子只是喜欢画画而已，也只是把我当成一个老师而已！"秀清的心思被人看穿了自是有些不好意思，讪讪地说："没有啦。我只是很开心你不嫌弃我们龙新，孩子也和你很投缘。没有别的想法，谢谢你，李老师！"

一旁的苏美秀快人快语地说："李老师，小龙很喜欢画画，你看他画的多好啊。现在又得到你的教育，那以后不就更厉害了吗？说不定以后病就好了呢！"秀清对婆婆使了个眼色，不曾想苏美秀不为所动，继续说道："老师，我们小龙被诊断为自闭症，我也不知道什么叫自闭症，也不知道多严重。只是知道小龙这孩子平时都不和人说话，更别说要别人抱了。幼儿园老师想抱他，他都不肯。他就是说话还有与人交流有些问题，可是刚才看这孩子这么喜欢你，我真的很高兴啊！"说完后转过头对秀清说："既然人家李老师没有嫌弃小龙，你又干嘛要遮遮掩掩的，老师教几节课孩子什么样看不出来啊！你这样也是对老师的不尊重，不是吗？"秀清被说得低下了头，红着脸说："对不起，李老师，我不是那个意思。我只是怕您嫌弃他！"

李芸笑了笑对苏美秀说："阿姨，没关系啦。我和龙新挺投缘的，我也喜欢这个孩子，至于自闭症我知道得不多，但是我知道一个自闭症的天才画家，还得了奖，只要有一个成功的先例，我们不就能抱着希望和信念，相信我们孩子身上也能出现奇迹吗？"秀清睁大了眼睛，仿佛眼前就是触手可及的希望，她赶紧问李芸："真的吗？您不会仅仅只是为了安慰我们吧！"

李芸回过头看了看还在专心致志画画的龙新，把椅子搬到了接近门口的地方，对秀清说："这是真事。出生于1974年4月24日的英国孤独症画家斯蒂芬·威尔特谢尔被人们誉为"人体照相机"，因为他具有过目不忘的"瞬间记忆能力"，任何景色他只要看上几分钟，就能完全凭记忆在画布上精确地复制出来。据悉，斯蒂芬曾乘直升机飞过英国伦敦、意大利罗马、中国香港和日本东京等城市的上空，他也凭记忆精确绘出了所有这些城市的航空俯瞰图，他笔下的景色和真实景色的细节相似度竟高达90%。斯蒂芬的神奇记忆能力让全世界的科学界和艺术界专家都深感震惊。斯蒂芬从小就不愿和其他人交流，他在3岁时被诊断出患有孤独症。斯蒂芬从不说话，从不和别人进行眼神接触，他总是生活在自己的孤独世界中，并且喜怒无常。当斯蒂芬5岁时，他被送到了伦敦一所儿童特殊教育学校——昆士米尔学校中就读，老师发现斯蒂芬特别喜欢画画，他和世界惟一的交流方法就是画画。斯蒂芬爱画动物、伦敦公交车、建筑和都市风景。一次，当教师拿走了斯蒂芬的画纸后，他终于首次打开了沉默之口，说出了第一个单词："纸"。斯蒂芬接着对老师说："我想要纸，请给我纸，请让我画画。"8岁时，斯蒂芬在书中看到一张地震照片，时隔数日，他竟在没有照片的情况下，重新凭记忆画出了整幅照片，让老师和家人深感惊讶。斯蒂芬的惊人绘画天才吸引了科学家和媒体的关注，英国皇家艺术院前院长休·卡森将斯蒂芬形容成“英国最优秀的儿童艺术家”，斯蒂芬还获得了“少年毕加索”“人体照相机”等美称。据专家称，斯蒂芬和其他孤独症患者不同，他不仅具有迷人的人格魅力，同时还有很强的幽默感。他被诊断出患有孤独症，但他却战胜了这一障碍，成为了世界知名的艺术家。这不就是希望所在吗？我是个老师，但我首先也是个母亲，相信我，母亲的心都是一样的。虽然我们没有谁能做到视如己出，但我们能做到感同身受。让我们一起期待奇迹吧！”

中午时分，李芸婉拒了秀清的盛情相邀，约定每两日来给龙新上节课，苏秀梅和秀清满心感激地将李芸送出了家门。随后，秀清高兴地打电话给了叶浦泽和徐莹，这一天恐怕是她近半个月来最快乐的日子了。

第二十一章　焦虑

第二天早饭，龙新吃得异常地快，没有让奶奶喂，自己一个人静静地吃着，也没有再尖叫和撕纸。吃完后，龙新配合着秀清的训练，可是他还是不愿意与人说话，更不愿与人对视。每次秀清把他的头扳正对着自己时，龙新总是不耐烦地推开秀清的手，唯一的进步就是他开始说："不看。不要！"而且似乎也不再像以前那么容易发火了，而且每次他想发火时就会跑进去书房抱着自己的文件袋，袋里是画笔和纸张，嘴里念叨着："老师老师。"

十点到了，两个小时的训练磕磕碰碰地进行完了，龙新拿着自己的小椅子坐在靠近门口的鞋柜处安静地坐着。秀清有些好奇，一般来说这个时候龙新都要去玩积木或者四处闲逛的，怎么可能会如此安静地坐着呢，但她也没有多想，走进书房随意拿起一本书坐在沙发上看着。过了一会儿，她发现龙新还坐在原处，托着腮帮子，吐着泡泡。秀清走过去要拉起他，可是龙新紧紧地抓着椅子腿不肯起来，秀清便也不再勉强。又过了十五分钟，秀清发现龙新起了身焦急地在门后走来走去，晃得她都有些头晕了。秀清放下书，走了过去，试着蹲下来，抱着龙新的腿说："小龙，怎么了？需要什么，告诉妈妈好吗？"其实她是不指望龙新回答的，不是不指望，应该说是不奢望。但这回龙新开了口说："老师，老师，没来。"秀清终于明白了，龙新在等李芸。秀清说："小龙，老师两天才来一次，就像你们幼儿园画画课也不是每天都有的，不是吗？明天，明天老师就来了。你先去搭积木，要不妈妈带你去楼下玩玩好吗？"龙新"哇"的大哭起来，跑进书房开始撕起纸来。秀清不知是该喜还是悲，喜的是看到孩子会哭会有正常的情绪了，悲的是对于孩子的过激行为她不知道如何去制止，也无力去制止。何去何从，秀清觉得心力交瘁。秀清尝试着走过去，从身后环抱着龙新，出乎意料的龙新安静了下来，秀清拿过龙新正在撕的纸，说："小龙，这些纸我们还要画画呢，不撕了，好吗？妈妈带你下去荡荡秋千吧。老师明天一定会来的。"龙新点了点头，同意了。秀清抹了抹眼泪，牵起他的小手。刚要走出门去，电话响了，是浦泽托同学打听到的一个老中医，擅长针灸，于是他们约定了每隔两天的早上十点去针灸，秀清很高兴，觉得这样不仅有规律，更重要的时间上和画画有所穿插，想必龙新也就不会再那么执着地等着李芸了。

牵着龙新的小手到了楼下，时值放假，小区里玩耍的孩子们多了起来，秋千前排着长队，想来秋千都是孩子儿时的梦想吧，秋千荡得高高的，耳边风声呼啸，孩子们开心地叫着。龙新不愿意排队，他拽着秀清来到了跷跷板前面。那里正好有两个孩子在玩着跷跷板，龙新走了过去，二话不说地就推了推一边的女孩，秀清赶紧跑近前去，拉着龙新的手走开，女孩哭了，龙新也尖叫着不离开，场面一场混乱。女孩的奶奶走了过来，因为正好是同一栋楼的邻居，老人也没有多说什么，秀清不停地道歉着，老人牵起孙女的手走开了，周围是人们鄙夷的目光和嘀嘀咕咕地指指点点，秀清难受极了，扯起了龙新的衣领气呼呼地把他拽回了家。她又一次觉得颜面荡然无存，无尽的焦虑。

经过刚才的那番拉拉扯扯，龙新满头大汗，衣服湿透了，苏美秀连忙把他带进房间擦了擦换了干净的衣服，然后进了浴室梳洗了一下，出来时龙新整个人清爽多了。他又钻进了书房跪在椅子上画起了画，留下秀清一个人坐在沙发上生着闷气。苏美秀有些不高兴地说：“你就不能耐心点吗？看你平时对学生那么耐心，怎么一遇到小龙你就变得这么急躁，动不动就发脾气。你不就嫌他给你丢人吗？面子就比孩子重要吗？就算他再丢人还不是你生的吗？哪有这样子的啊，耐心点，你看现在他多乖啊，又去画画了。你该好好想想是不是可以改变对他的态度和教育的方式。李老师才第一次来，小龙就能和她那么亲近，接触一次的人怎么就能胜过生他养他的母亲呢？哎，多说无益，你自己想想吧。”说完她转身又回了厨房。

第二十二章 反思

客厅里的秀清把头埋进腿里，而后又握紧拳手砸着自己的头，她也想耐心，也想孩子像依恋李芸一样依恋自己，可是每次看到龙新与众不同让人侧目的行为时，她总觉得身边的目光如同一道道针一样扎着自己，让自己一次次如坐针毡。她逃避着孩子的问题，她害怕旁人的眼光，她不想弄得人尽皆知她的孩子是个自闭症的患儿，可是龙新一次次反常的表现让她觉得邻居悄悄话的对象都是自己。

婆婆的指责让秀清非常难受，她欲辩无言。可是老人说的话也不无道理。老人大大咧咧的性格，事无不可对人言的豪爽和坦荡有时既让秀清敬佩也让她望而生畏。突然，书房里传出一声尖叫，龙新大声叫着，秀清冲了进去，发现孩子坐在地上捧着地上的碎纸片在哭着，那些不就是龙新自己下楼前刚撕掉的纸张吗？秀清捡起来一看，原来龙新刚刚没有注意，把上次和李芸一起修改后的画给撕了，那时恰好是画的反面，也许他没有发现，如今画已是碎片了，龙新这次的哭不像以前的歇斯底里，而是默默地一抽一抽地哭泣着，不时用手背揉揉自己的眼睛。秀清第一次看见龙新如此地焦虑与伤心，那种不同于以往的欲求不满时的胡搅蛮缠。

秀清极力想挽回些什么，她把地上的碎片仔细地捡了起来，所幸撕的时候都是大块大块的。秀清把画放在一张白纸上拼了起来，然后把它倒扣在桌子上，从抽屉里拿来了透明胶小心翼翼地粘了起来，不一会儿，画总算粘好了。龙新跪在椅子上眼睛一眨也不眨地看着，等到最后一片碎片粘好时，龙新如获珍宝似的把它揣在怀里，又揉了揉眼睛，笑了。秀清看到儿子的笑容也开心地笑了，转过身要进去厨房帮忙端菜，忽然听到身后孩子说了一声："谢谢！"微弱的声音让秀清怀疑自己的耳朵，她回过头去，瞪大眼睛吃惊问龙新："小龙，你刚才对妈妈说什么？"龙新扭过头，不再说话。秀清悻悻地走进厨房，一步三回头。

日子一天天的过去，半个多月了，经过训练和针灸的龙新似乎也没有太大的起色。唯一令她们欣慰的就是龙新爱极了李芸，每回李芸来给他上课时，龙新总是显得非常的开心和配合，画也越来越漂亮。从蜡笔到水彩笔，从一花一草到卡通动物到山川河流，龙新享受着他画画的时光。

李芸坚持认为大自然是最能赋予孩子画画的灵感的。所以她经常带着龙新到大自然中去直接学习，获取真实的体验，让大自然启发孩子的创造力。她觉得龙新对于绘画的思想已经超过了一般这个年龄段孩子的懵懂，不再是一些头脑想象的东西了。于是她每隔两次课就会带龙新去看看美丽的花朵、摸摸高高的大树、观察小动物等等。那天龙新在小区的草地上看见了一只正在晒着太阳的猫，他仿佛一下子更深层的潜力被激活了，随之迸发的是只憨态可掬的四肢大开腆着圆圆肚子幸福的享受着生命的小猫，那张出自五岁男孩之笔的惟妙惟肖图画也令李芸觉得叹为观止。师徒俩亲密无间地走在林荫道里，从五楼窗户俯视而下的秀清喜忧参半，纯属自己虚荣心作祟，觉得那份亲密本该属于自己。

好不容易，熬到了吃晚饭的时候，叶浦泽的钥匙刚插进锁孔时，秀清就奔到了门后开了门。叶浦泽戏谑秀清今天的殷勤，开着玩笑说："无事献殷勤，非奸即盗！说吧，啥事？"其实，叶浦泽的性格还是大多随他妈妈苏秀美的，直爽乐观幽默，即便在这个灰色气氛笼罩的家庭里，他依然能谈笑风生，苦中作乐。他不仅讨好着秀清，也不时的彩衣娱亲地博双亲一个微笑。秀清摇了摇头说："没事。可是小龙这两天好像开始说话了，我从窗户看他和李芸在外面画画时，好像很开心地说着呢！"叶浦泽不置可否狐疑地问了句："不会吧，真的吗？说不定是你自作多情呢！"秀清恶狠狠地瞪了浦泽一眼，回厨房去把菜端了出来。

第二十三章 训练

每天吃完晚饭散步完，秀清又开始了训练。一般都会面对面地和他讲故事，读儿歌，猜猜谜语之类的。当然整个过程极力阻止龙新多余的行为，她让龙新看着自己，或者看着书陪自己一个字一个字地读下去，龙新屡屡不配合，这次碍于婆婆就在身边，秀清尽量使自己不再发火，不厌其烦的纠正着他的行为。可是一天六个小时的训练对于一个五岁多的孩子来说委实有些多了。龙新开始不耐烦起来，他站起身把秀清手里的书打落在地上，然后不停地围着桌子绕着圈圈，秀清实在觉得忍无可忍，一把抓过龙新朝着他的屁股就是狠狠的一个巴掌。龙新大哭起来，苏秀美生气的抹着眼泪说："别拿孩子出气，你是不是看我不顺眼。如果是我就去他大哥家好了，不用在这里摆脸色给我看。"说完搂过龙新呜呜咽咽地哭了起来。

刚进房间不久的叶浦泽听到了母亲和孩子的哭声，还有妻子声嘶力竭的叫声赶紧从房间奔了出来，蹲到了苏秀美的脚边，拉着母亲的手臂说："妈，妈。秀清可能是被小龙气得不行了，哪会有一点看你不顺眼的意思啊。这个家要是没有了您和我爸，我们都不知道怎么支撑下去呢。妈，您不生气了，好不好？别哭了！秀清可能觉得很难受了才这样的，绝对没有给您脸色看的意思啦。"说着浦泽顺势跪在了母亲的脚边。秀清看到浦泽两难的样子，慌忙上前给婆婆赔了不是说：“妈，是我着急了点。没有别的意思。您别生气了。原谅我了，行吗？离开了你们我都不知道该怎么过下去了。”说着说着婆媳俩忍不住抱头大哭，留下一个叹着气的男人和一个不谙世事的孩子。

又是一夜的辗转反侧，自从龙新确诊后，秀清越来越忽略浦泽的感受了，经常自顾自地发着脾气，时不时地给浦泽冷脸看。浦泽心里是有怨言的，但看到妻子和母亲都那么辛苦，便也都隐忍不提了。一切以孩子为重，本来每个家庭应该也是如此的吧。但看着家里不再有欢歌笑语时，浦泽觉得压抑极了，只好牺牲自己来换取她们的笑容，哪怕只是惨淡的一笑，这个男人也觉得心满意足了。可是人总是会累的，这个晚上浦泽觉得无比的累，他坐起身来，本想去书房单独静静地睡一个晚上，可是又害怕敏感的秀清多想，只好又躺下了，揉了揉太阳穴，顿感头痛欲裂。

第二天早上，龙新起得分外的早，破天荒地他下了床推醒了秀清，示意她早点下床。浦泽也被吵醒了，一看挂钟才早上六点十分，他摇了摇头，问了秀清：“小龙这又是唱的那一出啊？这么早起来干什么！”秀清也摇了摇头，没有回答。她穿好衣服起身带着龙新去了浴室洗漱，转而进了厨房准备早餐。锅碗瓢盆的声音成功地叫醒了还有些迷糊的苏秀美。老人打着哈欠说：“怎么这么早啊？还不到六点半呢，昨天浦泽不是说今天不吃稀饭想喝绿豆汤吗？不用这么早起来的，你再带小龙去睡会吧。我来用高压锅煮绿豆。”秀清小跑过去把苏秀美连推带拉地赶回了屋子，说：“妈，我也不知道为什么小龙今天要这么早起来。算了，起来就起来了。您再去休息会吧！”

吃完早饭后，想到昨天龙新的逆反情绪，秀清把训练的地点改在了小区的花园内。因为今天早上起得格外早，小区里的孩子们还非常的少，秋千上空荡荡的。龙新兴奋地冲向前去，用手摇晃着秋千，并不坐不上去，他只是不停地用手摇着秋千，看着它起起落落，傻傻地笑着。秀清走到他身边，把他抱了上去，龙新没有拒绝也没有反抗，乖乖地坐在秋千上，任秀清不停地摇晃着。摇着摇着，龙新的眼睛微闭着，仿佛在享受着快乐的时光，耳边风声潇潇，身边花香四溢。第一次，秀清觉得龙新离自己如此之近，心的距离在秋千的摇晃中慢慢靠近慢慢靠近。“妈妈，回家。老师!”秋千上的龙新睁开了眼睛，朝正在自我陶醉的秀清说了一句话。不知道多久了，秀清没有听到过超过四个字的句子，等她再一次听到时，仿佛已过了千年。秀清把脸埋在龙新的怀里，激动得哭了。

第二十四章　快乐

经过了四十几天的针灸和训练，龙新已经逐步有了一点点的改变。虽然每次秀清带着他到小区的中庭花园玩耍时，他还是无法和同龄人一起做游戏，玩跷跷板和沟通，但是已经慢慢地减少了攻击的次数，也不再强求玩些什么了。他最盼望就是两天一次的画画课，因为那时他可以看到李芸，可以握着李芸的手画出美丽的画。渐渐的龙新画画的种类已经从水彩笔蜡笔之类的儿童画过渡到了一般要七八岁孩子才接触到的水粉画。

这是第一次水粉画的课程，首先李芸对坐在龙新后面的秀清说："我把水粉画的教学分成四个部分 1: 认识色彩。2、试涂感受色彩。3、练习大块涂色。4、逐步增加难度，学画简单图样。今天要教他调配颜色，想必他一定很喜欢吧。"秀清对于绘画懂得并不多，但她每次看到幼儿园班级墙壁上贴的孩子们的画时，她总能不用看名字而准确地找出龙新画的。不是心有灵犀，而是画面永远都是那么干净与纯洁，大片柔和的色彩没有任何突兀的感觉，一花一草一树都显得安静，如同画画中的龙新，周围的空气都是宁静的。正当她还在神游四方的时候，李芸捅了捅她的手臂说："想什么呢？这么出神？你看龙新都不耐烦了，好像等不及了呀！"

秀清抬起头，应了句："啊？怎么了？哦，我正想着龙新画画的样子呢！对了，什么是水粉画啊？”

李芸边帮龙新围上一条漂亮的印有戴着眼镜的史努比肚兜式围裙，边解答说：“水粉是指能用水调和的颜料。加白色能使颜色变浅，具有一定的覆盖力，比较适合儿童涂抹。儿童水粉画不像成人水粉画一样要考虑色彩的明度纯度等，它是儿童借助水粉工具，利用水粉色彩来表现的一种绘画方式。”

龙新看着眼前一支支像小牙膏一样的颜料和荷花式的调色盘时，兴奋得跳了起来，嘴里“啊啊”地叫着，手舞足蹈。看得出，他非常喜欢这种新的绘画方式。龙新从来不知道不同的颜色可以调和成另一种颜色，当他好奇地看着李芸在调和各种各样的颜色。他睁着铜铃般的大眼睛，目不转睛地看着，李芸一边说一边调配者，龙新觉得神奇极了。一节课下来，他学会了：红＋黄＝橙、红＋蓝＝紫、红＋白＝粉、红＋黑＝暗红、黄＋绿＝嫩绿、黄＋蓝＝绿、黄＋黑＝橄榄绿、黄＋白＝米、绿＋蓝＝青、绿＋黑＝墨绿、红＋黄＋白＝肉色、红＋黄＋蓝＝棕色，李芸把这些规律抄在了纸上交给了秀清。下课后，龙新不肯离开书桌，执着的继续着他所谓的实验。这次连李芸的道别他都没有太多的注意，只是向后晃了晃手示意着再见而已。李芸看着龙新痴痴地样子，摇了摇头，笑了。临走前她又递给秀清一张纸，上面写着学习水粉画的知识：熟悉工具材料，了解简单色彩知识，掌握画法步骤——构思构图，铅笔稿；单色勾线，色彩稿；从背景入手的大色块；从主题开始的小细节；调整完成。

苏美秀和秀清又一起把李芸送出门去，已经来上二十几节课的李芸婉拒了这家人午饭的相邀，害得美秀婆媳俩觉得对于李芸有着莫大的亏欠，不仅因为李芸的尽心尽力，更因为李芸爱着龙新，如同母亲一般关爱呵护包容着这个为许多人所鄙夷唾弃的病儿。哪怕龙新只要有一点点的进步，这家人便觉得整个天空都亮了，空气更是无比的清新。吃完午饭，秀清一如往常带着龙新到小区里去散步，小区有一个池塘，里面种着荷花，睡莲，还养着一群鲤大大小小自由自在的游着的鲤鱼。池塘边，龙新蹲了下来，望着盛开的紫色的睡莲，扯了扯秀清的裙角，说了句："红加蓝。"秀清听了使劲闭上自己的眼睛，用手擦了擦眼角，蹲了下来把龙新搂入怀中。

在回去的路上，秀清看见一个邻居提着一盒蛋糕，忽然想起今天是婆婆的生日，虽然前天已经提前买好了衣服包好了红包，但此刻她却想买个蛋糕，让这个辛劳半辈子的老人和身边那个年幼的孩子一点简单的快乐。转身，她牵起龙新的小手走到了小区外的蛋糕店，根据宣传册上的图案订好了一个粉红色心型的蛋糕，中间是一个硕大的"寿"字。她付了钱留了自己的验证电话给了店员，然后打了个电话让浦泽晚上回家的时候再来取。龙新瞧着冷藏柜里的蛋糕，开心得拍了拍玻璃。

睡了午觉后，秀清照例进行着训练。这一个多月来，她矢志不渝，从来认为自己不是一个能锲而不舍的人第一次如此地执着。毕竟执着的是一个孩子的人生，一个家庭的希望，秀清不敢有任何的懈怠。兴许是早上的水粉画让龙新很开心，或许是想到晚上有蛋糕吃，下午的龙新表现得着实的可圈可点，严格说非常的配合，前所未有。秀清长长地舒了口气。一晃便到了傍晚时分，秀清赶紧系上了围裙进了厨房，今天买了很多好吃的，其中就有平时不怎么买的螃蟹和鲍鱼。

第二十五章 祝寿

这天是苏美秀的六十大寿，傍晚叶立文带着大儿子一家从福州赶回了闽侯，二儿子一家因为外出旅游来不及回来，但也托浦仁带回了礼物和红包。虽然关于龙新的事情，浦仁也略有所闻，但碍于秀清在也就不好多说和多问些什么。到家时，浦泽尚未回来，秀清在厨房里忙活着，龙新独自一人在客厅的茶几上搭着积木。对于这个很少见面的伯父，龙新向来都是没有打招呼的，而堂姐欣怡则因为是女孩子自然也不曾一起玩过。客厅里泾渭分明的形成了两个阵营：一边是浦仁一家，一边是孤零零的龙新。叶立文杵在旁边，对上浦仁的目光，无奈地叹了口气。刚想开口说些什么，叶浦泽回家了，提着一盒大蛋糕。他和父亲兄嫂打过招呼后，回了卧室。

叶浦泽换了件衣服，来到了正坐在客厅搭积木的龙新旁边。龙新一边搭一边不停地念："少，少，不够。"很少听儿子说话的浦泽也有些惊喜，他坐到龙新旁边，摸了膜孩子的头，龙新别过头去，闪到一边，继续搭着积木。浦泽想融入其中，却觉得始终如同一个路人。搭到一半的时候，浦泽看出来了，孩子是想搭埃菲尔铁塔，但积木个数明显不足。龙新有些焦躁，跺了跺脚，浦泽安慰地说："小龙，不急，爸爸明天去买。先吃饭好吗？"龙新又继续跺了跺脚但没有像以前一样推倒，而是渐渐平静下来，转过身走向饭桌，低着头嘀咕了一句："谢谢。"浦泽听得真切，这个年近不惑的汉子哭了。浦仁看见弟弟如同孩子般哭泣，顿时觉得心里一阵酸楚。

祝寿宴正式开始了，苏美秀和叶立文分别坐在了饭桌的南北两头，中间为兄弟两家人，孩子分别依着爷爷奶奶坐着。桌上，儿子媳妇依次斟满酒向苏美秀祝寿，欣怡则以果汁代替酒甜甜地对奶奶说着："祝奶奶福如东海，寿比南山！"苏美秀高兴地摸了摸孙女的头连声说道："真是乖孩子，长得越来越像你妈一样漂亮了！"最后本应轮到龙新了，可是大家也都明了龙新的情况，就不多加强求了。没想到龙新对于大家的宽容有些不知所措，或者说是有些小小的愤慨，似乎生气大家把他遗忘了。他不停地用汤勺使劲戳着碗里的面条，嘴里念着："我，我，我。"秀清给婆婆夹菜的手停在半空中，转过头问："小龙，你要吃什么，妈妈给你夹。"龙新低下头不说话，继续戳着他的面条。他不知道自己不说话别人又怎会老是猜对他所想的呢。他指了指欣怡的杯子，这更让秀清丈二摸不着头脑，她看着龙新杯子里还是满着的果汁问道："这果汁不是你最喜欢的吗？还是你想喝椰子汁了？"龙新摇摇头，起身冲进了书房，桌了人面面相觑。这时，欣怡问了句："二婶，弟弟是不是想给奶奶祝寿啊？""不会吧，他又不会！"秀清的话音刚落，就听见书房里传来愤怒的撕纸声。

浦泽大步走入书房，把龙新抱了出来，龙新挣扎着但无奈于父亲的力量。浦泽让龙新坐在自己的大腿上，把他搂靠在怀里，轻声地问："小龙，乖，告诉爸爸，你到底要什么。如果说出来的话，别人不就能知道你需要什么吗？你不说，我们就像猜谜语一样，怎么也猜不出啊！"龙新憋红了脸，再次指了指桌上的杯子说："到、我、了。"欣怡高兴地鼓起掌来，对秀清说："二婶，你看我说对了吧。弟弟真的是要给奶奶祝寿呢！"秀清还是不相信，她询问地看了看龙新问："小龙，你是不是也想像姐姐一样给奶奶祝贺生日啊?"小龙点了点头，没有说话。

在浦泽的带领下，龙新颤颤巍巍地拿起杯子走到苏美秀的面前，结结巴巴地对她说："奶、奶、生日、快乐。"苏美秀激动得闭了闭眼睛，吸了吸鼻子。这是五年来她第一次听到龙新说这句话，平时叫奶奶的次数也是屈指可数。苏美秀接过龙新的杯子，把它放在桌上，然后抱紧了龙新，略带鼻音地说："小龙，奶奶的宝贝啊！乖，乖孩子。你们都是奶奶的好孩子！"浦泽又开始发挥他调侃的特长，故意嘟着嘴对苏美秀说："妈，妈，你这样多不公平啊！什么叫做他们是你的好孩子。我和大哥才是你的好孩子，二哥都不算是好孩子。而他们只是好孙子！哼，暗地里占我们便宜。"听完后，浦仁大笑，把手伸向桌对面给了浦泽一个暴栗。气氛一下子活跃起来，浦仁的话也就多了起来。没有住在一起毕竟还是有所隔阂的，妯娌俩的话大多停留在客套上，反而没有亲人的那种感觉。浦仁搭着浦泽的肩膀走进了书房，悄悄地谈着龙新的事情，他是来当说客的。

因为在两个城市，虽然只有一个多小时的车程，但是因为都是人到中年各有小家，上有老下有小的，他们彼此走动并不是太频繁，平均半个月一次，有时甚至一个月才一次，所以实际上浦仁看到龙新的时候并不是很多。但作为老人唯一的孙子，大家还是非常关心的，只是这种棘手的病让人有种无以名状的痛。老人也曾暗示浦泽去医疗机构做个鉴定，再要一个孩子，那样自己百年之后也有人可以照顾龙新了，毕竟是血溶于水的亲情。浦泽和秀清曾提起过这事，秀清撕心裂肺地大哭，她觉得那样对新出生的生命不公平，一出生便承载了太大的负累，那是带着使命出生的孩子。于是和浦泽约定三年内如果龙新的病情没有好转，那样再想办法吧。听浦泽这么说了，浦仁也觉得不便多说什么，而且今天看到小侄子好像有点好转的苗头，也感觉挺欣慰的。

和和气气地吃完一顿饭后，浦仁一家回去了。因为明天就是周末，所以叶立文留下陪老伴了。少年夫妻老来伴，苏秀美依偎在叶立文的怀里，拨弄着叶立文给买的生日礼物——一个玉镯，满足地笑了。

第二十六章 寒梅

转眼暑假过去了，小龙上了大班，送去上学的时候虽然他依然不肯向老师问好，也依然排斥着老师的拥抱，但他学会了说谢谢。老师看着他略微乖巧的样子也不再计较什么，毕竟再有一年就毕业了，老师们就睁一眼闭一眼了，只有教画画的林老师诧异于一个暑假后龙新的画居然有了质的飞跃。大家习惯了这孩子的沉默寡言，谁也不想多问，但当林老师反复问不出所以时，终于等来了接孩子的秀清。问了后，得知师从李芸后，感慨到："那是孩子的福分啊。"他由衷替这孩子高兴。

一个好的老师可以改变孩子的一生，这并不是什么夸大之词，它实实在在发生在许多孩子身上，包括龙新。上天的垂怜让这孩子拥有了如此一个良师。所谓："经师易求，人师难得。"李芸堪称经师和人师的典范。不仅在绘画上给予龙新莫大的帮助，而且也教育着孩子的一言一行。

开学后李芸开始忙碌起来，少年宫的课都集中在周末，而平时总有些少年宫间的交流活动，甚是繁忙。龙新的课被排到周五晚上，一周一次。周末龙新继续在秀清的陪同下做着针灸的治疗，老中医也说着龙新似乎情绪变得稳定多了，不再如以前一样容易焦躁和偏激，也不像有些自闭症的患儿一样会有自残的行为。回来后，秀清和田惠萍偶尔还联系着，隔着电波彼此互相打气，交流着经验。她孩子也有了点点滴滴的进步，虽然行为依旧刻板，但却学会了一些基本的生活技能。而“星星雨”的规模也慢慢羽翼渐丰，上门求医的孩子越来越多。

整个大班阶段，龙新从水粉画学到了国画，谁也想不出为什么一个六岁多的孩子那么喜欢水墨山水画，喜欢那个黑白的世界。孩子的世界是多彩的，孩子的眼里也是多彩的，他们的画自然也是五颜六色。可是自从龙新学了国画后，他一下子就爱上了那永远只有黑白的水墨山水画，时而清波泛舟，时而怪石嶙峋，时而山林如黛，龙新赋予了大自然另外一种生命，介于成人与孩子间的还有另一个他的最爱就是把一滴墨汁滴在纸上，用嘴吹着气，让墨汁随着吹气的方向蔓延开去，渐渐地那滴墨汁变成了一株梅的树干，他用食指沾着调好的颜料，或白，或粉，在一个个树枝上晕开一朵朵独傲枝头的梅花，整个过程是简单的，龙新把玩着一滴滴墨水，行云流水般的画着一株株梅花。有一天，李芸无意中翻看到了一大叠的梅花时，心有种颤抖的感觉，她提起笔来，在纸上写下了：“宝剑锋从磨砺出，梅花香自苦寒来。”秀清看完后，把它作为扉页与龙新的那些梅花装订成册。

寒来暑往，幼儿园最后一年的时间如同白驹过隙，稍纵即逝。龙新的作息时间被安排得满满当当，大班阶段离园的汇演一遍遍地排练着，虽然龙新不能参加领操领舞之类的，但老师还是给了他一个作为绿叶的机会，他和另外一个男孩立于舞台的两个角落，手舞着蓝色的绸缎演绎着起伏的蓝色海浪，龙新尽情地挥舞着彩缎，毫无章法。因为波涛本就是随风而舞的精灵，故而挺适合龙新的，只见他舞得时而狂烈，时而缓慢，有时如惊涛骇浪，有时又如涓涓细流。他享受着在台上自由自在快乐的时光，没有拘束，只有随性，只要他坚守者自己的那一亩三分地便没有人会苛责他。

星期五晚上仍然是龙新最为快乐的时光，他在绘画的世界里如鱼得水，快意人生。他不知道什么是成败，不知道这能给他带来无上的荣耀，他只是在李芸的悉心教导下沉浸在自己的世界里。他的画屡次在县里和省里的儿童绘画比赛中初露头角，斩获不少奖项，不乏有金奖和一等奖的。各种各样的奖状奖杯填满了书柜的每个角落。这个家庭似乎开始活了起来，久违的笑容一次次爬上他们的脸庞。幼儿园里的老师也开始对龙新呵护有加，完全改变了之前的冷眼旁观，但秀清心里如同明镜似的，她觉得所有的老师中唯有教画画的林老师才是发自真心的。“半亩方塘一鉴开，天光与影共徘徊。问渠哪得清如许？唯有源头活水来！”每当秀清看到龙新在书桌前孜孜不倦如痴如狂地画画时，她就会想起那首诗来。她觉得李芸就是上天派来的最好的福星，让这个处于崩溃边缘的家庭看到了希望，如同一盏指路明灯，李芸的到来宛如沙漠里的人看到了水，她已然成这个家庭的“生命之源”。

一年很快过去了，中医的针灸也起到了不错的效果，龙新较之以前来得平和多了，极少狂躁。在李芸的一路相随下，龙新不仅在绘画方面充分展示了自己的天赋，而且在与人交流方面也有了长足的进步，虽还不会主动与人打招呼，一起玩游戏，但却不再置人于千里之外，在最后幼儿园毕业汇演后评选优秀学生时，他被评上了“绘画小明星”，当校长颁奖后例行公事的拥抱他时，他没有伸出双手，但却也没有拒绝拥抱。校长也算是个通情达理的人，看到龙新并没有推开她让她出糗，便心满意足地摸了摸他的头，附带亲了亲他的额头，这回龙新躲开了，校长尴尬地笑了笑，继续下一个颁奖。

幼儿园时代终于划上了一个完美的句号，毕业典礼的那个晚上，这家人幸福满满地席开牡丹酒楼，除了家人以外只邀请了徐莹、李芸和林老师，宾主尽欢。天下无不散的筵席，当曲终人散时，浦泽和浦仁喝得醉醺醺相扶着，分批打的回家。车上，面对着谈笑风生的兄弟俩，秀清娥眉微锁，她在考虑着更为艰难的未来，不知道龙新是否能适应小学生的生活。因为从很多书上的案例看来，自闭症的孩子上正常小学的实在少之又少。窗外一阵风吹过，秀清不禁打了个寒颤……

第二十七章 幸运

龙新是幸运的，因为有着秀清的庇佑，毕竟秀清还是这个小学的教导主任，而且与校长徐莹私交不俗，更可掩人耳目的是龙新大班阶段在绘画方面频繁得奖，龙新终于在八月三十一日到学校注册，成为了一名小学生。而整个大班升小学的暑假，秀清更是不间断地给龙新做训练，其中也穿插着专注力的训练，秀清深知小学不像幼儿园一般，老师们可以宽容孩子那些无组织纪律性的举动。但看起来龙新并不卖帐，他还是无法长时间的久坐，手也会不停地动着，要么用笔戳着纸，要么用尺子捅着书，当然画画时是个例外。中医的针灸和李芸的画画有条不紊地进行着，能看到希望自然给了所有人奋斗的动力，叶立文也回了闽侯，大家如临大敌地准备这和这个所谓的敌人——“幼小衔接”来打一番硬仗。

小学新生入学固然没有中学大学一样需要一周的军训，但仍然有着三个半天的队列训练，分别排在九月一二三日的下午，三个早上则是新生入学例行的按高矮排座位，分书，量校服，教坐姿和学写自己的名字，熟悉老师和同学，学做广播体操这些琐碎的事情。对于大多数孩子来说，做得还是相当规范和配合的，即使是平素调皮的孩子也在家长的教导下不敢在前面几天露出太多的“狐狸尾巴”，生怕给了老师一个坏的印象。可是，龙新却依然我行我素，别人列队排成一条直线时，他总会是那个多出来站在外面的。按他的身高，排在了第四排，本着一个女孩和一个男孩坐的基本排坐原则，他的同桌是个乖巧美丽的女孩，他却毫不怜香惜玉，第一天上课就用尺子不停地捅着女孩的手，惹得女孩哇哇大哭。这件不大不小的事让班主任成功的化解了，他用了几句话让女孩破涕为笑，也让两个孩子握手言欢。

龙新的班主任吴英忠是个刚进学校三年，风华正茂意气风发的小伙子。男老师在小学里本就像稀有动物一样的珍贵，更何况是个帅气的语文老师兼任班主任，他操着一口正宗流利的普通话，嬉笑怒骂控制得不着一字尽得风流，更让孩子们折服的是他那花式踢毽和虎虎生威的脚下功夫——足球。每次课间操时总会看见操场里孩子们争抢着他的身影，大多是他前几年教过的学生，男生缠着他踮着足球，女生吵着要他踢毽子。本就热闹的操场因为有了他变得更加群情激荡，以至于徐莹和秀清有时会打趣他，不许他下课时再去操场了，以免发生意外"踩踏事故"。

龙新的病情秀清从都没有对旁人透露过，唯独徐莹和李芸知道。旁人大多只是觉得这个孩子并不合群，而且行为有些乖张，每当有人提起时，秀清也只是淡淡一笑，并不言语。众人看到秀清并不多说，也就不再提起这个话题，有人觉得那恐怕是一个母亲的痛，老去揭人家伤疤总是显得不厚道，也有的认为兴许是因为"艺术家"的特立独行的本性让孩子不合时宜吧，林林总总说来，久了也就没有人再多说些什么了。

上了小学后龙新的行为并没有比在幼儿园有多大进步，倘若非要说有的话，那就是不再无缘无故的尖叫。吴英忠发现了这个孩子的特殊之处，他真的像是一个活在自己的世界里的人，无论外人如何，他都不言不语。他的行为是如此的刻板，进班级后走入座位，不管椅子是否已经排好，也不管前后的间隔，他总是要把自己的椅子挪到固定的那块红砖上，哪怕挤到前桌还是靠到后桌。打开铅笔盒后，总是把每根笔摸一遍，然后从离自己最远的那根笔写起，哪怕那根笔的笔芯都已经断了，他依然矢志不渝地削着那根铅笔，浑然不顾其它的笔都是可以用的。经过两个星期的观察，吴英忠终于明白了孩子的与众不同。他不会与人交往，不会变通，总是一成不变的做着自己的事情，无视于老师的指令。也因为他的特殊，经常有同学来告状：有的说他上体育课扔接沙包时不配合，有的说他自习课太吵了老是在削铅笔，有的说他老是揪着自己的马尾辫，倘若有一日没有人来告状吴英忠反而觉得非常的奇怪。对于孩子们的告状，吴英忠总能化戾气为祥和，他蹲着安慰每一个孩子，让他们学会包容，学会爱护，学会尊重自己的同学。而对于龙新，在开学三个星期后，他鼓起勇气找了自己的顶头上司——教务主任龙新的妈妈严秀清深谈了一番。

当吴英忠把龙新的表现告诉秀清，并且有条有理地分析了所有问题时，秀清对于这个无论老师还是学生都称赞有加的小伙子真的已经另眼相看了。他的思维似乎已经超越了他的年龄和阅历，宛若自己面对的不是一个青涩的大男孩，而是一个阅尽世事千帆过尽的中年人。当听完吴英忠所有的话后，那刻面对着眼前的小伙子，秀清没有把他当成同事，也没有把他当成下属，只是单纯地把他当成孩子的老师，甚至是孩子的守护神。短短的二十几天，这个男孩化解了多少孩子间的"恩怨"与"误会"，无形中也提前化解了有可能出现的家长间的矛盾。秀清犹豫再三，终于决定和盘托出，坦诚相对。

这回轮到惊讶的是这个大男孩了，他从不知道自己这个外表看似柔弱工作上雷厉风行的领导竟然在孩子患病时能有着那份坚强和隐忍。吴英忠第一次知道自闭症还是他读高三时，也就是 1988 年看过的一部影片《雨人》，里面讲述的是查理 · 巴比特发现父亲将遗产留给了患自闭症的哥哥雷蒙 · 巴比特，便计划骗取这笔财富，并计划利用哥哥超强的记忆力去赌博赢钱，但在此过程中，血缘的亲情打破了原有的疏离，真挚动人的手足之情取代了查理原先只求一己利益的私心。查理最终没能赢得雷蒙的监护权，不过，这回查理在乎的不是那笔遗产了，他担心的是不能再次见到雷蒙。雷蒙将头抵在弟弟头上。他用这种幼稚的方式表达他对弟弟的爱和依恋……当时，虽然介绍影片是部喜剧，但却是深深触动吴英忠的内心深处的，那时这个大男孩流泪过，为了查理大哥和父亲那份沉甸甸的爱，也为了自闭症这种所谓的绝症。而今，听到了自己的学生被确诊为这样的疾病时，他震惊，因为龙新给他的感觉实在和心里对自闭症的了解有着挺远的差距。他沉思良久，对秀清说："严老师，比照你所说的和我所观察的，我个人觉得龙新还是一直朝着一个很好的方向发展的。这三个星期来，他从开始对同学的排斥到不理不睬到慢慢接受，如今虽然还是无法融入这个群体，但至少上课的情况有了很大的进步，也能比较配合我们的提问答题考试了！我平时会给予他鼓励和表扬，相信爱会创造奇迹的！至于您今天和我说起的我会当永远都不知道。"秀清的眼眶有些湿润，点了点头，对吴英忠说了句："哎，吴老师，'世人皆醒他独醉'啊！有了孩子后才知道'可怜天下父母心'！谢谢你了！"

龙新是不幸的，但龙新也是幸运的。良师益友，本就是人生难求之事，但上天有好生之德，倒是全部赐予了他。

第二十八章 碧莲

日子一天天的过去，龙新倒也是渐渐习惯了小学的生活，行为也不再如以往一般乖张，秀清很是开心。她不敢奢求龙新像别的孩子一样的优秀，她只希望孩子能简简单单，顺顺利利地过好每一天。“唯愿吾儿愚且鲁，无病无灾至公卿。”想起这句诗时，秀清不自觉地冷笑了下。

所幸在同一个学校，每日龙新都跟着秀清一起上下班，寒来暑往，一晃三年过去了。龙新和同学们的相处得倒也是相安无事平淡无奇，同学们也早已习惯了龙新的冷淡和独来独往，即便是对于龙新偶尔的“出格”行为，同学也都还是包容的，这当然归功于吴英忠的“疏堵政策”了。至于学习，龙新始终处于中上游，一个班五十一个孩子，他永远都是在二十几名漂浮着。那年暑假李芸的孩子吴迪高考金榜题名，剑指“清华”，众人皆拍手称快。

在吴迪去清华读书的第三年，李芸也在同门师兄廖焕聪的相邀下去了北京，任职于北京青少年宫。五年前，李芸的到来给了这个家庭希望，给了龙新力量。五年中，龙新在绘画方面频频得奖，病情也有了极大的控制，并且好转了不少，特别是情绪的控制和专注力的提高。五年后，当李芸要远走他乡时，龙新觉得自己的天空一下子阴霾沉沉。秀清第一次看到这个孩子哭得如此撕心裂肺，在机场送行的时候，龙新抱着李芸的腰久久不肯放手，一把鼻涕一把眼泪地求着老师留下，旁人看了，无不动容。当龙新跪坐在地上哭着看着老师远走的背影时，身边的秀清和远处的李芸都已是心如刀绞，泪流满面。

从那之后，龙新变得更加沉默寡言，从外表看来，他完全成了一个酷小孩。一米六八的个头在小学六年级的学生中也算是鹤立鸡群了，邻居的大妈总是笑着打趣他很有艺术家的范儿。虽然没有了李芸平时在身边的督促和提点，但龙新还是墨守陈规地每周五晚上在灯下自己一个人认真地画着画，平时在县里参加一个类似于高考美术的考前培训班，在那他是最小的自然也是最得宠的，虽然他少言寡语，但有些大哥哥大姐姐还真的羡慕他的天赋异禀，所以都对他疼爱有加。培训班的老师中，有一个是李芸的初中同学，大学就读于福大工艺美院，所以知道了龙新和李芸的渊源后，自是对这个小孩另眼相待。命运似乎还是待他不薄，适时总有贵人的相助。

客厅里，苏美秀和邻居大妈在聊着天，这几年来，老人渐渐地放宽了心，也接受了很多事实，她乐观的性格让日子过得轻松了不少。每当浦泽看着落日下美秀或者秀清带着龙新散步的身影时，总是觉得幸福还是触手可及的。

当她们在客厅里唠叨着家长里短时，龙新在书房里画着画，最近他喜欢上了画莲花。满屋子地上都是宣纸，纸上都是两支莲花，每张都是两支，苏美秀看着看着有些纳闷，她不理解为什么孙子画的永远是两支，那日好说歹说总算问出了结果："高的妈妈，矮的我。"还是七个字，苏美秀对于龙新的刻板实在觉得太过无语。

秀清回来后，看到满地画着莲花的宣纸到处飞扬，摇了摇头，叹了口气自言自语地说："予独爱莲之出淤泥而不染，濯清涟而不妖，中通外直，不蔓不枝……"龙新听到了，放下手里的笔说了句："香远益清，亭亭净植，可远观而不可亵玩焉。"秀清瞬时呆住了，宛若石化。似乎《爱莲说》出自于中学课本，可是龙新怎么就会了呢，而且说了句这么长的句子呢？秀清被惊呆了，她被扑面而来的喜悦弄得手足无措。

之前的日子仿佛是命运同他们开了个玩笑，从那之后龙新的生命轨迹开始顺风顺水起来了，和其他同龄人一样进了中学。进了中学后的龙新不再有着乖张的行为，略为与众不同的还是他的沉默寡言和离群索居。

放学后的中学校园内，经常可以看见这么一个男生要么拿着画板对着斜阳绘画那缕落日余晖夕阳西下，要么专注地看着奔腾在操场上同学追逐的身影，所有的一切在画纸中都表现得栩栩如生。六年的中学生活给了这个男孩太多的思考和积淀，沉默寡言，却满腹诗书。

高三那年，在大家的支持下他选择了他一生中的最爱，与颜料与画纸相伴，人生的画卷五彩斑斓。人们早已忘记了他的过往，忘记了那段不堪回首的往事。在邻居眼里，他是天之骄子。

听完故事的洁如泣不成声，她狂奔出了展馆，文瑜和与涵面面相觑，紧接着也冲了出去。站在文化馆前，洁如转身看了看那道横幅，红底黄字的横幅，对别人来说只是一句普通的宣传标语，可在洁如眼里，那昭示着一个生命的奇迹，一个母亲创造的奇迹。洁如低着头默默想着，看着文瑜还在逗着小宝儿，听着小宝儿格格的笑声，其实自己的孩子，也不是那么没有希望，不是么？虽然洁如觉得自己从来都不是坚强的人，也从来没有宏图伟愿。可现在，为了小宝儿，自己似乎也该坚强一次，也该乐观一次，自己的身上，可维系着两个人的未来，两个家庭的安宁。

车向前开着，为了第二天方便文瑜和洁如会和，与涵让洁如回宾馆收拾了一下东西，然后把洁如直接带回了家，听说有个小弟弟要来，智勇显得无比的兴奋，光着脚丫“蹬蹬蹬”地就从房间里跑出来，也不管与涵呵斥着让他穿鞋，傍着文瑜一跳一跳想看小宝儿，嘴里喊着“弟弟，要看小弟弟。”

与涵怕自家小子冲撞到了洁如再摔了小宝儿，忙拉过智勇，蹲下来平视着孩子，很严肃对他说：“小勇听话，小弟弟现在生病了不能陪你玩儿，你这样乱蹦乱跳的要撞到阿姨的。到时候阿姨摔跤了小弟弟怎么办？小勇乖乖的，弟弟好了陪你玩儿好不好？”小勇一个劲儿的乐，与涵问了几遍，才点点头。还是看着洁如笑着。想到小勇和小宝儿同岁，人家的孩子活蹦乱跑，可自己的孩子路也不会走，刚刚乐观了点儿的洁如又是一阵酸苦涌上心头。甩甩头，告诉自己没事儿，明天见了聂军医就好了，小宝儿也可以的，大器晚成嘛。洁如安慰了一下自己，然后笑着进了家门。

这个晚上，洁如没有睡着，兴奋、忐忑、祈祷……窗外的月光格外的亮堂，也对，距离中秋也只是不到一个月的时间，而现在的自己，怕是真的只能“花间一壶酒，独酌无相亲。”许是每逢佳节倍思亲，今天的中秋，有机会的话，去厦门过吧，就当陪着奕凯，一家人，过个团圆节，这是洁如小小的心愿，最好那时，小宝儿能有一个好的结果，能有一个好的开始……

第二十九章 会诊

第二天早上五点多，一夜未眠的洁如就从床上爬起来，把一大锅粥放上灶台后，就开始收拾东西，小宝儿出生以来的所有病历拍的磁共振、CT 的片子还有手术的记录，文瑜带来的各种医生曾经开过的处方和小宝儿用过的药物，细细收拾一下也是厚厚的一沓。伴着清晨窗外透露进来的阳光，洁如突然有些感慨，小宝儿才五岁的生命，可却经历了多少人一辈子不会经历的东西，幼年丧父，身患重疾，死里逃生，其实想来，小宝儿能活下来，已是幸运至极，虽然艰苦，也好过太多家庭白发人送黑发人的惨剧。洁如越发觉得，自己当时轻生的举动是多么的可笑，病魔、打击都没能带走这个顽强的小生命，大难不死必有后福的事情一直在发生，却险些断送在自己一时的想不开之间。其实有时候，人只是在那一瞬间，会比玻璃还要脆弱，不能承受更多哪怕一丝一毫的打击，其实有时候，那些选择跳楼的人，会在一跃而下后后悔，却发现已没有任何挽回的余地……

七点多，文瑜终于让叮叮当当收拾个不停的洁如吵醒，简单洗漱，面对着还算丰盛的早饭，洁如明显食不知味，而文瑜依旧是那个没心没肺嘻嘻哈哈的性子，一手拿着油条，一手端着饭碗，吃的异常的欢，与涵看着这两个鲜明对比的人，无奈的摇了摇头，给洁如夹了一筷子菜，然后帮着去喂小宝儿。

吃过早饭的两人不顾与涵的一再安抚，不到八点就出了门，尽管聂军医在的医院距离与涵的家即使是公交也不过是几站路十几分钟的事情。随着早上上班和赶着挂号的人群一路挤着到了医院。一下车，两人就被门诊部门口人山人海的场面吓住了，饶是文瑜从小在医院混大，后来自己也在医院上班，也没见过这幅场面，挂号的队伍已经排到了医院外面的马路上。卖号的小贩不停的吆喝，趁机卖菜、卖早餐的小推车也挤成了一团，洁如一下子觉得头大，这简直比集市还要夸张。好不容易找了一个相对安静的角落给聂军医打了个电话，在“啊？听不清，您再说一次！”的这样几遍的确认后，拉着文瑜去了聂军医在的住院部。

一路打听，绕过喧嚣的门诊大楼，再经过一处小花园，拐个弯就是住院部。四处打量着，两人如同乡下人进城般稀奇，从来没有见过这么大的医院，别的医院是一个科室一层楼，而这个医院都快成了一个科室一栋楼了，还有专门的康复中心，幽雅的环境完全隔绝了外面的吵闹，绿树成荫的路上也隔离了夏日的酷热，主楼前还有巨大的音乐喷泉，如果不是空气中弥漫着淡淡消毒水的味道，和身边不时走过穿着白大褂的医生或者被人搀扶着的穿着病号服的病人，谁也不会把这个地方和医院联系在一起。

康复中心二楼，这里是聂军医办公室在的地方，平时，这位经验丰富的医生多在脑外科和这儿工作，康复中心的墙上贴满了各样的宣传画，还有专门的一面花花绿绿的墙上贴着不知道是什么人的“画”，其实叫做涂鸦，也许会贴切些。大厅里的一角还放着一架钢琴，洁如有些无奈，来这个地方的人要钢琴做什么，都到了这儿了谁还会有这等的闲情雅致。问过护士站的护士，洁如抱着小宝儿来到聂军医的办公室等着，他已经在查房了。

九点，聂军医回到了办公室，文瑜和洁如忙站起来，五十几岁的聂军医炯炯有神的眼睛透出一丝精明的感觉，微胖的身材给人厚道的印象。聂军医忙招呼两人坐下，还给他们倒了杯水，简单问了几句，就拿着小宝儿那厚厚一沓的病例和片子仔细的查看。时不时的拿手电筒照照孩子的瞳孔，又继续研究。小宝儿还是歪着小脑袋在洁如的怀里呼哧呼哧的啃着手指，连一向坐不住的文瑜也悬着一颗心一句话没有，紧紧地盯着聂军医等着最后的结果，一时间，办公室里听不到一点声响。

第三十章　孤勇

良久，聂军医终于放下了手里厚厚的病历，洁如忙看向聂军医，虽然还是没有说话，却能从她和文瑜的眼神里读出深深的期待。看着急得像热锅上的蚂蚁的两人，聂军医也不卖关子了，“小孩今年五岁？”却不想聂军医开口先问了一句小宝儿的年龄，“是，小宝儿今年五岁了，医生，你看……这，孩子的情况怎么样？”洁如忙回答，同时小心翼翼的询问，尽管一次次告诉自己要坚强，没有翻不过的山，没有跨不过的坎儿，但依旧忐忑，“高度脑损坏，昏迷，两侧瞳孔不等大、对光反射迟钝或消失、去大脑强直、单侧病理征阳性。这是孩子那时候刚刚做完手术的症状。”聂军医说着，而洁如听着不住的点头，“现在孩子已经五岁了，看你们一直抱着，应该是腿部无力吧，而且看小家伙一直脑袋一直歪着，应该就是痉挛性偏瘫。”听到这个词，洁如显得有些茫然，这是个什么状况？

而文瑜暗自握了握拳，最后还是这个结果么？

看着洁如一脸茫然的样子，聂军医接着说道：“痉挛性偏瘫是小儿脑瘫中最常见的一种，患侧肢体少动、持续性握拳、握持反射不消失、前臂呈屈曲旋前状姿势、画圈步态等。部分患者受累肢体最初可能表现为肌张力低下，以后才转为痉挛状态。其实也算幸运了，孩子出生的时候还伴着严重窒息，后来又查出来先天性心脏病，法洛氏四联症里能活下来的孩子已经就不多了，死里逃生，也没成了痉挛性四肢瘫，那样才是真正麻烦的。”聂军医这么说着，洁如却依旧觉得，天一下子暗了，还是这样，还是这个结果，折腾了半天，什么都没有变！

屋内三人正暗自彷徨着，突然一阵急促的敲门声，洁如忙擦了擦眼角的泪水，抱着小宝儿站起来，一个妇女拉着一个看上去已经十五六的大男孩儿走了进来，手里捧着一个奖杯，那个男孩儿一只手被拉着，眼睛却不住的四处张望，眼神里充满了黯淡的神色，男孩儿不住的晃着身子，手不停的去触摸着房间的四周，在那个妇女不住的拉扯下才心不在焉的叫了一句聂伯伯，看到房间里医生临时休息的单人床，迫不及待的要跑过去坐，却自己迈不开步伐，只能不停地挥舞着手臂，然后依依呀呀吐字不清的往床的方向指，妇女只有无奈的冲洁如笑笑，然后牵着男孩到床边坐下给他按摩小腿，而男孩则半靠在床上，一副享受的样子。

“聂医生，我们这次来，是特意来道谢的，也是来报喜的。”那个妇人手上一边忙活着，一边冲聂医生说着，言语间充满了喜悦的神色，“我们刚刚从法国回来，建尧不是上次得了中国青少年艺术节全国少年儿童艺术风采展示大赛全国总决赛钢琴组金奖么，所以拿了这次在法国BRIVE国际青少年音乐节开幕式和闭幕式演出的机会，弹得是《土耳其进行曲》和《牧童短笛》，是和国际著名的指挥家合作的呢，人家都说他弹得好。还给发了个奖杯，特意回来给你报喜。”那个母亲越说越激动，聂医生听过之后，也不禁喜上眉梢，“是么，我看建尧越来越帅气了，也越来越出息了。建尧，来来来，伯伯看看，是不是更帅了？”床上那个大男孩儿，却像没听见一样，洁如和文瑜面带怀疑的对视了一眼，这个孩子？金奖？

钢琴？开什么玩笑！

聂医生却走到床边，拉起那个床上一个人玩儿的开心的孩子，帮他穿好鞋袜，拉着他就往外面走，洁如不自觉的跟上去，来到大厅的钢琴边，刚才还一脸不愿意动弹的男孩儿却突然如打了兴奋剂般喊了一声，“琴！”然后让聂医生拉着走到钢琴旁，坐在凳子上，自顾自地打开钢琴盖，快速的音阶下来，从最低音到最高音竟是如此的娴熟，连偶尔的碰音或者杂音都听不到。洁如有些相信了刚刚听到的，也许这个孩子，真的是天才。

热身过后，男孩儿的手指开始在钢琴上，也许是因为特殊原因，孩子的身子一直是向右侧着的，脑袋也歪在一边，论形象，着实不像一个钢琴手。然而，在音乐响起的一刹那，所有的人都被那动听的声音折服，《命运交响曲》《秋日私语》《梦中的婚礼》甚至还有前不久出的电影《加勒比海盗》中那首激情澎湃的插曲，所有的曲子都行云流水般流畅，除了曲子与曲子之间的衔接，听不到一丝的杂音和中断，男孩儿的姿势依旧是扭曲着，却仿佛没有受到一丝影响。洁如惊奇地发现，男孩儿的眼睛，竟是闭着的，完全不受外界的干扰，只是独自沉浸在只有自己和钢琴的世界里。那个世界，没有世事的喧嚣，也没有俗世中的杂念，只有那悠扬的琴声和一个只因为喜欢而弹琴的男孩儿，这个男孩，是那个钢琴世界里的王子。

聂军医看着洁如望着钢琴出神，走到她身边，自顾自的说，“其实痉挛性偏瘫也不是完全没有办法，就看小孩儿能不能坚持下来做复健，其实想想和小孩儿也没什么太大关系，主要还是看家长的意志和信念了。每年康复中心都能会来很多这样的孩子，刚开始都会做康复治疗，可是真的到最后能坚持下来的少之又少，建尧就是那少数中的一个。那孩子出生就是脑瘫了，还有自闭症，两岁查出来之后他爸就不要他了，就她妈妈一个人带着他。后来因为有一次央视六套播放音乐会，她妈妈发现孩子的手不停地比划着，觉得孩子也许有天赋，就买了架电子琴让他玩。谁能料到到这孩子自学成才，没人教就能自己弹，什么曲子听一遍就会，求爷爷告奶奶的找了老师教他钢琴，六年就把钢琴业余和专业的等级全部过了。你看她妈妈，才四十出头的人却和五六十岁的人一样。这些年，他一直在我这儿做复健，这架钢琴也是那时候放这儿的，是一个福利机构捐赠的。我看着他们母子一路过来，最明白她吃了多少苦，那么多人都劝她放弃，可她还是坚持了下来。一个人带着孩子，最困难的时候甚至大街都扫过，冬天啊，凌晨三点就出门，虽然有个词叫"父爱如山"，但只有母爱才是真正的不离不弃啊。"聂军医说完，随着建尧一曲曲终，鼓着掌走向钢琴边。

大厅里，建尧演奏着钢琴，中午的太阳透过窗户洒满了整架钢琴，那个男孩儿面带微笑着让自己的手指在黑白之间舞动，不知疲倦，不厌其烦。洁如抱着低着头的小宝儿，又抬头看了看那个阳光中沉醉在自己世界中的少年，突然莞尔一笑。"你笑什么？"文瑜不解地问，洁如没有答话，只是抱着孩子，快步走入那片阳光中，一米阳光。

阳光中，散发着栀子花香……

感恩生命 感恩所有(后记)

感恩生命，感恩所有，学会永远保有着一颗感恩的心。谁都回不到过去，也看不到未来，唯一能做的就是在每一个当下，做最好的自己！随缘而后惜缘才是一种完满！

我将永远记得那么一天—— 2014.3.11，在编辑张艾子老师的语重心长，鼎力支持之下，从决定出版小说《栀子花开》到走完前期所有的流程仅仅用了一天。也将记得一个月后的那一天—— 2014年4月11日，厦门作协秘书长王永盛老师在百忙之中为我写了序言，给了我太多的鼓励，也为我点出了不足，指明了前行的方向，言之切切，情之殷殷。那刻，我激动不已，唯愿不久以后的将来能实现自己的心愿，让更多残缺的孩子得到更多的关爱。

此书写于2012年初冬，完稿于2013年春末。当初写文的想法非常的单纯，只想把此书献给天下为特殊孩子挣扎的母亲们。也希望用自己一点微薄的力量，起到一个抛砖引玉的作用，毕竟一己之力很有限，唯有社会所有爱心人士的帮助，众人拾柴火焰高，那样才能给残缺的孩子和他们的家庭更多的关爱和帮助。也想通过文章，让读者更多的了解残缺孩子和他们的生活，继而能更让社会各界更多的关心这些弱势群体。因为在生命面前，人人平等，有尊严的活着是每个人的权利。

从构思到完稿，身边始终有着很多质疑和不解的声音，他们质疑文字的力量，他们不解我奇葩的思想。我却不顾一切，一意前行，经历了一个个不眠之夜，一次次泪湿衣襟。人立于世，各有所求。受得住清贫，耐得住寂寞。人不独亲其亲，不独子其子，我唯愿世人一切安好！你若安好，清风自来。

每每看到那些残缺的孩子，我总忍不住蹲下来，抱抱他们。而后独自一人安静呆在角落里，看着他们玩耍。望着透过窗帘布的一米阳光，蜷缩着身体，双手抱着膝盖，头略微仰望着，迷悟之间。心底我轻轻地对他们说——

孩子，对不起，眼看你身处沙漠我却无法改变。但希望你向骆驼学习，用你的坚忍走出沙漠，走向绿洲！

孩子，温室里培养不出美丽的花朵，一如花盆里种不出参天大树！孩子，相信父母，相信老师，相信自己，找到自己的梦想和目标，并为之而努力。相信我们共同的努力会让你在恶劣中学会坚强，到达成功的彼岸！

栀子花的花语是——“永恒的爱与约定”。栀子花从冬季开始孕育花苞，直到来年夏至才会悠然绽放，含苞期越长，则愈久弥香。它虽没有娇艳的面容，没有婀娜的身姿，但它的绽放，却是经历了无数的努力坚持与隐忍。

谨以此书献给天下所有为特殊孩子挣扎的母亲们！

一个个折翼的天使降临人间，是你们的爱给了他们前行的力量。感谢你们，一路不离不弃！

孩子们，对着上天我们想许个愿，我们愿：做你们的翅膀，带着你们飞翔！

多年后，我们会惊喜的发现，奇迹总会出现的。心若在，梦就在。那一只只断了翅膀的小天鹅，在众人用爱心筑起的小巢中慢慢长大，慢慢疗伤，终会有那么一天，它们将张开美丽的翅膀，在蓝天中展翅翱翔。

栀子花终于经历了严寒而绽放了，听，那就是梦想成熟花开的声音。请多给他们一点爱心，多给他们一些信任，多给他们一些机会，相信他们一定会成为国和家未来的栋梁。

最后，我想再次感谢张艾子老师，王永盛老师，庄维明老师，张碧虹老师，黄秋苇老师等老师们及朋友们，感谢你们一路来的不离不弃，守望相助。也想感谢我的父母，是你们从小教会我“予人玫瑰，手有余香。”，感谢家人们对我写作和学习的支持。

也把此书献给我的孩子，因为妈妈想对你说——“孩子，谢谢你！你是生命的传奇，你是上帝的奇迹，你的坚忍给了我太多的力量，请永远记住——妈妈爱你，很爱很爱你!”

责任编辑◎张　潇
装帧设计◎阿微艺术工作室

图书在版编目（CIP）数据
栀子花开 / 洪琦著. -- 济南：黄河出版社,2014.8
（文化中国：醉江南文库 / 张艾子主编）
ISBN 978-7-5460-0560-7

Ⅰ.①栀… Ⅱ.①洪… Ⅲ.①长篇小说－中国－当代Ⅳ.①I247.5

中国版本图书馆CIP数据核字（2014）第149762号

丛 书 名　文化中国・醉江南文库
丛书主编　张艾子
书　　名　栀子花开
著　　者　洪　琦
出　　版　黄河出版社
发　　行　黄河出版社发行部
社　　址　济南市英雄山路21号　邮编250002
发 行 部　（0531）82058166　82904707
印　　刷　山东省审计厅劳动服务公司
规　　格　880×1230（毫米）　1/32
　　　　　9印张　216千字
版　　次　2014年9月第1版
印　　次　2014年9月第1次印刷
印　　数　1—1000册
书　　号　ISBN 978-7-5460-0560-7
定　　价　268.00元（全10册）